替天行盜
卷8
神幻百變
石章魚 著

人在生死關頭都會做出不同的選擇

有人選擇保全自己拋棄他人

而有人卻對同伴不離不棄

不同的選擇決定了他們不同的人生

目錄

CONTENTS

第一章

殺人機器

一個人失去了感情，那麼和機器又有什麼分別？
現在的孤狼更像是一個殺人機器，
無論這機器如何厲害，最終還是無法擺脫人的操縱。
武力不代表一切，如果只憑藉武力征服世界，
那麼統治這個世界的或許不應當是人類，
而是某種強而有力的霸道動物。

羅獵之所以再次進入地宮，歸根結底還是源於和蘭喜妹之間的合作，蘭喜妹的條件打動了他，而蘭喜妹提供的資料中似乎將所有的秘密都指向了百煉窟，羅獵本以為在百煉窟內能夠發現那個保險櫃，現在看來只是自己的美好願景罷了。興許蘭喜妹也不清楚百煉窟內部到底有什麼？而她也並不在意百煉窟內的東西，她的目標是復仇，只要將那些仇人成功引到這裡，實施她的復仇大計，對她而言就已經成功了。

羅獵抬頭望著高聳於面前的雍正神像，在這座巨大神像的面前難免會讓人的內心產生出自身渺小的感覺。雍正為何要在這裡修建神像？周圍星羅棋佈的煉丹窟和這座神像之間又有什麼潛在的聯繫？他們已經找到了水銀洞，找到了那顆於權杖上失落的紅寶石，這些東西又有什麼潛在的意義？

羅獵觀察這座高高在上的神像時，洞窟的某處一雙深邃的眼睛也在靜靜觀察著他們，穆三壽宛如一隻老貓躬身藏在神像西北方的洞窟內，黑暗將他巧妙地隱藏了起來，螳螂捕蟬黃雀在後，穆三壽雖然說動了白雲飛，可是他卻並不信任白雲飛，確切地說，除了自己，穆三壽從未信任過任何人。他縱橫了大半生，什麼樣的人沒有領教過，他相信自己的眼睛，從白雲飛的雙眼深處，他看到了欲望。一個擁有超強欲望的人容易被人打動，卻很難忠於自己的承諾，白雲飛和自己應當是同一種人，未達目的不擇手段，不達目的誓不甘休！穆三壽握緊手中的煙杆兒，小楠竹溫潤的質感就像撫摸一位美貌少女的軀體，已經記不得什麼時候了，這煙杆兒他從不離身。每天都通過這煙杆兒抽吸著讓他迷醉的煙草味道，穆三壽甚至認為這煙杆兒也因為他的呼吸和撫摸已經擁有了生命。

穆三壽並未親眼目睹鑽地鼠的死亡，可是他從下方三人的舉動已猜到了，他剛才來的路上看到了灰熊的屍體，想必鑽地鼠此時也已經遭到噩運，兩名得力手下的死並未讓穆三壽感到心疼，他甚至連一絲一毫的失落感覺都沒有，為何要失落？只要他得到那個被藏起來的保險櫃，只要他得到其中張太虛的秘密，他就可以返老還童，沒有他這大半生的滄桑經歷，是不會真正懂得時間和生命的寶貴。

穆三壽習慣性地端起了煙杆兒，將和田玉的煙嘴兒噙在嘴裡，卻沒有抽一口的打算，下面的三個年輕人都不是容易對付的角色，哪怕是一絲一毫的煙味兒興許就會被他們察覺到。更重要的原因是，他要保持靈敏的嗅覺，不可以讓煙草味干擾到自己，他之所以能夠準確追蹤到了這裡，全都要仰仗他靈敏的嗅覺。

穆三壽瞇起的雙目，狐狸般狡黠的目光中隱隱透出一絲得意，論到追蹤之術，天下間只怕沒有人能夠超過自己。想要成為笑到最後的那隻黃雀，就必須要沉得住氣，就必須要耐得住寂寞。

穆三壽以為自己是黃雀，可他卻沒有料到，黃雀的背後還可能會有蒼鷹的，這個世上沒有誰能夠保證自己笑到最後。

站得高看得遠，想要縱覽全域就必須站在一定的高度之上，雍正神像的頭頂埋伏著一群人，福山宇治兩道銀色的濃眉凝結在一起，他並沒有刻意掩飾此刻凝重的心情。

蘭喜妹通過望遠鏡觀察著下方狀況，羅獵等人的一舉一動都在她掌握之中。望遠鏡將羅獵英俊的面孔拉到了近前，蘭喜妹內心中不由得生出一股暖意，此刻她感覺到在這世界上自己並不孤獨，雖然羅獵的動機和自己並不相同，但至少現在他和自己是站在同一立場上的，他會幫助自己。

蘭喜妹很快就意識到自己不該產生這樣的想法，她不該產生這種依賴別人的想法，無論那個人是誰。

福山宇治靜靜坐在蘭喜妹的身邊，他居然閉上了雙目，看起來似乎已經睡著了，可是他的神經卻沒有一絲一毫的放鬆。如果不是身臨其境，誰也不會想到在滿目瘡痍的廢墟下居然還隱藏著如此龐大的地下建築群，中華文化博大精深，福山宇治是真正理解這句話內涵的人之一，對中華文化的瞭解越深，內心越是會產生一種不安的感覺。

雖然福山宇治像多數日本人一樣覬覦這片土地的財富，可是他並沒有被貪欲蒙蔽雙眼，一個人即便是再餓，也不能無休止地吃下去，否則結局不是被撐死就是被噎死，中華太大，就算是睡著了，就算是暫時不去反抗，其體量也不是他們能夠承受得住的。

更讓福山宇治害怕的是中國人骨子裡的堅強和不屈，在外來侵入的欺辱下，一個個曾經迷惘的靈魂正在復甦，一旦當這個民族中大部分人都開始覺醒，那麼他們將會爆發出怎樣龐大的力量？

福山宇治睜開雙目，首先看到的就是孤狼，這個因注射化神激素而成為追風者的超級戰士，在這樣近的距離下可以清晰地感受到來自孤狼身上的凜冽殺氣，孤狼就是佐田右兵衛，他是玄洋社最優秀的殺手之一，福山宇治並不是第一次認識他，然而他卻有種完全陌生的感覺。孤狼因化神激素而獲得了新生，可是福山宇治卻感覺此刻的孤狼就像是一個失去感情的死物。

一個人如果失去了感情，那麼和機器又有什麼分別？現在的孤狼更像是一個殺人機器，無論這機器如何厲害，最終還是無法擺脫人的操縱。武力並不代表一切，如果只憑藉武力就能夠征服這個世界，那麼統治這個世界的或許不應當是人類，而是某種強而有力的霸道動物。

蘭喜妹的視野中看到羅獵的目光朝自己望來，她宛如受驚一樣將手中的望遠鏡放下，馬上又意識到從羅獵的角度沒可能看到自己，這才悄悄鬆了口氣。

羅獵的目光投向神像的對側，牆壁上刻著：達三身四智合一之理，物我一如本空之道，慶快平生。上次羅獵就曾經留意到牆壁上的刻字，當時認為這幾行字句乃是雍正帝佛法修為的寫照，可今次看來卻突然悟到其中不同的含義，三身四智合一？三四十二，羅獵腦海中不由得浮現出剛才立於石棺旁的十二生肖塑像，又聯想起那十二塊黃金雕板，十二這個數字只是湊巧，還是其中有著某種不為人知的聯繫？

白雲飛和陸威霖看到羅獵突然止步不前，猜到他興許有所發現，兩人對這位同伴都表現出足夠的信心和信任。

羅獵此時從懷中摸出了包裹嚴密的香煙，點燃了一支，依然沒有主動給同伴上煙，在這裡沒必要客套。白雲飛和陸威霖耐心地看著他抽煙，兩人也都沒有主動討要的意思，利用這段時間白雲飛環繞雍正神像走了一圈，欣賞這鬼斧神工雕像的同時，也借機觀察一下周圍的環境，地下古怪生物層出不窮，對付這些未知危機的最好辦法還是謹慎一些。

陸威霖則利用這會兒時間整理一下自己的行裝。

穆三壽雖然距離很遠，但是仍然能夠聞到從遙遠空氣中飄來的煙味兒，他忍不住吸了口氣。增加的呼吸幅度雖然細微，卻並未逃過羅獵的耳朵。

羅獵甚至能夠判斷出這呼吸聲的方位，他並未抬頭，因為那樣的舉動會讓潛伏者警覺。他感官敏銳雖遠超常人，卻無法在這麼遠的距離下判斷對方的身分。

陸威霖整理好了裝備，抬起頭低聲道：「咱們往哪裡去？」白雲飛的暫時離開讓他終於找到了一個和羅獵單獨商談的機會。

羅獵看了看從遠處緩步歸來的白雲飛：「回去，一起回去。」

白雲飛並沒有多問，也沒有提出任何的異議，雖然他們之間沒有明確的約定，卻已經默契地將羅獵看作他們三人的首領，在這個特定的環境中，在目前的時間內，他和陸威霖都會服從羅獵的指揮。

重新回到水銀洞內，依然是陸威霖負責望風，羅獵和白雲飛沿著原路回到石棺旁，羅獵以石棺的方位為準，尋找可能藏寶的暗室，三身四智合一，物我一如本空之道，後半句可以視為一的標記，以石棺為基準，死者頭部的指向為一，判斷了黃金雕板一的位置，而後又存在順逆兩種時針方位的可能。

雍正信佛。佛祖的心印為卍，藏語中的含義是雍仲，雍字是勝義無生，和諧永恆的象徵，也就是諸法的空性與真諦，而「仲」是世俗無滅的意思，雍正和雍仲之間應當存在著某種聯繫。

而卍字看起來是逆時針旋轉，看起來如同一個轉動中的風車。

羅獵因此而判斷出要從標記為一的黃金雕板逆時針尋找，從第一句話來看，三身四智合一，玄機可能在三四之間，也可能是三個數字之和，羅獵思來想去，還是將後一種可能排除，來到三四兩塊雕版之間。

兩塊黃金雕板之間嚴絲合縫，其中的縫隙就算是鋒利的刀刃也插不進去，從外表來看除了表面的紋飾之外，看不出和其他雕版的不同。

白雲飛隱然猜到這秘密或許就藏在黃金雕板之後。

久未說話的羅獵忽然道：「你猜咱們推不推得開這兩扇門？」

白雲飛走了過去，雙手已經抵在黃金雕板之上：「不試試又怎麼知道？」

兩人分別抵住一扇黃金雕板，同時用力，雕版仍然紋絲不動。

白雲飛提議乾脆將雕版炸開，畢竟他們此次帶來了充足的彈藥。羅獵搖了搖頭，目光落在石棺周圍的十二生肖神像之上，十二生肖的分佈和雕版分佈不同，不過按照順序找出對應雕版的生肖不難，對應三四雕版的生肖應當是老虎和兔子，羅獵來到虎頭神像前，抱住神像嘗試逆時針轉動，神像紋絲不動，他讓白雲飛和自己同時旋轉兔頭神像。

兩人同時發力，讓他們驚喜的是，在兩人同步用力之下，兩尊神像居然緩緩開始移動，這就證明兩尊神像的下部存在機關聯繫，無論誰想單獨移動一尊神像都不可能，必須要同時發力轉動，方能啟動暗藏的機關。

伴隨著神像移動，對側的黃金雕板發出吱吱嘎嘎的聲音，剛才他們費勁九牛二虎之力都無法推動的三四兩塊黃金雕板現在緩緩向下方倒去，兩尊神像原地逆時針旋轉三周之後，兩塊黃金雕板也徹底倒伏在地。暴露出後方一個圓形洞口。洞口之中藍光隱現，他們還未走入洞口，就已感到森森冷氣從其中瀰散而來。

羅獵向洞口走去，剛走了一步卻被白雲飛一把抓住了手臂，提醒他道：「現在後悔還來得及。」

冒險固然被許多人當成生命中最大的樂趣，可是接二連三的冒險，而且是拿自己生命當賭注的冒險卻是對內心的極大考驗，白雲飛早已開始權衡利弊，他甚至開始後悔答應穆三壽的條件，此行的複雜和風險已經遠超他的想像。

羅獵微笑道：「已經來不及後悔了。」

白雲飛放開了羅獵的手臂，眼看著他走入那泛著藍色幽光的洞口，短時間的猶豫之後迅速下定了決心。

羅獵在走入洞口之前已經推測到裡面所藏的物品的重要性要遠超外面的石

棺，石棺內雖然找到了不少金幣和那顆價值連城的紅寶石，可石棺內所躺的武士應當不是水銀洞真正的主人。

他的身分十有八九和環繞石棺周圍的十二生肖神像一樣，只不過是真正主人的陪葬品。通常盜墓賊在發現那具石棺之後，就會止步不前，因石棺內的財富而放棄繼續探索。

然而這其中還有一個讓羅獵不解的地方，石棺顯然在此前被人移動甚至開啟過，從剛才看到的情景來看，石棺內的金幣應當沒有被動過，甚至連那顆紅寶石都留在石棺內，根據常理來判斷，很可能那支權杖最早收藏於石棺內，盜墓者拿走了權杖，卻將紅寶石失落其中，這似乎解釋不通，權杖雖然精美，可是整根權杖上最有價值的卻是這顆紅寶石，難道這盜墓賊也是一個買櫝還珠的貨色？

鑽地鼠死後，權杖落入了羅獵的手中，再加上此前找到的紅寶石，這根亞瑟王的權杖終於得以合璧。在蘭喜妹給他的資料中並未提及過這件寶物，興許只是這阡陌縱橫的地宮內藏寶的其中之一罷了。

亞瑟王本身也只不過是一個未經證實的傳說，興許這根權杖的記載未必是真實的。

白雲飛跟上了羅獵的腳步，手中的手電筒不停照射周圍，隨著他們進程的深入，白雲飛變得越發警覺和慎重。

羅獵覺察到了他內心的緊張，主動寬慰他道：「不用擔心，這裡應該沒有別的人在。」

白雲飛唇角泛起一絲苦笑，昔日雄霸津門的他何時也在外人面前露怯，淪落到讓別人安慰的地步，自我解嘲道：「怕的不是人。」白雲飛並沒有撒謊，現在讓他害怕的並非是人，進入圓明園地下的這段時間，他已經目睹了太多超乎想像的生物，內心中充滿了對未知世界的恐懼。

羅獵道：「**其實這世上最可怕的是人心。**」

白雲飛點了點頭，而後又笑了起來，羅獵說得不錯，自己連刀頭舐血的險惡江湖都不怕，又何必怕一些古怪的生物？大不了無非是一死，死並不可怕，可怕的是會變成鑽地鼠那副死而不僵的噁心模樣。

白雲飛暗自吸了口氣，轉向羅獵的時候，發現羅獵已經取下了防毒面具，洞內幽幽藍光勾勒出他面部堅毅的輪廓。

洞內的空氣雖然很冷但是透著清新，羅獵憑直覺判斷出這裡並沒有汞蒸氣，雖然他的這種判斷缺乏科學的依據，但是他對自己的感覺越來越有信心，羅獵舒展了一下雙臂，然後除下手套，伸手摸了摸洞壁，石壁很涼，上面閃爍著藍色的微光，發出光芒的應該是某種生存於地底的苔蘚類植物，羅獵在做出這個判斷的時候，腦海中出現了一個字眼——幽冥藻，他敢確定自己並未經過思索，這個名詞甚至在此前也從未見過，就這樣自然而然地出現在腦海中。

羅獵剛開始認為是自己靈光閃現的一個詞彙，可隨即腦海中又產生了一連串的聯想，幽冥藻的綱目，習性，生長週期，生長環境，遺傳方式……一條條資訊在羅獵的腦海中閃回，羅獵完全確定自己並非一個植物學專家，在過去也從未閱讀過這方面的書籍，唯一可能的解釋就是父親在自己體內種下的那顆智慧種子。

在改變自己體質的同時也在不知不覺中改變著自己的腦力，將海量的知識潤物細無聲般滲入自己的大腦中。

白雲飛提醒羅獵道：「別碰，可能有毒。」

羅獵搖了搖頭，幽冥藻並無毒性。他們繼續向前方走去，白雲飛看到羅獵取下防毒面具之後並無異樣，這才壯著膽子將面具取下，小心吸了口清冷的空氣，卻見前方一簇簇粉紅色的光團向他們的方向漂浮而來。

白雲飛瞪大了雙目，有種馬上將防毒面具套在頭上的衝動，可是看到身邊的羅獵依然鎮定如故，頓時放下心來，他的恐懼來源於對生物的未知，而羅獵在這方面的知識顯然要比他豐富得多。

羅獵輕聲道：「鬼櫻，一種地下的孢子植物，沒有任何的危害，它們的習性喜歡陰冷，遇到生物會主動躲避。」羅獵並未告訴白雲飛自己知識的來源，他大步走入宛如落雨般的鬼櫻叢內，果不其然，空中漂浮的鬼櫻迅速向兩旁閃避，在羅獵的身體周圍形成了一道粉紅色的拱門。

白雲飛慌忙加快腳步，生恐被羅獵落下，此刻他對羅獵已經深信不疑，羅獵雖然比自己年輕，可是羅獵的沉穩和鎮定甚至已經超過了自己，而這一切又歸結於羅獵豐富的知識和閱歷。

白雲飛不由得想起羅獵遊學美利堅的經歷，古人云行萬里路讀萬卷書，看來果然有道理，生活的閱歷比書本上的知識更加重要。

鬼櫻樹是生長於地下的植物，根系發達，樹幹漆黑如墨，與磐石共生，鬼櫻樹多枝無葉，其枝條縱橫交錯，亭亭如蓋，宛如遮天大網。

羅獵腦海中出現鬼櫻樹資料的同時，他的視野中已經出現了一棵巨大的樹，確切地說這只是生長於地下的某種古怪植物，通體漆黑，樹幹也非圓形，而是平貼於岩石之上，就像是攤開在岩石上的一張皮，中部狹窄，不過寬度也有兩米，可上下卻迅速擴展開來，遠遠望去，又如一個緊貼岩壁站立的束腰巨人。

根部紮入岩層之中，向上舒展開來的樹枝，有若一把巨傘，擴展到地洞的頂部，縱橫交錯，如同一張黑色的大網，在這張大網上，無數的鬼櫻附著其上，光芒閃爍，其實鬼櫻和鬼櫻樹並非一體，彼此之間存在著某種寄生關係。

羅獵來到鬼櫻樹前，伸手在黑色的樹幹上摁了一下，樹幹富有彈性，摁下去之後會出現一個凹窩，隨後又迅速彈回恢復原狀。

白雲飛從未見過如此奇怪的樹種，舉目四望，地洞已到盡頭，前方再無通路。

羅獵從腰間抽出掌心刀，鋒利的刀刃抵住鬼櫻樹的樹幹，試圖將樹幹切開，剛才他用手指摁下去的時候已經發現，在鬼櫻樹的樹幹後方是一個空洞。

鋒利的刀刃幾度嘗試都無法刺入韌性十足的樹幹，羅獵抱著試試看的想法將地玄晶鍛造的飛刀取出，想不到這次的抉擇極其正確，飛刀輕易就刺破了樹幹，羅獵縱向在樹幹上劃了道長長的開口，樹幹的厚度只有半寸。白雲飛和羅獵同時用力將裂口左右分開，借著手電筒的光束向其中望去，卻見鬼櫻樹的後方果然藏著一個洞口，這洞並不算深，進深只有三米左右，洞內一具死屍盤膝而坐，在他身邊放著一個保險櫃。

羅獵心中大喜過望，雖然他這次深入地宮的目的並不是為了尋找當年瑞親王留下的保險櫃，可在這裡發現保險櫃也算得上意外之喜，他用飛刀將鬼櫻樹樹幹的洞口擴開，然後躬身鑽了進去。

白雲飛本想跟著羅獵進入洞內，卻感覺手上的壓力驟然開始增加，舉目望去，只見樹幹上的裂口正以肉眼可見的速度迅速收攏，他竭力將裂口拉住，大吼道：「快！裂口就要合攏了。」

羅獵已經來到保險櫃前，這保險櫃也不過是尋常行李箱般大小，羅獵進入之前就已經拿定了主意，先將保險櫃抱出去再考慮如何開啟。雖然白雲飛在外面提醒他樹幹上的裂口開始收攏，羅獵也沒有表現得過於驚慌，畢竟他有刀在手，就算樹幹上的裂口重新閉合，他一樣能夠將之再次切開。

保險櫃雖然不大，可是份量十足，羅獵費了九牛二虎之力方才將之抱起。

白雲飛此時用雙臂撐住剛剛羅獵用刀割開的切口，可來自樹身的壓力卻是越來越強，白雲飛身體觸及的部分變得軟爛如泥，黑色的樹身竟然包繞住他的雙手，宛如深陷泥潭一般。

白雲飛不得不將雙手從中抽離出來，他從身後抽出雨傘，這把雨傘也是特製，骨架全都是用精鋼打造而成，白雲飛將雨傘橫著探入切口之中撐開，試圖阻止切口合攏的速度，一邊大聲提醒羅獵儘快回來。

羅獵雖然知道發生了什麼狀況，可是懷中的保險櫃卻大大減慢了他行進的速度。一步三挪，短短的三米距離在昔日可以一步跨越，現在卻變成了漫漫苦旅。

白雲飛眼看著切口不斷縮小，鋼骨雨傘也在鬼櫻樹的壓榨下發出吱吱嘎嘎的聲音，堅韌的鋼骨支架也無法承受住這原始生長的力量。此時綴滿鬼櫻樹枝頭的鬼櫻宛如被狂風吹過，一朵朵悸動起來，這悸動卻是因鬼櫻樹枝的收縮而引起。

原本擴張生長，宛如大網一般在洞頂攤開的樹枝網路迅速開始回收，隨著樹枝的回縮，鬼櫻一朵朵脫離了樹枝翻飛而起，到處都是粉紅色的鬼櫻花，白雲飛抬頭看到那宛如落雪紛紛的鬼櫻向頭頂飄落而來，內心不由得慌張起來，可馬上又想起羅獵剛才的話，鬼櫻是一種孢子植物，遇到生物通常會主動躲避。其實在目前有限的空間內，就算白雲飛想躲也躲不開。

這次鬼櫻並沒有像剛才那樣主動規避，反而蜂擁而至，白雲飛情急之中將雨傘從裂口中抽離出來，迅速撐開遮住頭頂。雖然仍有不少鬼櫻飄到他身上，不過這些孢子植物並無毒性，對人體也造不成傷害，白雲飛也只不過是虛驚一場。

鬼櫻樹枝已在短時間內縮回樹幹，原本扁平如皮的樹幹迅速變得鼓漲起來，剛才被羅獵割開的裂口此時已經完全合攏，最麻煩的是，羅獵現在還在洞內。

白雲飛不等鬼櫻散去，就來到鬼櫻樹前，鬼櫻樹短時間內猶如充滿了氣，樹幹的直徑仍然在不斷增長。白雲飛暗叫不妙，這棵鬼櫻樹居然如此古怪，竟然將羅獵困在洞中。

羅獵已經將保險櫃運到洞口處，他顯然已經晚了，裂口完全合攏，而且剛才厚度只有半寸的樹幹如今直徑擴展到一米以上，並在不停遞增之中。

羅獵放下保險櫃掏出那柄地玄晶鑄造的飛刀，用力刺入黑色的樹幹之中，因為刀身過短根本無法穿透變粗的樹幹。羅獵此時方才意識到自己遇到了麻煩，飛刀在樹幹上切出一條裂口，刀刃剛剛離開，裂口迅速彌合，其再生的速度已經超出剛才數倍。

羅獵不由得有些頭疼了，他努力搜索著記憶，希望能夠在自己的大腦中找到更多關於鬼櫻樹的資料，找到克制它的辦法，興許那顆智慧種子早已將這些資料融入了自己的大腦之中，可這次並沒有給他驚喜。

白雲飛眼看著那棵鬼櫻樹在短時間內變形，變得短而粗，牢牢堵住了羅獵所在的洞口，此前刀砍已經證明無效，白雲飛掏出手槍瞄準鬼櫻樹射擊，然而子彈射入樹幹宛如石沉大海，壓根起不到任何作用。

白雲飛正在躊躇之際，目光卻落在地面上的一個煙蒂之上，這煙蒂正是剛才羅獵所棄，白雲飛靈機一動，不如用火試試，他掏出一盒火柴，點燃一支火柴向鬼櫻樹幹扔去，火柴落在鬼櫻樹幹之上瞬間燃燒了起來，短時間內火勢已經沿著樹幹蔓延開來。

白雲飛看到用火果然奏效，也露出欣慰的笑容，鬼櫻樹又開始形變，樹幹重新舒展開來變成了薄片形狀，而後又向上擴展，枝條叢生，樹幹的中心迅速收窄，竟從中裂成了兩半，下半部完全沐浴在火中，上半部卻成功擺脫了火焰。

樹幹中斷之後，藏在後方的洞口重新暴露了出來，羅獵不敢繼續逗留，忙不迭地抱起保險櫃，先竭力將保險櫃扔了出去，然後帶上防毒面具，衝出了前方的火牆，帶上面具不是為了防毒，而是為了避免自己的面部被烈火燒傷。

幸運的是火並不大，羅獵衝出火牆的時候只是外衣被點燃，他原地打了個滾就成功將火熄滅。抬頭望去，卻見已經斷裂的鬼櫻樹在頭頂蔓延移動，這古怪的生物究竟應當屬於什麼門類，若是今晚能夠順利離開，一定要好好研究一番。

白雲飛和羅獵兩人共同架起保險櫃，返回了最初的水銀洞。

雖然經歷了一場波折，還好有驚無險地渡過。

陸威霖在上方等得焦躁，聽到兩人在下面發聲，知道他們終於找到了目標，羅獵讓陸威霖放下繩子，將保險櫃牢牢捆好了，然後和白雲飛先後爬了上去，三人合力將保險櫃拖了上去。

畢竟防毒面具只有兩個，陸威霖只能在換氣的間隔過來幫手，等他們將保險櫃拖到了上方，羅獵和白雲飛都累得不行，兩人同時坐倒在地上。

白雲飛在羅獵的肩膀上捶了一拳，羅獵笑著搖了搖頭道：「這東西你一個人只怕帶不走。」

白雲飛也笑了起來，此時他已經將穆三壽交給自己的任務扔到了九霄雲外，如果無法和羅獵合作，他壓根沒希望將保險櫃弄出去，羅獵應當也是一樣。

羅獵很快就發現事情有些不對，陸威霖出去換氣直到現在仍然沒有回來，等了一會兒仍然不見陸威霖返回，不由得想起他們重返水銀洞之前，在神像前方聽到的那聲輕微的呼吸，螳螂捕蟬黃雀在後，蘭喜妹的計策興許已經奏效。

羅獵和白雲飛兩人原地等待了一會兒，卻始終沒有見到陸威霖的影蹤，白雲飛也意識到陸威霖必然出事了，他想到的是陸威霖可能遭遇了古怪的地下生物，並未考慮到人為的原因，在他看來如果沒有知情人引路，外人很難順利抵達如此隱秘的地宮。

他們很快就找到了答案，身後傳來一個陰測測的聲音道：「小子，我果然沒有看錯你。」

兩人循聲望去，卻見陸威霖出現在洞口處，他的身後還有一個身影，雖然未見真容，可是兩人卻都從對方的聲音中聽出，來人正是穆三壽無疑。

陸威霖滿臉懊惱之色，他出去透氣之時被潛伏在暗處的穆三壽擒了個正著，如今穆三壽用槍抵住他的後背，只要穆三壽樂意，隨時都能夠奪去自己的性命。

白雲飛有些錯愕地望著穆三壽，他此時方才明白原來穆三壽一直跟蹤在他們的身後，換而言之，穆三壽雖然開出了讓自己難以拒絕的條件，可是他卻從未真正信任過自己。

白雲飛的表情不怒不喜，淡然道：「穆三爺，真是人生何處不相逢啊！」

穆三壽得意地笑了起來：「白先生也是福大命大之人。」

白雲飛充滿嘲諷道：「托您老的福。」

羅獵向穆三壽點了點頭道：「穆三爺這一路走得並不容易，您老年紀這麼大性子怎麼還那麼急？我既然答應將這東西給您就不會反悔。」

穆三壽本想以陸威霖的性命要脅，逼迫羅獵就範，讓他將保險櫃交給自己，卻沒想到自己還沒開口，羅獵就主動表示要將東西交給自己，他樂呵呵道：「羅獵啊羅獵，識時務者為俊傑，難怪青虹對你特別看重呢。」

羅獵心中暗罵穆三壽卑鄙，到這種時候還利用葉青虹來挑唆自己和陸威霖之間的友情。

陸威霖怒道：「穆三壽，你也是江湖中響噹噹的角色，居然做如此卑鄙無恥的事情？」

穆三壽搖了搖頭道：「江湖中只有成敗，沒有人會計較手段。」說這句話的時候，他盯住白雲飛：「白先生現在準備站在哪一邊？」

羅獵心中一沉，若是白雲飛此時和穆三壽聯手，恐怕局面對己方更加不利，他不由得期盼蘭喜妹儘快現身，唯有如此方能讓局面陷入多方角逐之中，而蘭喜妹的性情極其冷酷，對她而言最重要的是復仇，坐山觀虎鬥才最符合她的利益。

白雲飛道：「我是個失敗者，我始終想不明白自己為何會敗得如此慘烈，現在總算明白了，原來我心中自始至終還有道義二字。」

羅獵道：「穆三爺只管放心將東西拿走，我們絕不阻攔。」

穆三壽哈哈大笑起來：「好！好！好！」他一連說了三個好字。倏然又止住笑聲道：「可惜我生性多疑，信不過你們，為了表示你們的誠意，不如你們將箱子留在這裡，你們三個去下面等我離開再出來好不好？」

羅獵和白雲飛幾乎同時點頭道：「沒問題！」兩人雖然未經交流，此刻卻已經對彼此完全信任。羅獵和陸威霖同時明白，白雲飛已經決定要和他們共同進退。生死關頭方見真情。

穆三壽感歎道：「果然夠義氣，我可以給你們留一根繩子，不過你們需得將裝備留下。」

白雲飛暗罵穆三壽歹毒，讓他們將裝備留下，豈不是斷了他們的回頭路。

羅獵毫不猶豫地將隨身行囊扔了下去，然後沿著那根尚未解開的繩索重新滑落到水銀洞的底部。白雲飛也沒了選擇，學著羅獵的樣子將裝備扔下。

穆三壽用槍口在陸威霖身上抵了一下，示意他也滑下去，然後解開繩索將繩索從下方拉了上去。

羅獵三人眼睜睜看著穆三壽將繩索一根根抽離，白雲飛怒道：「穆三爺，做人留一線日後好相見。」

穆三壽勝券在握，根本不在乎他們說什麼，在他的概念裡，做事務必要斬草除根不留後患，望著被困在水銀洞內的三人，穆三壽的臉上露出陰險的笑意，若是認為他會就此罷手，他們就犯了一個天大的錯誤，講道義，重感情固然不是一件壞事，可這樣的事情卻往往會讓人送命，一個足夠理智冷靜的人絕不會犯這樣低級的錯誤。

羅獵將防毒面具遞給了陸威霖，在這種時候仍能先為朋友著想的人並不多見，白雲飛暗自佩服，他指了指此前藏匿保險櫃的地洞，提醒同伴儘快離開這個是非之地，須知道他們已將所有的武器和裝備留在了上面，不排除穆三壽丟下幾顆手雷的可能。

穆三壽其實正想這樣做，羅獵揚聲道：「不如咱做個交易！」

穆三壽聽他這樣說差點沒笑出聲來，事到如今羅獵還有什麼資格跟自己交易？是他太年輕還是自己老糊塗了？

羅獵掏出了一樣東西高高舉起，穆三壽瞇起了雙目，雖然相隔不近，可是他仍然能夠判斷出羅獵手中的是一枚七寶避風塔符，內心不由得一沉。此前陸威霖從蒼白山凌天堡帶回了一枚本屬於蕭天行的避風塔符，可事後證明那枚塔符是假的，穆三壽當然無法辨別羅獵手中塔符的真假，可是他卻知道面前的保險箱必須要用四枚鑰匙才能開啟。

當年四枚鑰匙被瑞親王奕勳分別交給四位得力手下保存，現如今穆三壽已經得到其三，所差的那一枚正是當初蕭天行所保存的硨磲避風塔符。

穆三壽呵呵冷笑道：「這就是你的條件？」

羅獵道：「兩個條件，告訴我葉青虹在什麼地方，還有你把我們所有的武器裝備扔下來，我將這枚避風符交給你。」

「我怎麼知道你手中的這枚塔符是真的？」

羅獵笑道：「愛換不換！」

穆三壽沉吟片刻，他終於還是下定了決心，雖然他得到了保險櫃，可是拖著這樣一個保險櫃離開這裡恐怕也要耗盡所有的氣力，他將剛剛得到的裝備和武器又從上方扔了下去。

羅獵也不食言，揚手將那枚硨磲七寶避風塔符扔了上去，穆三壽探出手去，穩穩將避風塔符抓住，朗聲道：「葉青虹就在我的住處下面。」幾乎就在同時，左手將一顆手雷丟了下去。他為人陰險，故意說出葉青虹的下落來麻痹羅獵，趁著他們放鬆戒備之時方才痛下殺手。

羅獵三人始終都沒有放棄對穆三壽的警惕，三人看到穆三壽的動作已經知道不妙，他們第一時間抓起裝備，向不遠處的洞口騰躍，身體還未落地，穆三壽丟下的那顆手雷就已經爆炸，爆炸掀起的氣浪將尚未落地的三人掀起，拋在空中，撞擊在牆壁之上，這樣的傷害還在其次，爆炸發出的巨響經過地洞的放大，震耳欲聾，他們被震得頭暈眼花，短時間內失去了知覺。

穆三壽生怕他們不死，又向下接連扔了兩顆手雷，這才觀察了一下羅獵扔給他的硨磲避風塔符，斷定是真貨無疑，心中狂喜不已，正所謂踏破鐵鞋無覓處得來全不費工夫。穆三壽將保險櫃抱到外面寬敞之處，他觀察了一下保險櫃，從懷中將金、銀、瑪瑙三枚避風塔符取出，當年瑞親王交給親信分別保存的避風塔符終於重新聚齊在一起，這些避風塔符其實就是開啟保險櫃的鑰匙。

穆三壽心中暗歎，為了取得這些鑰匙自己費盡心機，這些年來自己處心積慮，刻苦經營方才獲得葉青虹的信任，若非如此又怎能找到這只保險櫃，若非如此又怎能得到開啟保險櫃的所有鑰匙。

穆三壽依次將鑰匙插入保險櫃中，保險櫃雖在地底塵封多年，可內部的機括並未銹蝕，鑰匙插入鎖眼順利將鎖打開，穆三壽按照事先得知的密碼轉動撥盤，所有密碼輸入之後，只聽到保險櫃內發出了清越的喀嚓聲。

穆三壽激動萬分，輕輕將櫃門拉開了一條縫，他生性沉穩，即便是勝利就在眼前仍然沒有被衝昏頭腦，首先想到的是這櫃內有無機關，拉開縫隙之後停留了一會兒，方才一點點將之拉開，等到保險櫃完全拉開，確信沒有任何的機關埋伏，他這才用手電筒的光束照射其中，只見其中放著一隻青瓷酒瓶。

穆三壽吞了一口唾沫，當年瑞親王奕勳不遠萬里，遠渡重洋，去美利堅找到了張太虛，這保險櫃內的東西應當就是從張太虛處得來。青瓷酒瓶內十有八九就是能夠返老還童延年益壽的靈丹妙藥，穆三壽強行壓制住激動的內心，伸手向青瓷酒瓶抓去，小心握住酒瓶的瓶頸，他甚至不敢用上太大的力氣。

這酒瓶的底兒剛剛脫離了櫃板，一蓬鋼針如雨般從保險櫃內激射而出，穆三壽雖然武功高強，可是在這麼短的距離內也無法及時作出反應。無數枚鋼針扎在他的身上臉上，穆三壽只覺得眼前一黑，不由得暴吼一聲，握在手中的瓷瓶也在倉促之中掉落在了地上，還好那瓷瓶沒有摔碎，在地面上嘰哩咕嚕滾了出去。

穆三壽雙目都被鋼針射瞎，雖然他小心謹慎，卻還是中了圈套，此時他已顧不上後悔，慌忙伸手在地上摸索，對他而言最重要的事就是要找到那只瓷瓶。

瓷瓶滾動的聲音戛然而止，穆三壽傾耳聽去，已經判斷出瓷瓶停止的所在，可是他並未急於趕過去，雖然他目不能視，卻感覺到一股凜冽的殺氣從自己的背後宛如暗潮一般湧動而來。

孤狼出現在穆三壽身後十米左右的地方，右手拖刀，腳步的頻率在不斷加快。雙方的距離瞬間已經縮短到三米，孤狼右腳一頓，身軀魚躍而起，雙手擎起寒光閃閃的太刀向穆三壽的頭頂劈去。

穆三壽橫跨一步，身軀瞬間側移，右手自腰間已將煙杆兒抽了出來，右腳為軸，身軀右轉，身體旋轉過來的同時，右手中的煙杆兒直奔孤狼的太陽穴砸去。

在高手的手中任何物件都可以成為致命武器，煙杆兒頂部的白銅煙鍋在穆三壽的全力揮舞之下擁有開碑裂石的威力，穆三壽雖然目不能視，可是在短時間內閃避出擊一連串的動作一氣呵成。

孤狼一刀砍空，旋即反轉刀鋒向穆三壽的腰間橫削，而此時穆三壽的反擊已到眼前，孤狼並未選擇閃避，硬生生受了穆三壽的這次重擊。白銅煙鍋準確無誤地砸在他的太陽穴上，將太陽穴砸出一個血洞，換成常人必然腦漿迸裂而亡，可是孤狼只是腦袋因重擊而後仰，他的攻擊並未因穆三壽這次的反擊而停歇。

穆三壽本以為偷襲者會被自己一擊斃命，他甚至聽到了對方頭骨碎裂的聲音，也聞到了血液混合腦漿的味道。可是對方強悍的垂死反擊卻超出了他的想像，在這樣的狀況下對方居然還能夠發出如此強悍的反擊。

穆三壽含胸收腹部，雙足迅速後退，可終究還是慢了一步，太刀的刀鋒已劃開了他的衣襟，穆三壽清晰感覺到冰冷刀鋒從自己皮肉中掠過的滋味，還好入肉不深，沒有將他的胸腹劃開。

一名黑衣忍者從後方倏然而至，手中太刀刺向穆三壽的後心，意圖前後夾攻將穆三壽置於死地。

穆三壽反手揮動煙杆兒，白銅煙鍋擊打在太刀的側方，強大的力量將對方的太刀成功蕩開，然後他的身軀仍然向後方退去，在那名偷襲忍者尚未來得及躲避之時，身軀撞入了對方的懷中，清脆的骨骼碎裂聲響起，那名忍者竟然被穆三壽強橫的身軀撞得骨骼碎裂，口吐鮮血而亡。

第二章

害人害己

白雲飛的表情充滿鄙夷，暗笑穆三壽害人害己，
還不是落到和他們同樣的境地，
可又想到他們藏身的地洞根本沒有其他出口，
剛才爆炸引發的坍塌將上方出口給封住了，
人在真正遭遇絕境的狀況下首先想到的是如何脫身，
其他的任何事都可以放下。

穆三壽將煙杆兒重新插入腰間，左腳伸出將忍者掉落在地上的太刀挑起，右手握住太刀。雙目中湧出的鮮血已讓他的面孔鮮血淋漓，看起來極具的可怖。

他很快就意識到剛才被他用煙鍋擊中太陽穴的殺手並沒有死，內心中充滿了不可思議，穆三壽對自己的出手一直都有信心，儘管他的雙眼被鋼針所傷，可是他就算看不到也能夠斷定自己用煙鍋擊碎了殺手的頭骨。

眼見為實，是一個樸素而簡單的道理。不過就算穆三壽親眼看到，他也不會相信自己的眼睛。

孤狼太陽穴被擊出的血洞正在癒合，如今已恢復得和正常時一模一樣，任何人都看不出這裡曾受過傷。孤狼活動了一下他的頸部，頸椎骨骼發出爆竹般的劈啪啪的聲音，雙手握住太刀豎立於身體的右側，再度向穆三壽發起了攻擊。

一隻瘦削而修長的手將地上的瓷瓶撿起，福山宇治打量著這只讓穆三壽拋開安危於不顧的瓷瓶，對裡面收藏的東西他擁有著同樣的好奇。不遠處保險櫃的櫃門敞開著，裡面的一切無所遁形，福山宇治並沒有從中找到他想要的東西。他們此番前來的目的是為了尋找冀州鼎，可眼前的保險櫃內顯然沒有。

福山宇治轉身去尋找松雪涼子的影蹤，畢竟這次的行動是她全盤計畫，也是她向總部請示讓自己協助她前來奪去冀州鼎。然而此時松雪涼子在外面負責望風，福山宇治隱然感覺到不妥。

就在此時，外面忽然傳來一聲驚恐的尖叫，那聲音明顯來自於松雪涼子。

福山宇治使了個眼色，兩名隨同他前來的忍者快步向洞口奔去。

蘭喜妹站在雍正神像的頭頂，居高臨下望著對側的洞口，她的身邊一名忍者已經被她切斷了咽喉，還未完全斷氣正捂著流血的脖子躺在地上，手足扔在不斷抽搐著。

蘭喜妹手中的狙擊步槍已經組裝完成，端起步槍，通過瞄準鏡鎖定了洞口，當兩名忍者的身影出現在洞口之時，她連續扣動扳機，兩顆子彈先後穿過了兩名忍者的頭顱。

蘭喜妹的表情冷酷至極，透過瞄準鏡，她將槍口移到百煉窟的上方，在洞窟內堆積著數十個火藥桶。蘭喜妹纖長嫩白的手指搭在扳機上，她已經開始用力，可手指的肌肉很快又鬆弛了下來，此時羅獵英武的面龐再次出現在她腦海中。

蘭喜妹抬起頭，雙眸已紅，其中明顯有淚光在閃爍，她的內心正處於激烈的交戰中，此次的計畫天衣無縫，從一開始她的目的就是復仇，不計代價的復仇，她咬了咬櫻唇，自己絕不可以因任何人而改變。

蘭喜妹再度瞄準了目標，心中默默道：永別了，羅獵！

接連兩聲槍響不但驚動了福山宇治，同樣驚動了處在水銀洞底的羅獵三人。

他們三人被穆三壽扔出的炸彈震得七葷八素，在眩暈中找到了彼此，白雲飛和陸威霖大聲詢問對方的狀況，可是聽力在短時間內仍然無法恢復，都聽不到對方的說話。羅獵的聽力是最先恢復的一個，他聽到了激烈的交戰聲，聽到了槍聲，從一開始羅獵就明白這是一個連環局，他雖然答應和蘭喜妹合作，可是卻從未真正信任過她。

羅獵對蘭喜妹的為人還是有些瞭解的，他知道蘭喜妹為了復仇會不擇手段，不計代價，為了剷除她的仇人，甚至不惜拿自己殉葬。

穆三壽為了換取磚礫避風塔符將三人的裝備還給了他們，只要裝備在手，他們三人不難從水銀洞內爬出去。從聽到的戰況來推測，現在外面正打得不可開交，反倒是水銀洞內成了最安全的地方。

穆三壽揚起太刀擋住孤狼用盡全力的一刀，雙刀交錯迸射出無數火星，穆三壽卻借著孤狼刀身傳來的力量倒飛而起，按照常理而論，穆三壽本應當選擇向洞外奪路而逃，然而他卻反其道而行之，竭力逃向水銀洞，徑直從洞口向下跳落。

水銀洞深度在十米左右，穆三壽躍入洞內，手中太刀狠狠抵住一旁岩壁，利用太刀和岩壁產生的摩擦力減緩自身下降的速度，以免落地時受傷。

孤狼手中挽了一個刀花，毫不猶豫地跟著穆三壽跳了下去。

福山宇治在那兩聲槍響過後，關注力已從穆三壽身上轉移到了洞外，否則又豈能任由穆三壽從容逃入水銀洞內，不等他查清外面究竟發生了什麼，劇烈的爆炸就發生在他的頭頂，整個洞窟地動山搖，來自上方的爆炸將他們所在的洞窟炸得坍塌，巨石泥沙紛紛落下，福山宇治此時方才意識到他們所有人都中了圈套。

孤狼瞄準了穆三壽的頭頂準備一刀劈下，突然來臨的爆炸讓一塊崩下的石塊砸在了他的後心，孤狼發出一聲悶哼，手中刀飛了出去，身體隨著那塊巨石直墜急下。穆三壽卻幸運逃過了巨石的致命襲擊，當然有不少碎石落在他身上，不過這些對他的身體造不成太大傷害。

羅獵三人雖然藏身於洞內，也感到地動山搖，陸威霖率先向外衝去，洞口煙塵瀰漫，落石坍塌之聲仍然不絕於耳，白雲飛和羅獵也隨後趕了過來，白雲飛歎道：「壞了，出口只怕被堵上了。」

羅獵留意到煙塵中一個人影正跌跌撞撞向這邊摸索而來，白雲飛和陸威霖同時端起了武器，槍口瞄準了來人，陸威霖大吼道：「站住，否則我就開槍了。」

那人並沒理會陸威霖的警告，仍然踉踉蹌蹌走著，陸威霖瞄準他的身邊開了一槍。

槍聲讓那人停下了腳步，他嘶啞著喉頭道：「誰都出不去了，哈哈……誰都出不去了！」來人竟然是剛才陷三人於絕境的穆三壽。

白雲飛的表情充滿了鄙夷，暗笑穆三壽害人害己，還不是落到和他們同樣的境地，可馬上又想到他們所藏身的地洞根本沒有其他的出口，剛才爆炸引發的坍塌十有八九將上方的出口給封住了，人在真正遭遇絕境的狀況下，首先想到的是如何脫身，其他的任何事都可以放下。

羅獵緩步走了過去，只見穆三壽滿臉血污，臉上仍然插著不少的鋼針，雙目更是首當其衝，應當是已經被鋼針射瞎了。羅獵雖然未曾親眼見到穆三壽是如何受傷，可也能夠推斷出穆三壽必然是在打開保險櫃的時候誤碰了機關，所以才落到如此下場。

穆三壽從腳步聲已經聽出是羅獵走了過來，揚起手中太刀，刀鋒指著羅獵，咬牙切齒道：「小子，你早就知道保險櫃內有機關對不對？」

羅獵看到穆三壽如今的慘狀也覺不忍，他歎了口氣道：「鑰匙都在你的手中，我又怎能知道？」

穆三壽唇角的肌肉抽搐了一下，慘然笑道：「天意……果然都是天意……」想起自己機關算盡，到最後居然落到如此下場，頓時心如死灰。

陸威霖舉槍瞄準了他的腦袋，怒道：「穆三壽，你好卑鄙，竟然利用自己的乾女兒來要脅我們！」

穆三壽搖了搖頭道：「沒人要要脅你們，我也從未想過要傷害青虹，是你們自己蠢，怨得誰來？」他這句話倒是沒有撒謊，自始至終他也沒有想過要害了葉青虹的性命，事到如今再說這些又有什麼用處？

白雲飛道：「那保險櫃裡面到底有什麼？」

穆三壽還沒有回答，身後卻傳來石頭滾落的聲音，羅獵三人循聲望去，卻見一人推開身上掩埋的石塊站了起來，他身上也有多處骨折，左手握住右臂用力一推，脫臼的肱骨重新復位，周身的傷口也開始迅速復原，此人卻是孤狼，他因為追擊穆三壽而躍入水銀洞，卻沒有穆三壽那般幸運，身在中途就被爆炸迸射出的石塊擊中，而後又被落石掩埋在了廢墟中，如果是尋常人就算不死也會因身體多處骨折而奄奄一息。

可孤狼畢竟身體注射了化神激素，擁有著遠超常人的強大修復能力，在短時間內就已經完成了身體的修復，體力恢復之後徒手推開了壓在身上的石塊。

陸威霖轉移槍口對準孤狼的胸膛就是一槍，子彈穿透孤狼的身體留下一個槍洞，可孤狼只是低頭看了看，然後倏然啟動，向穆三壽撲了上去。

穆三壽反轉太刀猛地向孤狼的肩頭劈落，他出刀的速度已經疾若閃電，可是孤狼的速度更勝一籌，瞬間抓住穆三壽的手腕，以穆三壽的身體充當自己的人肉盾牌，抱著他向羅獵三人衝去。

白雲飛和陸威霖同時開槍，這種時候他們又豈能考慮穆三壽的生死，子彈如雨般向前方傾瀉。穆三壽在江湖上縱橫一生，可憐到頭來卻死在了亂槍之下，更可悲的是給孤狼當了擋箭牌。

孤狼奪下太刀，將穆三壽推開，在對方更換彈夾的時機，向前方衝去。

咻！一柄飛刀破空而來，卻是羅獵終於出手。

三人之中真正瞭解孤狼的只有羅獵，在同伴開槍的時候，他始終冷靜等待著機會，他知道子彈不可能對孤狼造成致命傷，唯有用地玄晶鍛造的飛刀方能完成對孤狼的致命一擊。

黑暗的地穴中，孤狼的瞳孔驟然收縮，揚起手中太刀準確無誤地劈斬在飛刀之上，噹的一聲鳴響，雙刀交匯之處迸射出無數火星，又一柄飛刀倏然而至，羅獵的第一刀只是為了吸引孤狼的注意力，第二刀方才是真正的殺招，飛刀劃出一道藍色幽光，射入孤狼的咽喉。

藍色的幽光在孤狼的咽喉迅速擴展開來，很快蔓延到了他的面部。

白雲飛和陸威霖幾乎在同時換好了彈夾，再度瞄準孤狼開始發射，孤狼的身體踉蹌後退，終於跌倒在了地上。

羅獵擔心這廝仍然未死，又是一刀射入孤狼的右目之中。

孤狼的身體仍然在地上一陣陣抽搐，陸威霖湊上去，端起衝鋒槍，瞄準他的面孔連續發射，將槍膛內的子彈全都射空，孤狼的腦袋被轟得稀爛，羅獵走過去輕輕拍了拍陸威霖的肩頭，觀察了一下一動不動的孤狼，確信孤狼真的氣絕，這才俯身將射入孤狼身體的飛刀拔出。

白雲飛來到穆三壽身邊，穆三壽仍未氣絕，他指著白雲飛的方向似乎有話要說，白雲飛原本對穆三壽利用自己的做法極其反感，可是看到他已必死無疑，也無意再落井下石，早一步取他的性命。

穆三壽染血的手掌哆哆嗦嗦將腰間的煙杆兒抽了出來，朝白雲飛遞了過去。

白雲飛明白了他的意思，伸手接過道：「給我的？」

穆三壽點了點頭，似乎有話要說，可終究還是什麼都沒有說出來，腦袋一歪已然氣絕。

因為此前鑽地鼠和孤狼的死而不僵，陸威霖擔心其中有詐，端著槍又來到穆三壽的面前，其實他絕沒有在穆三壽的腦袋上補上幾槍的意思，雖然他不齒穆三壽的手段，但是內心深處對穆三壽還是存有敬畏的。

羅獵蹲下去摸了摸穆三壽的頸側動脈，確信穆三壽的確已經死了，借著手電筒的光束可以看到穆三壽的肌膚已經變成了紫黑色，在他的臉上密密麻麻插著鋼針，這些鋼針餵有奇毒，就算沒有剛才的槍擊，穆三壽也會毒發身亡。

白雲飛將穆三壽的煙杆兒插入腰間，心中暗忖，穆三壽臨終之前將這煙杆兒交給自己應當別有用意，只是現在他們被困在這遠離地表的黑暗地宮之中，就算這煙杆兒價值連城也沒有任何意義，望著地上的兩具屍體，白雲飛暗自感歎，其實大家或許沒有分別，最終都要死在這裡，只不過是先後而已。

羅獵走向水銀洞，發現水銀洞已經被因坍塌墜落的石塊填滿，此前的石棺也被亂石掩埋。

剛才發現保險櫃的地洞已被他們搜索了一遍，並沒有其他出口，可是水銀洞既然被堵住，他們總不能活活在裡面困死，白雲飛和陸威霖兩人並不甘心又轉身去搜尋了一遍，畢竟剛才進入鬼櫻洞取出保險櫃的是羅獵，或許他會有所疏漏。

這倒不是因為他們對羅獵並不信任，而是因為他們內心深處對生的渴望。

羅獵能夠體諒他們的心情，不過他並未隨同兩人前往，他對自己的觀察力向來極有信心。果然沒過多久，兩人就垂頭喪氣地回來，素來堅強的陸威霖此刻也明顯沮喪起來，朝著羅獵搖了搖頭道：「沒有其他的出路。」

白雲飛默不作聲，尋了塊岩石坐下，一個人獨自發呆，右手落在腰間摸到穆三壽剛剛送給他的煙杆兒，和田玉煙嘴在掌心溫潤滑膩似乎天然帶著溫度，可白雲飛卻感到一股徹骨的寒意湧入心頭。

羅獵仍然站在那裡，於藍色的幽光下點燃了一支香煙，三人誰也沒有說話，白雲飛和陸威霖靜靜望著羅獵，羅獵靜靜抽著煙。一連抽了兩支煙後，羅獵終於開口道：「水銀去了什麼地方？」

白雲飛和陸威霖經他提醒目光同時都是一亮，是啊，此前這水銀洞內滿是水銀，羅獵啟動機關之後，水銀經由水銀洞底部的開口流了出去，武士石棺方才現身。可當兩人的目光投向水銀洞的方向，馬上又變得黯淡起來，水銀洞內堆滿了石塊，就算下方有出口，他們也不可能憑藉雙手扒開一條通路。

羅獵自然考慮到了這個問題，他輕聲道：「石棺擋住了許多落石，在石棺的下方應當會有一個未被落石波及的空間，從我們現在的位置到石棺的距離應當不到三米，我們可以挖出一條通道直達石棺的下方。」

白雲飛點了點頭，卻又提出了他的顧慮：「這些落石相互支撐，如果我們挖空下面的部分，上方很快就會有石塊滾落下來填充。」

羅獵微笑道：「那就只能賭上一把了，如果運氣不好，我們或許會遇到一塊巨石，那麼我的這個計畫就會全部落空。」

陸威霖已經取出了工兵鏟，對他們來說時間就意味著生命，困在這裡的時間越久，逃生的機會就越渺茫，必須在最短的時間內挖通道路，其實陸威霖也想過，即便是他們抵達石棺的下部，找到水銀流出的洞口，從那裡也未必能夠找到通路，就算有通路，首先也要考慮他們能不能熬過水銀蒸汽的毒害。眼前之計，唯有走一步看一步了。

還好他們的運氣並不算壞，既沒有遭遇到二度坍塌，也沒有遇到阻擋他們前行的巨石，順利挖掘到了石棺下方，考慮到挖掘的範圍越大，坍塌的可能也就越大，所以他們挖出的通道僅僅能夠容納一個人通行，陸威霖率先爬入石棺下方，羅獵猜得不錯，石棺下面的空間果然沒被落石波及。

可是沒等陸威霖看清石棺底部的狀況，就感覺到冰冷的刀鋒橫在了他的喉頭，陸威霖立時嚇得噤若寒蟬，不敢擅動。

白雲飛和羅獵尚不清楚裡面的狀況，白雲飛大聲道：「裡面狀況如何？」

陸威霖不敢回頭，在這狹窄黑暗的空間內並沒多少活動餘地，他心中暗自苦笑，自己今天已是二度被制。身後響起一個低沉的聲音道：「裡面景致不錯！」

白雲飛內心一怔，這聲音顯然不屬於陸威霖，他對這聲音並無任何的印象。

羅獵卻從說話聲中猜到了對方的身分，這聲音明顯是福伯所發。

羅獵道：「福伯，是您老人家嗎？」他早已從蘭喜妹那裡得知了福伯的真正身分，但是並不確定福伯是否已經知道身分暴露，眼前這種狀況下最好還是揣著明白裝糊塗得好。

福山宇治將手中刀從陸威霖的頸部移開，故作驚喜道：「羅獵？」他目前尚無法確定羅獵是否知道自己真正的身分。

陸威霖重回自由後沿著原來的通道重新爬了出去，福山宇治也緊隨其後，剛才洞穴因來自上方的爆炸而坍塌，福山宇治自然遭遇了驚魂一刻，他和孤狼一樣選擇跳入了水銀洞內，當時他們已經沒有了太多選擇，福山宇治審時度勢的能力顯然要比孤狼強大得多，他在滅頂之災尚未到來之前，選擇鑽到了石棺的底部。

幸運的是這具石棺居然扛住了上方如雨落石，福山宇治也因為這具石棺的存在而逃過一劫。水銀洞內除了石棺下方，其他的地方全都被落石阻塞，福山宇治想要從這裡離開也唯有徒手挖出一條通路。還好他並未等待太久，同樣躲過劫數的羅獵三人就打通了一條直達他身邊的通道。

出現在羅獵三人面前的只是一個蓬頭垢面的老人，福山宇治老謀深算，自然不會穿著忍者服出現在幾人面前。福山宇治沒有說自己因何來到這裡，羅獵幾人也沒有問，羅獵自然是心知肚明，白雲飛和陸威霖雖然並不清楚福山宇治的底細，可也能夠猜到他來到地宮十有八九也是為了尋寶。

福山宇治第一時間看到了死去的穆三壽，然後又看到了孤狼佐田右兵衛的屍體，兩人死相都是極慘，對穆三壽的死他並不意外，畢竟穆三壽此前已經被保險櫃內的毒針射中，佐田右兵衛的死卻讓福山宇治感到心驚，孤狼是平度哲也一手改造的追風者，他的體內已經注入了化神激素，擁有著超強的再生能力，普通的武器是無法將之殺死的。

孤狼的頭顱被打得稀爛，可福山宇治仍在他的胸口上找到了致命傷，那是地玄晶鑄造的武器留下的特有印記，傷口處仍然泛著透明的藍光，福山宇治推斷出殺死孤狼的應當是一柄飛刀，從武器特徵不難判斷出殺死孤狼的人就是羅獵。

這種環境下聚在一起每個人都不好受，但他們可以放棄尷尬，放棄立場，因為他們所面臨的一個共同難題就是如何從這裡逃出去。

福山宇治也沒有解釋自己出現在這裡的原因，他已經沒時間去考慮如何編織謊言，抱著希望厚著臉皮問道：「裡面有沒有出口？」其實他心底深處已經猜到可能性極其渺茫，若是裡面有出口，羅獵三人就不會花費這麼大的精力挖出這條通道，他才不相信幾人這麼做是為了營救自己，更何況自己根本沒有呼救，也沒有發出任何聲息。

白雲飛道：「老先生以為我們會捨易求難？」

羅獵指了指通往石棺的洞口道：「最大的洞口就在裡面了。」

福山宇治搖了搖頭，他剛從裡面爬出來，已經四處查看過，應當沒有可供逃生的出口。

羅獵將自己的想法說了出來，此前這水銀洞內充滿了水銀，因他啟動閥門，水銀方才在短時間內排空，十二塊黃金雕板的中心就有一個洞口。羅獵曾經觀察過那個孔洞，單憑那一個孔洞雖然能夠排空水銀，卻無法做到在短時間內將水銀排泄得如此徹底，換而言之，除了那個排泄口之外或許還有其他的。

福山宇治也認為羅獵所說的極有道理，想了想道：「石棺下足以容得下你我，不如咱們再進去看看。」

羅獵點了點頭，他並未懷疑福山宇治此時的誠意，畢竟無論他們情願與否，此時大家都已經坐在了同一條船上，唯有同心協力，集結所有人的智慧和力量方才有突圍的機會，否則他們只能被困死在這裡。

福山宇治和羅獵兩人爬到石棺的底部，手電筒的光束照亮這有限的空間，事情並不像羅獵想像中那樣樂觀，因為黃金雕板傾斜的緣故，還有不少小石塊滾落到了漏斗的底部，將此前的排泄口堵住，福山宇治道：「我檢查過，應該不可能從這裡離開。」

羅獵用手在周圍的金屬雕板上輪流敲擊了幾下，選中了其中的一塊雕板，憑著手掌的回饋，他能夠斷定這塊雕板的後方應當是中空的。

福山宇治提醒道：「這黃金雕板厚度在一尺左右，我們不可能將它打開。」

羅獵點了點頭，啟動這些雕板的開關應當是石棺周圍的十二生肖神像，可現在神像已經完全被落石覆蓋，他們根本無法移動神像分毫。

白雲飛和陸威霖兩人看到羅獵他們又退了出來，知道他們此次毫無收穫，聽羅獵介紹完裡面的狀況，陸威霖提議道：「不如我們集合所有的炸藥，從石棺的底部引爆，或許能夠砸出一個大洞。」

白雲飛搖了搖頭道：「最可能是引發二次坍塌，到時候咱們就插翅難逃，即便是沒有引發二次坍塌，如你所願炸出了一個洞口，也會很快就被上方的石塊填塞，咱們仍舊還是出不去。」

福山宇治道：「說得對，如果爆炸，咱們連最後逃生的機會都沒有了。」

陸威霖反駁道：「那你告訴我有什麼辦法？既然早晚都要死，不如放手一搏。」

三人同時將目光投向羅獵，羅獵此時也沒什麼辦法，蘭喜妹雖然給他提供了不少地宮的資料，但是關於水銀洞的記載並不詳細。其實羅獵從一開始就明白蘭喜妹對自己是利用，而他對蘭喜妹也抱有同樣的目的，所以即便是落到眼前的困境，羅獵對蘭喜妹也並無抱怨之心。道高一尺魔高一丈，在這一局上，自己的確是敗了。

不過敗得還不算徹底，至少目前自己還活著，福山宇治也是一樣，無論此前你扮演的角色是螳螂還是黃雀，都沒有成為笑到最後的那一個，比起穆三壽他們無疑還是幸運的。

羅獵沉默了一會兒，然後將自己的行囊打開，將行囊上身上所有的東西全都拿出來，一樣一樣放在地上。福山宇治望著他的一舉一動，心中暗暗佩服，直到這一刻羅獵居然還能表現出如此的鎮定，即便是自己也已經開始慌張起來，他甚至已經嗅到了死亡的味道。福山宇治認為羅獵的內心深處必然也是恐慌的，只不過他的自控能力很強，並沒有表現在外。

羅獵將背囊內所有的東西全都展開，而後又起身走向穆三壽的屍體，開始搜索穆三壽的遺物。陸威霖不由得皺了皺眉頭，雖然他不齒穆三壽的為人，可是穆三壽都已經死了，羅獵這樣翻死人的東西是不是有對人不敬之嫌。

白雲飛一開始也並不明白羅獵的動機，不過他很快就想通了羅獵的用意，很快就像羅獵一樣開始重新檢查自己的背囊。陸威霖看到白雲飛動作起來之後，方才明白，羅獵可不是要發死人財，他根本沒有想過要放棄，正在重新整理物品，尋找可能使用的工具。

福山宇治望著這三個已經重新動作起來的年輕人，目光中充滿了期許，這三人意志力顯然都是非常頑強的，欣賞之餘又感到有些遺憾，自己已經是花甲之年，即便是命絕於此也不可惜，這些年輕人的人生才是剛剛開始。

羅獵忽然轉過身來，對福山宇治道：「福伯，您身上有什麼可用的東西？」

福山宇治搖了搖頭，他對自己隨身所帶的東西清清楚楚，當然沒必要像他們三人一樣將東西全都拿出來，不過福山宇治又想起了什麼，他的身上有件東西並不屬於自己。

他取出了瓷瓶，這青瓷瓶就是藏在保險櫃內的那個，穆三壽就是因為這個瓷瓶而中了埋伏，被保險櫃內射出的鋼針弄瞎了雙眼，最終慘死在水銀洞內。

能讓穆三壽這個稱霸黃浦的梟雄不惜性命尋找的東西想必價值非凡，福山宇治並不知道這青瓷瓶內裝的是什麼，只是能夠確定這其中絕不可能有冀州鼎，松雪涼子一手策劃的這次奪鼎行動還未見到目標就已經宣告失敗，本想藏身在背後扮演黃雀角色的他們很不幸也淪為了他人的獵物。

穆三壽和自己的目標顯然並不一致，他是尋找保險櫃的，而在松雪涼子的情報中，從頭到尾都沒有提及過保險櫃這三個字，以福山宇治的智慧，已經明白今天到底發生了什麼，冀州鼎是不是在這裡已經不再重要，目標既不是青瓷瓶也不是冀州鼎，他和已經死去的穆三壽，仍然活著的羅獵幾人全都一樣，都只不過是松雪涼子想要清除的對象罷了。

想到這裡福山宇治臉上不由得泛起苦笑，想不到自己機關算盡，最終卻栽在了一個小女人手上，不過即便是現在福山宇治仍猜不到松雪涼子對付自己的真正原因，按照常理來推斷，認為松雪涼子應當是想要剷除自己以圖上位。

青瓷瓶內裝著的應當是液體，福山宇治用小刀清去封臘和火漆，打開了瓶塞，一股刺鼻的氣息頓時從瓶內逸出。

羅獵三人也是聽福山宇治說過之後方才知道青瓷瓶的來路，可其中到底裝什麼誰都不知道。在福山宇治打開瓶塞之前，甚至有人猜想這其中或許藏著張太虛收藏的返老還童的丹藥，可當聞到這刺鼻的味道，這個想法頓時蕩然無存了，這裡面絕不是什麼靈丹妙藥，毒藥才對。

羅獵拿來兵工鏟，讓福山宇治在上面倒了一滴，本想湊近看個究竟，卻不曾想那液體落在兵工鏟上迅速產生了化學反應，不一會兒功夫已經將兵工鏟腐蝕出一個拇指大小的洞口，而且洞口還在繼續擴大，最終成為紅棗般大小。

陸威霖倒吸了一口冷氣，這液體腐蝕性實在太強，須知道福山宇治只是滴了一滴，若是整瓶都傾倒出來那還了得？

羅獵心中暗忖，這青瓷瓶內的液體如果是瑞親王奕劻所藏，此人用心何其歹毒，保險櫃內不但有毒針而且還藏著毒性如此劇烈的液體。穆三壽苫苦籌畫了一輩子，最後雖然找到了這只保險櫃，可此事從頭到尾都是奕劻布下的一個局。

羅獵並未因青瓷瓶內的液體而沮喪，雖然這液體並不是可以返老還童的靈丹妙藥，但是對此刻的他們來說，這液體甚至比天下間所有的靈丹妙藥加起來都要珍貴。因為水銀洞的底部由十二塊黃金雕板拼成，想要離開困境，唯一的途徑就是穿過這些厚度在一尺以上的黃金雕板。

雖然他們手頭並不缺武器彈藥，可現實條件卻決定他們無法輕易使用，任何爆炸和震動都可能引起洞穴的二次坍塌，一旦如此他們就再無重見天日的機會。

四人商量了一下，都同意用青瓷瓶內的液體去腐蝕水銀洞底的黃金雕板，根據剛才腐蝕兵工鏟的情形來看，這青瓷瓶內裝著的應當是王水之類的液體，不過絕不會是王水，王水是濃鹽酸和濃硝酸按照體積三比一的配比組成的混合物，能夠溶解金屬，不過王水極不穩定，一般都是現配現用，這青瓷瓶至少也有十多年的歷史，就算密封絕佳，此刻也應當已經失效了。

四人商議之後決定由羅獵和陸威霖兩人前往完成這個工作，選擇合適的位置，先嘗試滴了一滴，雖然此前已經用兵工鏟試驗過，可畢竟黃金和鋼鐵不同，萬一這液體對黃金不起作用，那麼他們豈不是空歡喜一場。

液體落在黃金雕板之上即刻就發生了反應，更讓他們欣喜的是，液體對黃金的腐蝕性要比鋼鐵更強。

兩人小心控制液體腐蝕黃金的範圍，用去了大半瓶液體，已經將下方的黃金雕板溶出了一個直徑約有八十公分的不規則圓洞，陸威霖看到裡面還有液體，決定再將洞口擴大一些，將瓶口傾倒之時，一個龍眼大小淡黃色的透明物體隨著液體滾落出來。那小球落在金屬板上沿著傾斜的角度滑落下來。

羅獵眼疾手快，一把將小球摁住，他帶著手套，已經證明瓶內的液體並不會腐蝕手套。

羅獵的第一個反應就是這青瓷瓶內的小球很可能就是瑞親王奕勳收藏的至寶，瑞親王奕勳的心機可用深不可測來形容，在他從海外歸國之前就已經意識到他的身邊人出了問題，所以就提前做出了準備，連最壞的結果都已經考慮到。

將用七寶避風符雕刻成的四把鑰匙分別交給了四名親信，表面上是對他們信任，其實是為以防不測，就算自己遇害，這些人也必然會因此而產生猜忌和內鬥，事實證明奕勳的佈局最終如願。

羅獵將那小球收入囊中，還好身邊人是陸威霖，他和羅獵之間彼此信任，就算是稀世之寶也不會產生覬覦之心。

「我想應該夠了！」陸威霖望著他們溶出來的洞口道。

羅獵點了點頭，兩人用手電筒照亮下方，看到下面是一個極其空曠的空間，從他們的位置距離底部應當有二十米左右的距離，下方空氣潮濕卻並無任何的異樣，甚至比起水銀洞的空氣都要清新得多，此前從水銀洞中流走的水銀並未流入下方的空間內，此前他們拋落的金幣也不知去了何方，看來水銀洞底部的排泄口和這裡並不相通。

兩人將繩索固定在石棺上，羅獵先行沿著繩索滑下，雙腳落在實地，地面鋪著烏沉沉的方磚，羅獵先是環顧了一下周圍，並未發現有危險的存在，這才用手電筒向上方閃了兩下，以此給上方同伴傳遞訊號。

陸威霖又將資訊傳達給了白雲飛和福山宇治，四人依次從上面滑落下來，本來他們都以為生機渺茫，在水銀洞內的狹窄空間內等死，現在突然來到了一個這麼大的空間內，雖然暫時還無法脫困，可是對他們來說已經有柳暗花明的感覺。

陸威霖將面具摘掉用力吸了口新鮮空氣，如釋重負道：「總算逃出來了。」

白雲飛忍不住提醒他：「咱們只是換了個大點的地方，還沒逃出去呢。」

陸威霖道：「人必須要樂觀一點，根據我的經驗，羅獵的運氣一直都不錯。」他的這番話中既表明了自己的樂觀也表達了對羅獵的信任。

白雲飛和羅獵認識時間最短，福山宇治對陸威霖的這句話卻是深表贊同，羅獵當初能從危機四伏的蒼白山全身而退就已充分證明了這一點，這廝的確是福大命大，興許這次還能像過去一樣逢凶化吉。福山宇治卻沒有想到，羅獵走運到從他的眼皮底下撿到了青瓷瓶內暗藏的寶物，若是知道，他難免又要感歎人生了。

幾人的語氣雖然輕鬆，可誰也不敢真正放鬆下來，興許他們可以找到出路，興許他們只是從一個籠子到另外一個籠子裡。

他們利用手電筒的光束尋找可能離開的道路，並沒有花費太大的功夫就在他們的右前方找到了一條甬道，沿著甬道走了十多米就看到滲水的痕跡，地面非常乾淨，幾乎纖塵不染，如果不是在地宮內，甚至會懷疑這裡有人打掃。

羅獵率先聞到了一股烤肉的香氣，他吸了吸鼻子確定自己沒有聞錯，其餘三人也先後聞到，他們都感到非常詫異，在這黑暗的地下，怎會有烤肉的味道？可越是前行，肉香的味道越是濃烈。

他們的內心先是感到驚喜，既然有烤肉就證明有人生存在這裡，可很快他們又感到忐忑，在遭遇了形形色色的地底怪物之後，焉知烤肉的是不是一個古怪的生物？

隨著他們前行，這股烤肉的香氣變得越來越濃鬱。羅獵做了個手勢，所有人同時將手電筒關掉，取出了各自的武器。

前方隱隱有光亮透出，他們向光線發出的方向走去，從光線明暗波動的狀況不難推斷出前方必然是點燃了一堆篝火。走出甬道，前方霍然開朗，這裡應當是一座用來存放石料的場地，到處堆滿了各種各樣的條石，在場地的正中擺著一隻精美絕倫青銅鼎，鼎下堆著劈柴，如此價值連城的青銅鼎在這裡只是被當成一口普普通通的鍋來使用。

直徑一米的頂蓋就隨隨便便扔在一旁，鼎內冒著熱氣，裡面的水應該已經開了，他們都可以聽得到裡面的沸騰聲。

一人身穿破破爛爛的清朝官服背身坐在青銅鼎旁，雙手抱著膝蓋，因為身體太過瘦弱，一對肩胛骨高高聳起，彷若一隻即將振翅飛起的老鷹。

在他的腦後結著一根雪白的辮子，整整齊齊一絲不苟。

羅獵幾人同時停步，雖然那人坐在鼎旁一動不動，但是他們都能夠確定此人必然活著。

白雲飛任何時候都保持著江湖人物的作派，抱拳道：「這位前輩，我等誤入寶地，叨擾之處還望不要見怪。」

那人舉起右手，寬大的袍袖滑落下去，露出一條皮包骨頭的黝黑手臂，五根手指有若鳥爪，瘦骨嶙峋，指甲尖利，緩緩擺了擺手。

羅獵心中暗忖，此人不知在這地底生活了多久，長時間的幽閉生涯會大大損害一個人的語言能力，興許他已經不會說話了。

福山宇治低聲道：「此人古怪。」

陸威霖端起手槍瞄準了那人的頭部，只要這怪人有任何的異動，他會毫不客氣地轟爛此人的腦袋。

白雲飛壓低聲音道：「你們看他的衣服，是清朝的官服。」

羅獵忽然想起葉青虹曾經告訴自己的一件事，英法聯軍闖入圓明園燒殺搶掠之時，負責圓明園的管園大臣文豐投福海自盡，關於文豐之死的說法很多，有人說文豐是害怕事後罪責畏罪自殺，有人說文豐忠肝義膽，為了保全園子裡的秘密方才選擇投海自盡，事情過去了這麼多年，真相已經變得並不重要，反正文豐之死也未讓圓明園躲過接二連三的劫難，如今更是淪為一片廢墟。

此人會不會是文豐？這個念頭悄然浮現在羅獵的腦海中。

羅獵向前走了兩步，仔細打量著那人身上的官服，雖然破爛不堪褪色嚴重，可仍然能夠看出一些端倪，羅獵道：「敢問您可是文大人？」

那人緩緩轉過頭來，他的身軀未動，腦袋卻整個旋轉過來。四人都是膽色過人，可是看到眼前一幕也覺得心驚肉跳。呈現在他們眼前的一張面孔與其說是人，還不如說是一具骷髏。

此人非但手臂無肉，臉上也是如此，皮包骨頭，這表皮也絕不正常，密密麻麻佈滿了綠豆大小的黑色疙瘩，七分鬼相，三分人形。

羅獵並沒有被此人古怪的形容嚇住，依然客客氣氣道：「您可是文大人？」

那怪人看了看羅獵，然後又將脖子一點點轉了回去，過了好一會兒聽到一個古怪的聲音道：「哪個文大人？」

四人同時聽出這古怪的聲音絕非是通過喉頭發出，白雲飛指了指肚子，對方使用的是腹語，通過調節腹部的氣壓發生。這也是武林秘技之一，少有人能夠掌握，這種武功往往只有一些喉部生有疾患的人才會修煉，普通人練這種武功並無什麼實用意義，不過練成也是極難，需要修煉者有極強的內力。

羅獵道：「圓明園管園大臣，文豐文大人！」他一邊說話一邊向那怪人走近，雙耳注意傾聽此人的呼吸和心跳，以羅獵最近突飛猛進的聽力和耳力，他相信完全可以把握住對方呼吸心跳節奏的細微變化，然而讓羅獵驚歎的是，對方的呼吸心跳節奏並無半分變化，即便是自己指出了文豐的名字，對方的情緒都沒有興起半點波瀾。

對方用腹語道：「我還以為這世上已經無人再記得我了。」他從地上緩緩站起然後轉過身來，因為雙膝過度彎曲，所以看起來他的身材有些矮小，因此雙臂極長，垂手觸及膝蓋，脊背躬得很厲害，整個人看上去像一個大號的蝦米，死氣沉沉的目光盯住羅獵：「你們都會死！」

陸威霖冷冷道：「那就看看誰會先死。」

羅獵道：「任何人都會死，無非是早晚罷了，文大人在這裡過得應該是生不如死了。」一個人長時間生活在遠離人群和光明的地下，其孤獨和辛苦可想而知，方克文只不過是在九幽秘境中待了五年，就已經變成了那副人不人鬼不鬼的模樣，如果眼前這怪人當真是文豐，那麼他已經在圓明園的地底生活了五十餘年，這麼漫長的歲月煎熬換成任何人都是不可想像的。

第三章

另闢蹊徑

羅獵望著蘭喜妹，完全像是看著一個陌生人。
蘭喜妹當然清楚經歷水銀洞的爆炸之後，
自己在羅獵心中刻意經營的形象已經徹底垮塌，
就算自己用盡手段也不可能讓他對自己產生憐愛之心，
這種環境下想要打動羅獵唯有另闢蹊徑。

文豐對圓明園的內部構造應當是最為熟悉的，如果他當年沒死，為何沒有重回人間？僅僅是為了逃脫罪責？覺得無顏去面對皇上？

白雲飛望著文豐醜怪的面孔道：「你以為殺得掉我們？」

文豐的面孔沒有任何表情，因為通過腹語說話，所以即便是說話時他的嘴唇也不見有絲毫動作：「我無需動手，你以為走得出去嗎？」

白雲飛微笑道：「你既然能夠走到這裡，我們就自然能夠走出去。」

文豐道：「我是我，你們是你們。」

白雲飛道：「我們有四個，你只有一個，老先生活了這麼多年，識時務者為俊傑的道理總是懂得的。」他話說得客氣，可背後卻帶著濃濃的威脅含義，白雲飛其實是在闡述一個事實，他們不僅人多勢眾而且還帶著足夠的武器彈藥，面對一個古怪的老頭子，應該對付得了。

福山宇治卻沒那麼樂觀，一個人能夠獨自在圓明園陰暗的地底生活五十多年本身就說明了問題，而且這地底擁有不少致命的生物。

文豐道：「你在威脅我？」

羅獵道：「文大人不要誤會，我們只是誤入此地，大人願意指路我們自然不勝感激，可大人若是不願，我們也不會勉強，自己走就是。」

「當我這裡是什麼地方？想來就來，想走就走？」

陸威霖悄悄撥開了手槍的保險，從文豐的話中他已經聽出了濃濃的殺意，此人必然不肯善罷甘休。

銅鼎內的水沸騰得越發厲害了，文豐道：「知不知道我煮水是為了什麼？」死氣沉沉的目光輪番從四人的面上掃過，最終停留在白雲飛的臉上：「看起來，你最為細皮嫩肉一些，用來做涮肉應當不錯。」

白雲飛雖然膽大，可聽到對方的這番話也不禁有些毛骨悚然了，此人幽居多年，心性已經扭曲，甚至瘋狂到想吃人的地步，白雲飛道：「你這身肉必然是又粗又強，只怕連狗都不願意吃。」

陸威霖同仇敵愾道：「除了一張老皮就是骨頭，哪有什麼肉？」

羅獵心中暗忖，他們幾人剛剛才來到這裡不久，這銅鼎很大，想要將其中的水燒開，想必需要用掉不少的時間，文豐莫非有未卜先知之能？

福山宇治悄悄向其餘幾人道：「先下手為強！」

文豐道：「想倚多為勝嗎？」

福山宇治率先啟動，舉起手中槍瞄準了文豐射去，在他動作的同時，陸威霖和白雲飛也分別從左右啟動，子彈分從不同的角度向文豐呼嘯射去。三人之中以陸威霖的槍法最好。

然而文豐卻搶先啟動，動作的速度絲毫不次於子彈飛行，乾枯的身軀倏然就逃到了銅鼎後方。

羅獵掌心中扣了一柄飛刀蓄勢待發，雖然他對文豐的實力非常警惕，卻仍然沒有料到對方的速度快捷到這種地步，文豐的身軀消失在銅鼎之後。

四人移動腳步，變換角度調整攻擊的時候，卻聽到身後傳來撲啦啦的聲音，羅獵率先驚覺，聽出那聲音應當是某種生物震動翅膀所發出。回身望去，只見後方飛來黑壓壓一片，定睛細看，那不是雲層，而是一隻隻黑色蝙蝠組成的群落。

白雲飛驚呼道：「蝙蝠！」

福山宇治大聲道：「逃！分頭走！」他向右方逃去。

白雲飛和陸威霖也顧不上追擊文豐，分別尋找一個方向逃跑。

羅獵暗叫不妙，他並未馬上逃離，因為他意識到蝙蝠群移動的速度遠超自己，而且剛才他就已經觀察過周圍的環境，並沒有看到能夠離開的道路，轉瞬之間，蝙蝠群已經飛臨到羅獵的頭頂上方，羅獵凝神屏氣，不敢發出聲息，只希望這些蝙蝠將自己當成一個死人，忽略自身的存在，讓羅獵驚喜的是，這些蝙蝠竟無一隻對他產生興趣，沒有一隻向他主動發起攻擊。

一隻隻蝙蝠群低空掠過他的頭頂，羅獵近距離看得無比真切，每一隻蝙蝠都有成年老鼠般大小，翼展接近一尺，體型比起尋常所見的蝙蝠要大，更加詭異的是，牠們的頭面部是白色，唇間露出尖銳雪亮的獠牙。

常識告訴羅獵這些蝙蝠主要是靠超聲波來辨別方向，不過他們緣何沒有對自己發動攻擊？

蝙蝠群低空掠過羅獵頭頂之後馬上分成了兩股，一群朝著陸威霖追去，另外一群緊追白雲飛不放。福山宇治雖然是最早逃走的一個，可是他也很快就發現那些蝙蝠並沒有攻擊自己的意思。

羅獵遠遠望著福山宇治，福山宇治停下腳步驚魂未定地回望著羅獵，他們都是頭腦出眾的人物，馬上就明白對方的體質一定迥異常人，所以這些蝙蝠才沒有對他們發動攻擊。

羅獵不由得想起了日方的追風者計畫，福山宇治就是計畫的最早組織者之一，他既然能夠改造佐田右兵衛的身體，就能夠改造他自己。內心中警示突起，羅獵看都不看，隨手擲出一記飛刀，刀聲呼嘯，破空射向右前方。

文豐猶如鬼魅般從銅鼎後現身，意圖趁著羅獵精力分散之時對他進行突襲。羅獵的反應速度顯然超出了文豐的意料，他身法變幻，於高速奔行中改變了方向，足尖在地上一頓，居然放棄羅獵向身後的福山宇治衝去。

福山宇治舉起手槍瞄準文豐連續射擊數槍，槍膛內的子彈全部射完，卻無一射中文豐，如果此人當真是文豐，他的年齡已近百歲，如此高齡之人卻擁有一身如此詭異多變的身法，如果說他的身體沒有發生變異誰都不會相信。

文豐左閃右避已經逼近福山宇治的身旁，福山宇治從腰間抽出一柄軟劍，右腕一抖，寒光霍霍直奔文豐的咽喉，文豐腹內咕咕作響，鳥爪般的雙手徑直向軟劍抓去。

福山宇治暗罵他不知死活，自己這柄軟劍也是千錘百煉鋒利異常，更難得的是在鍛造中加入了地玄晶的成分，若文豐也是和方克文同樣的變異者，那麼這柄軟劍就是克制他的殺器。

在文豐即將抓住劍身之時，劍身巧妙偏轉，福山宇治化砍為削，劍刃切在對方的手腕之上，招式巧妙力量也發揮到了極致，福山宇治本以為可以將文豐的右手斬斷，可劍刃砍在對方的腕骨之上卻如同擊中金石，發出鏘的一聲，福山宇治不由得吃了一驚，對方身體之強悍絲毫不次於變異後的方克文。

瞬間的錯愕已經被文豐把握住了機會，右腕反轉已然死死抓住軟劍，向前跨出一步，尖利的左爪猛然向福山宇治的面門插去，福山宇治不得不鬆開軟劍，身體急速後撤，雖然躲過了面門的一擊，右臂終究還是晚了一些，被文豐將衣袖整條撕開，尖利的五爪在他的臂膀上抓出五條深深的血溝，傷勢深可見骨。

福山宇治倒吸了一口冷氣，而後極其詭異的一幕出現了，右臂上的傷口以肉眼可見的速度迅速復原。

文豐也因此而詫異了，他眨了眨死魚般的雙目幾乎無法相信眼前的一切。

羅獵大步向陸威霖奔去，陸威霖和白雲飛如今都被蝙蝠群團團包圍，兩人很快就將槍膛內的子彈打光了，唯有徒手和無處不在的蝙蝠肉搏，一會兒功夫身上已經被蝙蝠咬中數口。

羅獵來到陸威霖身邊幫他拍打著蝙蝠，說來奇怪那些蝙蝠只攻擊陸威霖，對羅獵卻紛紛避讓，羅獵讓陸威霖和白雲飛躲到角落，以身體護衛在他們兩人的前方，掩護他們的同時不停揮舞雙臂驅趕這些陰魂不散的蝙蝠，只可惜這些蝙蝠雖然不攻擊他，卻不肯離去，羅獵就算是三頭六臂也無法將陸威霖和白雲飛周圍的空間全都護住，仍然有蝙蝠不停透過縫隙衝到他後方發動攻擊。

左支右絀之時，突然聽到頭頂傳來一個熟悉的聲音道：「笨蛋，你不知道牠們怕火啊？」

雖然只是一句話，羅獵卻已經聽出是蘭喜妹在說話，危急關頭顧不上多想她因何也來到了這個地方，當下護著白雲飛和陸威霖兩人奔向銅鼎，果不其然，蝙蝠雖然眾多，可是無一靠近銅鼎。

三人逃到銅鼎旁，白雲飛和陸威霖從銅鼎下方抽出一支燃燒的木材，來回揮舞。那些蝙蝠已經不再靠近，圍繞銅鼎的範圍形成一個巨大的圓圈，盤旋縈繞，牠們仍在等待著機會，銅鼎下的劈柴總有燒完的時候，一旦燃盡，這些蝙蝠會再度發動瘋狂的攻擊。

文豐和福山宇治兩人拳來腳往，打得難解難分，羅獵已經意識到福山宇治已經獲得了不次於孤狼的自癒能力，他們三人都抱有同一個想法，這種時候還是作壁上觀最好。

蘭喜妹的聲音繼續從上方傳來：「羅獵，你還想不想活著出去？」

羅獵抬頭望去，聲音應該來自對側牆壁的上方，他好不容易才看到距離地面三丈高度的地方似乎有一個洞口，那聲音就是從洞口中傳來。他們幾人之所以落到如此困境全都拜蘭喜妹所賜，在水銀洞被炸坍塌的剎那，羅獵心中對蘭喜妹僅存的一點同情就已蕩然無存。用心如蛇蠍來形容這個女人絕不為過，她在自己面前的表演全都是虛情假意。

銅鼎內的水仍然在沸騰，下方的柴火短時間內不會熄滅。遠處文豐和福山宇治看來勢均力敵，羅獵迅速做出了決定，他沿著岩壁向上攀爬而去，在他做出決定之前已經排除了蘭喜妹回來找他的可能。蘭喜妹之所以會在這裡出現，是和他們一樣遇到了文豐。

文豐沒有未卜先知的本事，當然不會在事先煮好一大鍋水等著他們下鍋，而是在他們之前，已經抓住了蘭喜妹，這銅鼎內的開水是為蘭喜妹準備的。

羅獵爬到了洞口，看到蘭喜妹正眼巴巴地站在洞內，雙手抓著兒臂粗細的鐵柵欄，楚楚可憐，弱不禁風，看到羅獵，一張沾了不少污痕的俏臉馬上浮現出嫵媚的笑意，伴隨著她的笑容，明澈雙眸宛如春風拂過的湖面眼波兒蕩漾起來，柔情脈脈道：「你總算來了。」

羅獵望著蘭喜妹，完全像是看著一個陌生人。

蘭喜妹當然清楚經歷水銀洞的爆炸之後，自己在羅獵心中刻意經營的形象已經徹底垮塌，就算自己用盡手段也不可能讓他對自己產生憐愛之心，這種環境下想要打動羅獵唯有另闢蹊徑，蘭喜妹知道羅獵想要什麼，低聲道：「你放我出去，我帶你離開這裡。」

羅獵道：「文豐燒了那麼多的水，恐怕不是請你洗澡的吧？」

蘭喜妹咯咯笑了起來，啐了一聲道：「討厭，人家才不習慣在別人面前洗澡呢，不過你就另當別論了……」她突然低下聲去：「為了你，怎樣都可以。」

羅獵歎了口氣，從腰間掏出了一把手槍，遞給了蘭喜妹。

蘭喜妹從槍套中抽出了手槍，瞄準鐵門上的門鎖開了兩槍，成功將門鎖破壞，推開鐵門，遠處盤旋的蝙蝠蜂擁而至，羅獵一把將蘭喜妹抱住，騰空從洞口跳了下去。

白雲飛和陸威霖趕緊舉著火把過來接應，合力將蘭喜妹護送到了銅鼎旁邊。那蝙蝠不敢靠近銅鼎，重新恢復盤旋的陣勢。

羅獵想要將蘭喜妹放下，卻沒想到她雙手死死抱住自己的脖子不放，羅獵低聲道：「再不放手我直接將你扔湯鍋裡去。」

蘭喜妹撅起櫻唇道：「你試試看，我死都要把你拽進去。」

白雲飛所認識的蘭喜妹就是日本間諜松雪涼子，當初他就是因為這個女人而失去一切，心中自然恨極了她，看到羅獵和她之間的樣子，一時間猜不透他們之間到底是什麼關係。

陸威霖卻忍不住笑了起來，他只是從未見過羅獵如此狼狽過。

蘭喜妹這才鬆開羅獵的脖子，在銅鼎邊站了，目光落在白雲飛的臉上：「只有我才能帶你們從這裡走出去。」

白雲飛暗歎此女狡詐，她之所以這樣說是擔心自己會尋仇，闡明這個事實就是為了讓所有人清楚她的作用。

文豐此時忽然發出一聲古怪的叫聲，然後騰空一躍撤出戰圈，福山宇治也不追趕，幾人眼睜睜看著文豐消失在牆角之中，說來奇怪，文豐逃走之後，蝙蝠群也迅速散去，整個石料廠變得異常空曠，只剩下那青銅大鼎依舊沸騰。

福山宇治緩步向青銅大鼎走去，目光冷冷掃了蘭喜妹一眼，剛才發生了什麼他們都心知肚明，福山宇治心中已經下定決心，只要今天能夠離開這裡，自己第一個就要將松雪涼子幹掉。

蘭喜妹也抱著同樣的想法，不過她可沒想過讓福山宇治活著從這裡走出去。

白雲飛來到文豐消失的地方，看到牆上有一道狹窄的縫隙，這縫隙寬只有半尺左右，狹窄異常，他們之中的任何一個都無法從這縫隙中鑽進去。

福山宇治道：「咱們要儘快離開這裡，那怪人不會就此離去。」他並未向蘭喜妹興師問罪，因為他心中還存在僥倖，認為羅獵這些人並不知道自己和蘭喜妹之間的關係，甚至不知道他們一起進入地宮的事情。

羅獵向蘭喜妹道：「你不是有辦法帶我們走出去嗎？」

蘭喜妹幽然歎了口氣道：「我剛才若是不那樣說，你又豈會救我？」

白雲飛皺了皺眉頭道：「你是說自己根本就不知道如何從這裡走出去？」

蘭喜妹點了點頭。

白雲飛冷笑道：「原來這鍋水是為你準備的？」

蘭喜妹發出一聲嬌呼，宛如受驚的小鳥一般躲到了羅獵身後，可憐巴巴道：「羅獵，他們欺負我。」

羅獵道：「蘭小姐最好將知道的事情全都說出來，不然我也保不了你。」

陸威霖一旁點了點頭。

福山宇治道：「我好像在哪裡見過這位蘭小姐呢？」

蘭喜妹心中暗罵，你裝什麼糊塗？威脅我嗎？想要揭穿我的身分？你一個日本老賊又有什麼資格揭穿我？蘭喜妹望著福山宇治咯咯笑道：「你們誰都不要想欺負我，我知道怎樣出去，可是我若是提出一個條件，讓你們殺掉其中的一個，你們猜其他的三個會不會答應我？」

福山宇治暗暗心驚，此女心狠手辣，做事不擇手段，如果在過去自己當然不會怕她，你有張良計，我有過牆梯，論武功論智謀自己都不會落在下風，可是今時不同往日，在目前的狀況下，每個人都想要逃出困境。無論松雪涼子說的是不是實話，都可以成功燃起每個人心底的希望，為了離開這裡，為了求得活命的機會，其餘幾人會毫不猶豫地選擇站在她的一邊。

羅獵此時開口道：「我看咱們還是先離開這裡再說，不管怎樣的恩怨都應當暫時放一放。福伯，您以為呢？」他深悉內情，並不希望兩人之間的恩怨提前清算，尤其是在這種生死未卜的時刻。

蘭喜妹聽他這樣稱呼福山宇治，顯然是在告訴自己福山宇治的身分並沒有暴露，同時又似乎在向自己表明，他不會站在自己這一邊。

白雲飛點了點頭道：「羅獵說得是，咱們還沒有逃出去，千萬不可發生內訌，有什麼深仇大恨也需等出去之後再算。」他說這番話卻是另一層意思。

陸威霖道：「蘭小姐當真知道出去的路嗎？最好不要騙我們。」他冷冷望著蘭喜妹，壓根也沒有相信她的意思。

蘭喜妹發現自己在這群人中根本沒有任何的可信度，其實能夠活到現在的誰都不是傻子，都猜到引發水銀洞坍塌的爆炸是蘭喜妹所為，對她自然就沒有什麼好臉色。蘭喜妹甚至想到，如果她當真無法帶著他們走出去，第一個死的會是自己。想要改變目前的處境，首先就要獲得他們的信任。

蘭喜妹道：「帶著火種，跟我走。」

雖然所有人都對蘭喜妹抱有深深的戒心，可目前誰都不得不選擇跟隨她。

蘭喜妹挑選了一支燃燒的木材作為火把，走在最前。羅獵緊隨在她身後，蘭喜妹向眾人介紹周圍情況，這裡曾是地宮用來儲存建築材料的地方，所以隨處都可以見到石料。或許為了表達自己的誠意，她知無不言言無不盡，一會兒就說得口乾舌燥，向羅獵要了水壺喝了幾口，喝完後也沒還他，直接背在了自己身上。

石料場內有不少尚未完工的石雕，其中有文臣武將，有飛鳥走獸，因年月久遠，這些石料大都生滿了青苔。再往前行，石料越來越多，有的甚至一直堆積到洞頂，走入其中宛如進入了一個錯綜複雜的迷宮。

蘭喜妹忽然停下腳步，臉色忸怩道：「我可不可以走開一下。」

福山宇治率先道：「不可以！」

蘭喜妹咬了咬櫻唇，牽住羅獵衣袖道：「人家喝了太多水，你懂得的……」

羅獵見慣了她的狡詐，雖然明白人有三急的道理，可是總覺得蘭喜妹的表現不太正常。

蘭喜妹見到幾人都不相信自己，又羞又急地跺了跺腳道：「你們幾個是不是男人？欺負我一個弱女子……你們……你們實在太過分了。」

福山宇治不為所動，陸威霖把臉轉到了一邊，他當然也不相信，可也不便發表意見，強迫一個女人不去方便，這似乎不是大丈夫所為。

白雲飛道：「你若是弱女子，這世上恐怕就沒有女人了。」

蘭喜妹因他的話而橫眉冷對，怒道：「不走了，全都困死在這裡算了。」

白雲飛話鋒一轉道：「去，不是不可以，不過須得有一個人跟著。」

無論蘭喜妹是好是壞，可她畢竟是個女人，白雲飛這個要求的確有些過分。不過福山宇治和陸威霖都很贊同，他們幾乎同時向羅獵望去。

不等他們提議，蘭喜妹自己就歎了口氣道：「用人不疑疑人不用，你們的疑心實在是太重了，羅獵，你跟著我就是。」

羅獵環視了一下其他三人，然後點了點頭，強迫蘭喜妹就這麼忍著實在不夠人道，可放她獨自一人去也不放心，羅獵也只能勉為其難地應承了下來。白雲飛向羅獵眨了眨眼睛道：「不必走得太遠。」

蘭喜妹哼了一聲，快步向前方走去，羅獵擔心被她走掉，趕緊跟了上去，蘭喜妹離開其餘幾人視線之後又將腳步慢了下來。

身後傳來陸威霖的聲音道：「羅獵，千萬別走得太遠。」

羅獵應了一聲。

蘭喜妹不屑哼了一聲道：「他們連你都信不過。」

羅獵笑了笑聽出她話裡挑唆的意思，提醒蘭喜妹道：「差不多了。」

蘭喜妹道：「你就打算這麼看著我？」

羅獵轉過身去，蘭喜妹呸了一聲道：「我還是不習慣。」她指了指一旁堆砌的石塊道：「我去後面好不好？」這會兒她表現得異常乖巧，滿臉的祈求神情。

羅獵跟著蘭喜妹繞到石塊後方，確信裡面無路可逃，這才放下心來，向蘭喜妹道：「你最好快一點，若是耽擱得太久，我會衝進來。」

蘭喜妹滿羞赧道：「怕你不敢進來。」

羅獵搖了搖頭，轉身想要離去，卻被蘭喜妹一把又抓住手臂道：「不如咱們一起走？」

羅獵自然明白蘭喜妹的意思，她是想要趁著這個機會將其他人全都甩掉，羅獵沒有轉身看她，只是默默搖了搖頭。

蘭喜妹啐道：「傻子！」快步走入那堆石塊的後方。

羅獵此前已經檢查過石塊後面的環境，不然他也不會放心蘭喜妹獨自一人前往。想想自己居然跟著她過來監督她小解，也覺得有些荒唐，沒過多久就聽到石塊後方傳來水流之聲，羅獵暗自暗歎，非禮勿視，非禮勿聽，自己多聽都有失風度，於是又向後退了幾步，可那聲音仍然不絕於耳地傳過來。

過了好一會兒流水聲都不見停歇，羅獵此時方才意識到有些不對，揚聲道：

「你好了沒有？」

石塊後並未傳來蘭喜妹回應的聲音，羅獵又問了一聲，耳邊還是聽到流水的聲音，他再也不顧什麼非禮勿視的道理，快步衝入石塊後方，卻見蘭喜妹衣衫整齊地站在那裡，手中拿著他的水壺，正將裡面的水從高處傾倒下去，羅獵剛剛聽到的水流聲正源於此。

蘭喜妹含羞帶怨地白了他一眼道：「就知道你不老實，果然衝進來了。」

羅獵真是哭笑不得，他衝進來可不是為了輕薄蘭喜妹，只是感覺到事情有些不對頭，淡然道：「我擔心你遇到危險，所以才過來看看。」

蘭喜妹冷哼了一聲道：「早就看出你不是什麼正人君子，你剛剛已經檢查過，我根本逃不到哪裡去。」她將水壺的蓋子擰上，裡面還剩下小半壺水，揚手拋給羅獵道：「你若是再敢跑進來，我一槍打爛你的腦袋。」

羅獵接過水壺一言不發向外面走去。

蘭喜妹看到羅獵走了，臉上的笑容漸漸消失，她剛才的確想要趁著這個機會逃走，提議和羅獵一起也是出自真心，可惜羅獵並不領情，她看了看周圍，這個角落並無逃亡之路，羅獵為人謹慎，想要在他眼皮底下逃走還真不是那麼容易。

蘭喜妹望著地上的那灘水漬俏臉禁不住有些發熱，雖然剛才是故意戲弄羅獵，可身體的有些感覺卻騙不過自己，她終於還是戰勝了內心的羞澀，這廝的耳朵靈就讓他聽去，總不能始終憋著，就在她的手落在腰帶之上的時候，突然聽得身後傳來窸窸窣窣的聲音，回頭望去，只見一隻碩大的老鼠正從一旁條石之上攀爬過來，血紅的雙目死死盯住了自己。

蘭喜妹哪還敢再顧得上其他的事情，舉槍瞄準了那隻老鼠，然後慢慢向外面退去，她並不想驚動這隻老鼠，希望彼此之間相安無事最好。

然而這世上天從人願的事情實在太少，蘭喜妹方才退出兩步，就看到從條石上縫隙中一隻隻的碩鼠潮水般湧了出來，蘭喜妹雖然並不怕老鼠，可看到如此眾多的碩鼠出現在自己面前仍然吃驚不小，驚呼道：「羅獵！」

羅獵原本還猶豫要不要進去看看，沒等他做出決定，蘭喜妹已經花容失色地從裡面跑了出來，在她的身後數百隻老鼠瘋狂追逐而來。

面對這麼多老鼠羅獵也沒有應付的辦法，唯有轉身和蘭喜妹一起逃走，蘭喜妹雖然害怕，但並未亂了陣腳，逃跑之中不停為羅獵指路，羅獵也顧不上多想，按照她的指印發足狂奔，兩人在堆滿條石的小路內兜來轉去，在羅獵看來周圍幾乎都是一模一樣，他甚至懷疑他們跑了半天只是在原地打轉。可驚喜的是，那群老鼠很快就被他們甩了個乾乾淨淨。

蘭喜妹嚇得臉上失了血色，右手撫胸，驚魂未定道：「嚇死我了。」

羅獵心有餘悸，舉起手電筒照亮四周，他是擔心那些瘋狂的老鼠仍然尾隨而來，此前鑽地鼠被咬之後發生的變化仍然記憶猶新。

蘭喜妹道：「好像咱們已經擺脫了。」

羅獵點了點頭，忽然想起了白雲飛三人，低聲道：「他們在什麼地方？」

蘭喜妹搖了搖頭：「剛才逃得那麼匆忙，我記不得回去的路。」

羅獵充滿質疑地望著她，蘭喜妹為人做事的手段他早已有了深刻的瞭解，剛才蘭喜妹就提出要甩掉白雲飛三個，更何況其中還有福山宇治，蘭喜妹之所以設下這個局就是為了將他和穆三壽兩個殺父仇人置於死地，羅獵仍然清楚地記得，在他們逃跑的途中都是蘭喜妹負責指路，若非如此他們也很難擺脫那些碩鼠的追擊，一個人在那種狀況下都保持著如此冷靜的頭腦，她又怎會不記得回去的路？

想到這裡，羅獵越發認定蘭喜妹是故意這麼說，或許，連那群老鼠也是她在故布疑陣，是她為了將自己和其他人分開而設下的圈套。

遠處傳來福山宇治驚慌的呼喊聲：「羅獵，你在什麼地方？快回來，他們兩個好像中毒了。」他的聲音來自於羅獵的左後方，羅獵判斷出他們之間的距離應該不超過二十米，可是這一塊塊條石堆成的牆壁形成了一座錯綜複雜的迷宮，羅獵可記不住究竟是如何走到了這裡，他向蘭喜妹道：「帶我過去。」

蘭喜妹哼了一聲道：「要去你自己去，我沒興趣。」

羅獵也不勉強，循著福山宇治聲音的方位走去，蘭喜妹看到他居然不顧自己而去，憤怒地跺了跺腳。

羅獵沒走出多遠就發現自己走錯了方向，他能夠斷定這座用來存放條石的倉庫就是一座迷宮，他雖然能夠聽到福山宇治的聲音，可是沿著道路卻是越走越遠，羅獵不得不大聲道：「福伯，您在什麼地方？」

福山宇治的聲音再度響起：「我在這裡！」從發聲處來看，果然越來越遠。

羅獵根據聲音重新鎖定他的方位，可走了幾步又是死路，這些條石堆積得都很高，距離頂部最多不到兩尺，羅獵思來想去還是打算先爬上去再說，沿著條石準備爬到上方的時候，聽到身後響起腳步聲，卻是蘭喜妹跟了過來，一臉不屑地望著羅獵道：「爬上去你也找不到。」停頓了一下又道：「跟我來吧。」

羅獵知道她終於肯向自己屈服，心中也是大感安慰，蘭喜妹必然掌握了此間的地圖，在這座迷宮中如果失去她的幫助還真沒那麼容易走出去。

有了蘭喜妹引路，很快就回到了原來的地方，福山宇治站在青銅大鼎旁邊，陸威霖和白雲飛都坐在了地上，兩人都是滿頭大汗，不知是不是因為距離青銅大鼎太近的緣故。

福山宇治看到兩人回來也鬆了口氣，他走向羅獵，壓低聲音道：「他們兩個突然就虛弱無力走不動路了，應該是被蝙蝠咬傷的緣故。」

羅獵暗叫不妙，來到陸威霖的面前，檢查了一下他的傷口，剛才蝙蝠瘋狂攻擊他們的時候，目標都集中在白雲飛和陸威霖的身上，兩人雖然也及時拍打，可終究架不過蝙蝠的數量太多，身上都被蝙蝠咬傷了幾處。

傷口已經紅腫，兩人的體溫都有所升高，比起這些症狀，兩人體力迅速衰退才是最為麻煩的。他們之所以坐下是因為已經沒有了站起來的力量，甚至沒有了呼救的力氣。

羅獵陪同蘭喜妹往返雖然發生了一些波折，可總共也不過一刻鐘的功夫，想不到這短短的時間內兩人的身體出現了這麼大的變化。

羅獵隨身雖然帶了一些藥物，可都是一些外用的金創藥，明知起不到什麼作用還是為他們兩人處理了一下傷口，陸威霖感覺自己的舌頭都有些麻痹了，含糊不清道：「別管我們了，能走一個是一個……」

白雲飛雖然沒有說話，可內心中也是無比黯然，自己經歷了如此大的挫折仍然沒能看破世事，正因為野心太大所以才會被穆三壽利用，此番這圓明園地宮或許就會成為了自己的埋骨之地。

福山宇治悄悄向羅獵使了個眼色，羅獵看出他已經產生了捨棄兩名同伴的想法，他沒有理會福山宇治，充滿希冀地向蘭喜妹道：「你有沒有什麼辦法？」蘭喜妹既然知道白頭蝙蝠的弱點，或許也知道用什麼方法解毒。

蘭喜妹白了他一眼道：「我能有什麼辦法？我看拖得時間越久他們獲救的希望就越小，不如咱們先離開這裡，叫人過來幫忙。」

福山宇治跟著點了點頭道：「不錯，這不失為一個最現實的方法。」

白雲飛和陸威霖兩人聽到他們這樣說內心都涼了半截，可兩人也都是豁達之人，他們和對方也不是朋友，別人也沒義務陪著他們同生共死。白雲飛道：「羅獵，走吧。」

羅獵卻搖了搖頭道：「既然一起來就一起走。」

蘭喜妹歎道：「傻子，如果受傷的是你，我就不信他們會跟你同生共死。」

白雲飛笑道：「不會，大難臨頭各自飛，這世上的人多半都是自私的。」他望著羅獵，內心中生出一股從未有過的溫暖，患難見真情，若非經過這場生死冒險，他也不會看清一個人。

蘭喜妹從衣袋中拿出一個玻璃瓶，從中倒出兩顆藥丸遞給羅獵道：「給他們每人服一顆。」

羅獵猶豫了一下，蘭喜妹道：「當我要害你朋友嗎？都要死的人了，我有必要這樣做？」

羅獵當然清楚她說得有道理，將兩顆藥丸分別給白雲飛和陸威霖服下。蘭喜妹道：「你們兩個不必謝我，要謝就謝他。」她指了指羅獵道：「我不欠你了。」剛才羅獵將她從文豐的手中救出，她現在等於一次性還了兩條性命給他。

蘭喜妹走到一邊，福山宇治緩步向她靠近，臉上帶著微笑，雙目中卻充滿陰冷的殺機。蘭喜妹毫無懼色地跟他對視著，充滿譏諷道：「老先生見過我嗎？」

福山宇治以傳音入密向她道：「好手段，好一個一石二鳥。」

蘭喜妹滿不在乎地整理了一下秀髮，嬌滴滴道：「看我不爽只管殺了我。」她料定福山宇治沒這個膽子，目前她是這幾人唯一的希望，離開了自己他們誰都沒辦法從這裡走出去。

福山宇治內心中對蘭喜妹恨到了極點，可他也清楚蘭喜妹有恃無恐的理由，恨恨點了點頭，回到羅獵的身邊提醒他，青銅鼎下的柴火即將燃盡，一旦火焰熄滅，那些蝙蝠恐怕又會成群結隊地到來。

白雲飛和陸威霖兩人服下蘭喜妹提供的藥丸之後很快就恢復了正常，兩人都是後怕不已，剛才如果蘭喜妹沒有出手相救，又或是羅獵也和他們一樣產生了放棄的想法，他們只能留下來坐以待斃了，雖然蘭喜妹表示無需讓他們感謝自己，兩人仍然向蘭喜妹致謝。

蘭喜妹擺了擺手道：「無需那麼客套，大家若是想活命就必須擰成一股繩兒，跟我來吧。」

幾人跟隨蘭喜妹重新走入迷宮，羅獵和蘭喜妹走在最前方，白雲飛和陸威霖局中，福山宇治負責斷後，他們都不敢分開太遠，一來擔心會被蘭喜妹甩開距離，二來擔心落單會遭到攻擊，畢竟那怪人還活著。

蘭喜妹帶著他們順利走過了這片條石迷宮，途中非但沒有遭遇到碩鼠，甚至連白頭蝙蝠也未曾遇到一隻。走出條石迷宮之後就到了木料場。

這裡存放著同樣用來建設的木材，因為地底潮濕的環境，不少木材都已經開始腐爛，空氣中到處都充滿了刺鼻的黴味，蘭喜妹掏出手帕捂住鼻子。

其餘幾人也放緩了腳步，觀察周圍的環境，福山宇治意識到他們正在不斷下行，按照常理而論，如果想要離開這裡應當是上行才對，不由得擔心蘭喜妹又設計將他們帶入另外一個圈套，福山宇治沉聲道：「你確定這條路可以出去？」

蘭喜妹道：「你若是懷疑只管自行離去，沒人逼著你要跟我走。」

羅獵其實也感到奇怪，可目前也沒有其他辦法，用人不疑疑人不用，既然選擇了蘭喜妹就只能相信她。白雲飛在這一點上和羅獵有著相同的看法，至少蘭喜妹要比福伯這個老傢伙更可靠一些，剛才他和陸威霖被白頭蝙蝠咬傷中毒的時候，福伯就想棄他們而去，是蘭喜妹為他們提供了解藥，由此也證明蘭喜妹是所有人中最瞭解地宮的一個。

陸威霖看出木材擺放的位置似乎有些規律，他將自己的發現告訴了其他人。蘭喜妹道：「這些木材是根據諸葛亮的八陣圖所擺，剛才的石頭也是如此。」

羅獵點了點頭，難怪剛才跟著蘭喜妹走入石陣幾經努力仍迷失其中，諸葛亮的八陣圖乃是上古奇陣，以亂石堆成，按照遁甲分成「生、傷、休、杜、景、死、驚、開」八門，號稱可擋十萬雄兵，唐朝大詩人杜甫曾經作詩盛讚：功蓋三分國，名成八陣圖。單從這首詩就能夠看出八陣圖在諸葛亮一生的軍事成就中所佔有的地位。

蘭喜妹道：「你們有沒有發現這裡有什麼特別？」

陸威霖道：「一股發黴的臭味。」圓木上沾滿了黏糊糊的液體。

而這時他們的身後又隱約傳來撲撲楞楞振動翅膀的聲音，該來的終歸還是來了，那些白頭蝙蝠去而復返，只等他們的火把熄滅就會二度發起攻擊。

羅獵皺了皺眉頭，他和福山宇治因為體質的緣故自然不必怕這些古怪的生物，可其他三名同伴卻不然，尤其是白雲飛和陸威霖，他們剛才就已經在蝙蝠群的攻擊中受傷，幸虧得到蘭喜妹出手救治，否則兩人恐怕已經性命不保，由此可見蘭喜妹確有過人之能，她對這地底環境是極其瞭解的。

他們五人雖然目前抱著離開這裡的同一目標，可是每個人的心思又各不相同。這其中最難以捉摸的兩個人就是蘭喜妹和福山宇治，蘭喜妹臥薪嚐膽忍辱負重多年方才設下這連環殺局，她不可能突然改變主意。穆三壽已經死了，可是她的另一個仇人福山宇治卻仍然活著。按照蘭喜妹的說辭，這兩人都和當年弘親王載祥的死有關，而弘親王載祥又是蘭喜妹的生身父親，殺父之仇不共戴天，以她的性情絕不會放過福山宇治。

福山宇治老謀深算，拋開他隱藏的心機不說，此人的實力也深不可測。剛才白頭蝙蝠蜂擁而至的時候，唯獨沒有攻擊自己和他，由此證明福山宇治也擁有特殊的體質，他和文豐近身搏殺之時此事得到了驗證。福山宇治同樣擁有強大的自癒能力，他的實力甚至更甚於孤狼，能力越強危險越大。

前方堆積的木材形成了兩個不同的入口，蘭喜妹在入口前停步，向身邊的羅獵笑盈盈道：「這兩道門是八陣圖中的生死兩門，你猜哪一道是生門？」

陸威霖不耐煩道：「都到了這種時候，你何必賣關子。」

蘭喜妹咯咯笑了起來，朝陸威霖飄過一個嫵媚的眼波道：「你急著出去救心上人對不對？」

陸威霖冷哼了一聲，將臉扭到了一邊，擺出一副不願搭理她的架勢。

蘭喜妹卻並沒有就此打住的意思，繼續道：「你心上人是哪個？」

陸威霖怒道：「與你何干？」

蘭喜妹做出一副受驚嚇的樣子，捂著胸口道：「你好凶哦，嚇到人家了。」然後小鳥依人狀抓住一旁羅獵的手臂，楚楚可憐道：「羅獵，他凶人家。」

羅獵木頭一樣呆立在原地，彷彿根本沒有聽到她在說什麼，蘭喜妹看到這廝的模樣，忍不住啐了一聲道：「死人，都不知道心疼人家。」

白雲飛呵呵笑了起來，意味深長道：「男女之間講的是兩廂情願，最怕的是落花有意流水無情。」他這句話顯然是在嘲諷蘭喜妹。

蘭喜妹對他這句話毫無反應，依然笑得甜甜蜜蜜，柔情脈脈地望著羅獵道：「易求無價寶，難得有情人，這種時候都能夠相逢，若說不是緣分天註定，老天爺都不會相信。」

第四章

善變的女人

女人善變這句話在蘭喜妹的身上體現得淋漓盡致，
剛才面如冰霜可頃刻間又變得春風拂面，
櫻唇一彎，莞爾一笑，楚楚動人，柔情萬種：
「冤家，你不信我，我卻信你，人家這顆心都已經給了你，
就算為你做任何事我都心甘情願。」

羅獵點了點頭道：「有些事的確是天註定的。」

陸威霖望著蘭喜妹不屑道：「心如蛇蠍的女人只怕沒人會喜歡。」

這句話卻激怒了蘭喜妹，她冷冷道：「要你喜歡嗎？我在乎嗎？葉青虹的心腸夠善良，只可惜她不喜歡你。」

陸威霖怒道：「賤人，當初我就該在凌天堡一槍將你崩了。」

蘭喜妹內心一怔，不由得想起在凌天堡狙擊失敗時被人鎖定的一幕，此時她方才知道當初放過自己的那個狙擊手竟然就是陸威霖，表情卻變得越發冷漠：「衝你這句話，我就要你死。」

福山宇治終於開口說話了：「這種時候大家應當同舟共濟，有什麼私怨也要等出去再說。」他心中也恨極了蘭喜妹，如不是為了大局，早已出手將她剷除。

蘭喜妹點了點頭，轉身向右側的入口走去，幾人內心都變得忐忑起來，蘭喜妹喜怒無常，她該不會將他們引入死門吧。

蘭喜妹走得並不快，身後眾人都謹慎保持著和她之間的距離，木材堆積成的巷道曲折往復，比起剛才石材迷宮更加錯綜複雜，每個人走得越深就越是心驚，如果沒有人引路，只怕他們會困死在這裡。

火把的光芒越來越弱，陸威霖和白雲飛的表情隨著光芒也變得黯淡下去，身後不停傳來振翅的聲音，白首蝙蝠群正在不斷向他們集結，只等火光熄滅就會發動新一輪攻擊。兩人取出了武器，彼此交遞了一個眼神，做好了和蝙蝠群大戰一場的準備。陸威霖低聲道：「你們先走，我斷後。」總有人會犧牲，既然無法逃脫，不如成全這些同伴。

白雲飛點點頭，他雖沒有說話，可是早已做好了和陸威霖共同進退的準備。羅獵搖了搖頭，他也沒說話，目光卻一如既往的堅定。

福山宇治雖然不願意陪他們留下，可現在的局勢卻由不得他，一切還得取決於松雪涼子的決定。

松雪涼子歎了口氣道：「你們的頭腦雖不怎麼靈光，可倒也算有些膽色。」她的話音剛落，白雲飛手中的最後一支火炬掙扎了一下終告熄滅，周圍瞬間陷入黑暗，隨即手電筒亮了起來，可這樣的光束顯然起不到震懾蝙蝠群的作用。

振翅聲、嘶叫聲此起彼伏，由遠及近，每個人的內心伴隨著這不斷靠近的聲音壓力倍增。嗤！蘭喜妹點燃了一支火柴，然後向一旁堆積如山的圓木上扔去，轟！圓木燃燒了起來，火焰沿著圓木以驚人的速度蔓延開來，短時間內整個料場都燃起了火焰，不過火焰目前只是集中在圓木的上方，並沒有輻射到太多範圍。饒是如此，剛聚攏到他們頭頂的白首蝙蝠又被這突然燃起的火焰嚇得四散逃竄。

火焰映紅了蘭喜妹的俏臉，她輕聲道：「傻站著幹什麼，難不成想等所有的木頭都燒起來，變成烤豬嗎？」

幾人這才回過神來，慌忙跟隨蘭喜妹的腳步向前方迅速逃去，爭取在火勢徹底蔓延開來儘快通過這道迷宮。

蘭喜妹主動向羅獵解釋，這世上多得是相生相剋，圓木上堆積沾染的黏糊糊的東西是白首蝙蝠的糞便，遇火即燃，所以一根火柴就能掀起這麼大的火勢。因為這些圓木大都潮濕的緣故，所以火勢並不大，燃燒的只是蝙蝠糞便而已，否則蘭喜妹也不敢冒著葬身火海的危險點燃這裡。

福山宇治心情也是極其複雜，此前他雖然意識到蘭喜妹不簡單可是並沒有真正將她當成自己的對手，直到蘭喜妹引爆水銀洞之後，他方才意識到蘭喜妹才是隱藏在背後的那隻黃雀，陰差陽錯，他們又在地底相遇，而蘭喜妹對地宮的熟悉更顯示出她心機深沉，她的目的究竟是什麼？以福山宇治的智慧也難以猜透，他唯一能夠斷定的是，蘭喜妹絕不是僅僅想尋找什麼冀州鼎。

木料場盡頭，出現了一個狹窄的縫隙，這縫隙突兀地出現在兩座巨石之間，下寬上窄，高約六丈，最寬的底部不過四尺，看上去猶如一把直指上方的利劍。

蘭喜妹足下並未停留，已經率先進入那裂縫之中。

羅獵幾人隨後走入，向內走了十餘米，裂縫開始收窄，他們唯有側身方能順利通行，還好這段距離並不算長，側行五米左右，前方豁然開朗，出現了大片平整地面，地面由一塊塊兩尺見方的石塊鋪成，石塊上方刻有圖案不同的浮雕。

蘭喜妹停頓了一下腳步然後轉身道：「羅獵，你追不追得上我？」她說完就向前方跳去，宛若一隻小鹿一般輕盈。羅獵內心中頓時生出不祥之兆，他幾乎在瞬間斷定前方必然佈滿機關，身後三人還尚未完全通過狹窄的路段，羅獵顧不上多想，快步跟了上去。他牢牢記住蘭喜妹經行之時所踩過的石塊，生怕踩錯一步，否則可能就會落入機關。

蘭喜妹來到對面一道石樑處停下腳步，靈巧地轉過身來，望著如影相隨的羅獵不禁嬌笑起來：「我還以為你這輩子都不肯追我呢。」

羅獵也來到石樑之上，一把抓住蘭喜妹的手臂，生怕她從身邊逃脫。蘭喜妹非但沒有逃脫的意思，反而將身軀整個偎依在羅獵肩頭，嬌滴滴道：「討厭啦，也不怕人家說閒話。」

羅獵道：「你再敢耍花樣，我絕不會手下留情。」

福山宇治三人此時也先後通過了那道裂縫，望著前方的空曠地面，幾人卻不敢輕易邁出腳步，剛才的狀況他們都已經看到，也和羅獵抱有同樣的想法，這看似乎整空曠的地面必然暗藏機關，只要他們走錯一步，恐怕就會觸動機關，或許會永世不得超生。

陸威霖怒道：「羅獵別跟她客氣。」

蘭喜妹呸了一聲道：「他自然不用對我客氣，我們又不是外人，若是他對我客氣，反倒生分了。」

白雲飛歎了口氣道：「看來方太太不是落花而是青竹，咬定青山不放鬆。」

蘭喜妹拋給他一個媚眼道：「白先生是在影射羅獵是塊破岩嗎？」

白雲飛道：「我可沒那麼多的歪心眼。」

蘭喜妹將目光重新投向羅獵，突然變得柔情脈脈起來，幽然歎了口氣道：「羅獵啊羅獵，枉我對你一往情深，你卻對我百般猜疑，以為我會害你嗎？我就是害天下人也不會害你。」

陸威霖道：「羅獵，有人當你是傻子呢。」

蘭喜妹彷彿當所有人不在場，仍柔情萬種地望著羅獵道：「你信不信我？」

羅獵道：「信！」

蘭喜妹明澈的雙眸綻放出欣喜異常的神采：「真的？」

羅獵道：「我還有其他的選擇嗎？」

蘭喜妹臉上笑容倏然一斂，頓時又變得冷若冰霜：「你自然沒有其他選擇，你這輩子只能選我，如果你膽敢背著我喜歡其他女人，有一個我便殺一個！」

羅獵平靜望著蘭喜妹，內心卻因她的這句話而泛起波瀾，他的直覺告訴自己，蘭喜妹這句話絕非戲言。

女人善變這句話在蘭喜妹的身上體現得淋漓盡致，剛才面如冰霜可頃刻之間又變得春風拂面，櫻唇一彎，莞爾一笑，楚楚動人，柔情萬種：「冤家，你不信我，我卻信你，人家這顆心都已經給了你，就算為你做任何事我都心甘情願。」

羅獵點了點頭道：「既然如此，勞煩你先指引他們過來。」

蘭喜妹望向仍然站在原地駐足觀望的三人，一臉鄙夷道：「你們全都是膽小鬼，不但是膽小鬼而且疑神疑鬼，不做虧心事不怕鬼敲門，自己走過來就是，出了任何問題我給你們償命。」

羅獵聽她這樣說話心中已經明白，剛才蘭喜妹是故布疑陣，而自己卻中了她的圈套，歸根結底還是對她的不信任。

對面的三人仍然沒有挪動腳步，顯然他們三人對蘭喜妹的話根本不信。

蘭喜妹歎了口氣道：「都不是小孩了，難道要我親自牽著你們的手過來？」

白雲飛猶豫了一下終於第一個走了過來，走了幾步毫無異樣，他雖然表面平靜，可是一顆心也是高高懸起，直到通過了那片地方這才暗自鬆了一口氣。

看到白雲飛平安抵達了對面石樑，其餘幾人也是暗自慚愧，他們無一不是智慧超群的人物，可是仍然不免被一個女子戲弄，幾名鬚眉男子無不汗顏。

蘭喜妹白了羅獵一眼，自然是嫌他懷疑自己。羅獵心知肚明，只當沒有看到她的抱怨。

蘭喜妹繼續在前方引路，沿著這道石樑向右行走，走了二十餘步，聽到湍急的水流聲，再行不多時就看到一道湍急的水流橫亙於前方，石樑橫跨於水流之上，成為一道石橋，寬度不足兩尺的橋面上生滿青黑色的苔蘚，濕滑無比，稍有不慎就會失足滑落。

石橋為兩根石樑拼接而成，中間部分以同樣形狀的石柱承托，湍急的水流從兩個方孔中奔騰而下，聲音在空曠的空間內放大迴響，宛若鬼哭神嚎。從橋面到下方水面的距離約有七米，雖不甚高，行走其上也覺步步驚心。

石橋長約十米，蘭喜妹行到中途又停下了腳步，轉身向幾人道：「循著這條水流一直往上走就能夠出去了。」

幾人都沒有回應，雖然心中充滿了對外面世界的渴望和嚮往，可是對蘭喜妹的話又不敢相信，經歷了那麼多的凶險，誰也不信這麼容易就能夠走出去。

蘭喜妹的目光只是盯著羅獵，似乎當其他人根本不存在，柳眉倒豎道：「怎麼？你還不信我？」她從羅獵突然變得凝重的表情中意識到了什麼，一股冷氣順著脊背一直躥升到頭頂，恐懼佔據了她的內心，她甚至不敢回頭了。

因為所處位置的緣故，羅獵率先看到了宛如鬼魅般出現在蘭喜妹身後的文豐，十指尖尖向蘭喜妹的後心抓去。幾乎沒做任何考慮，羅獵已將飛刀向文豐射去，地玄晶鑄造的飛刀劃出一道深藍色的弧光，繞過蘭喜妹射向文豐的咽喉。

白雲飛三人因為處在羅獵身後的緣故，並未在第一時間發現文豐，看到羅獵出手方才意識到危險出現在蘭喜妹的身後，雖然他們對蘭喜妹並無好感，可是沒有人想蘭喜妹在此時出事，畢竟蘭喜妹是他們離開這裡的唯一希望。

單從飛刀掠空的聲音，福山宇治就已經判斷出飛刀在空中飛行的軌跡，心中不由得暗自詫異，羅獵這段時間刀法應當進步了一個層次，居然可以控制飛刀在空中飛出弧線。

羅獵雖然出手及時，可是仍然無法阻擋文豐對蘭喜妹的突襲。

蘭喜妹在狹窄的石橋上背後遇襲，已經沒有了太多的選擇，嬌軀向橋下躍去，也唯有如此，方有可能躲過後方的突襲。

文豐也沒有料到她會做出這樣的反應，這一來他的攻擊頓告落空，變成了直接和羅獵面對，飛刀直奔他的咽喉而來，文豐向飛刀抓去，羅獵的身軀在此時一矮，宛如獵豹般撲上前去，試圖在蘭喜妹跌下橋面之前，將她的手臂握住。

羅獵不僅僅是為了營救蘭喜妹，前衝的同時也將文豐暴露於身後幾人的眼前。陸威霖心領神會，手中衝鋒槍瞄準了文豐，果斷扣動扳機射出　連串子彈。

這些子彈雖然對文豐無法造成致命傷害，可是子彈強大的衝擊力仍然將文豐打得步步後退，讓他一時間無法騰出手來攻擊羅獵。

羅獵終究還是晚了一步，只差毫釐就抓住蘭喜妹的手臂，蘭喜妹將手臂竭力伸向羅獵，俏臉蒼白，眼神絕望，羅獵眼看著蘭喜妹向下方墜落，腦海中卻陡然閃現一個蒼白的身影奔向熊熊烈火的景象，內心中不由得熱血翻騰，向來冷靜的他竟然失去了理智，不顧一切地隨著蘭喜妹向下方跳去。

文豐在陸威霖的射擊下連連後退，面對迅猛的火力他不再繼續進擊，迅速撤離石橋，隱沒於黑暗之中。

福山宇治三人不敢在石橋上停歇，趁著文豐離開之際，迅速通過石橋，來到對方相對平坦的地方。

福山宇治和陸威霖兩人嚴陣以待，白雲飛站在橋邊向下方望去，水流咆哮沖入下方，以他的目力根本看不清橋底的情景，蘭喜妹和羅獵兩人先後墜落，又被湍急的水流沖了下去，而今不知身在何處？白雲飛試著叫了一聲羅獵的名字，半天也沒有聽到回應。

三人站在原地面面相覷，如果羅獵和蘭喜妹就此失蹤，那麼他們逃出此地的希望也變得渺茫，他們對這地下的狀況都是一無所知，更何況還有神出鬼沒的文豐在暗處虎視眈眈，隨時都可能發動對他們的致命一擊。

陸威霖利用手電筒的光束努力尋找著兩人的身影，那水流從上方沖下，落差極大速度驚人，因地勢的緣故在下方旋轉奔流，宛如一條扭曲的長龍，另外一端不知通往哪裡，羅獵和蘭喜妹兩人先後落水之後，肯定是被湍急的水流沖了下去，就算是活著也不知身在何方。

福山宇治道：「她剛剛不是說過循著這條水流一直往上走就能夠出去了？」這也是蘭喜妹留給他的唯一希望。

陸威霖和白雲飛對望了一眼，兩人都搖了搖頭，白雲飛道：「我準備循著水流向下找找。」

陸威霖和白雲飛也抱著一樣的想法，羅獵在生死關頭沒有放棄他們，他們自然不會放棄羅獵。

福山宇治沒有說話，只是同情地望著他們兩個，注重友情固然值得別人尊重，可也要懂得審時度勢，現在他們幾個全是泥菩薩過江自身難保，這種時候居然還要冒險去救他人，等於是對自己的生命不負責。

福山宇治不會在其他人的身上浪費時間，這水流應當是來自於圓明園的一個主要排洪口，蘭喜妹在這件事上應當沒有撒謊，只要循著水流走上去，就可以離開這暗無天日的地宮。他並不需要白雲飛和陸威霖的幫助，剛才他已經和文豐交過手，文豐雖然厲害，可是自己還能夠對付。

陸威霖和白雲飛望著福山宇治沿著岩壁不斷攀升的身影，兩人的目光中都充滿了鄙夷，陸威霖道：「我們可以將繩索繫在石橋上，我下去看看。」

白雲飛點了點頭：「我掩護你。」

福山宇治越爬越高，在抵達上方第二個可供停歇的平台時，他決定休息一下，轉身望去，卻見白雲飛和陸威霖仍在石橋上，兩人正在石樑上捆縛繩索，福山宇治猜到了他們的意圖，他們果然是要順水而下尋找羅獵和蘭喜妹的下落。

福山宇治雖然欣賞他們的義氣，可是他卻早已過了熱血上湧的年紀，想要活得長久就必須要時刻保持冷靜。福山宇治沿著水流邊緣的岩石越爬越高，等他第四次歇息的時候距離剛才經過的橋面已經達二十丈之多，抬頭能夠看到在他頭頂不遠處有一個可供通過的洞窟。

福山宇治心中暗喜，看來松雪涼子並沒有欺騙自己，他決定儘快離開這個地方，雙手抓住洞窟的下緣，用力一撐，爬入洞內，一股清冷的風迎面吹來，送來的空氣明顯清新了許多。他由此推斷出這洞窟內很可能存在通風口，也就意味著他距離出口已經不遠。

福山宇治打開了手電筒，光束照向前方，洞窟曲折幽深，從路面的角度來看是一路上行，福山宇治快步向前方走去，前行一段距離之後，那道路卻突然又變成了向下傾斜，福山宇治不禁迷惑起來，他停下腳步準備觀察一下周圍的狀況再走，突然聽到身後傳來轟隆一聲巨響，整個洞窟都隨之震動起來，福山宇治內心一驚。他顧不上繼續向前，轉身向後方出口奔去，走了幾步，卻發現剛才經過的洞口已經被一塊巨大的石塊塞住，旁邊雖然還有縫隙，可是根本無法通行。

福山宇治明白自己定然是中了圈套，他怒吼道：「涼子，你出來見我！」他本是老謀深算之人，只可惜一個人再聰明再理智，終究也會被潛意識中強大的求生欲所影響，從爆炸發生的那一刻開始他就知道松雪涼子要害自己，若非松雪涼子還有利用的價值，剛才見面之後他就會毫不猶豫地幹掉她。

福山宇治也是惱羞成怒方才叫出蘭喜妹的本名，他用力去推那岩石，岩石重達千鈞，在他的全力推搡之下仍然紋絲不動。

耳邊傳來吱吱聲響，從岩石的縫隙之中，一隻隻碩大的老鼠鑽了進來，福山宇治的雙目中流露出惶恐的光芒，此時他已經沒有了其他的選擇，唯有轉身向洞窟深處逃去。

他很快就發現前方也沒了去路，老鼠宛如潮水般從前方湧了過來，福山宇治此時上天無路入地無門，他哀嚎道：「涼子，你為何害我？你為何害我？」

頭頂傳來一聲咯咯嬌笑，這笑聲分明來自於松雪涼子。笑聲很快停歇，她冰冷無情的聲音從頭頂傳來：「你還記不記得一個叫藤野美佳的女人？」

福山宇治的血流在瞬間凝固，直到現在他方才意識到一個可怕的事實，顫聲道：「你……你是載祥的女兒？」他的目光搜尋著聲音傳出的地方，很快就發現了一個能夠容納身體通過的縫隙，松雪涼子的聲音就是從上方傳來。

鼠群正在迅速向他靠近，福山宇治唯有冒險一試，他騰空一躍，驚人的彈跳力讓他成功進入那縫隙之中，手足並用，拚命向上方攀爬著，福山宇治相信自己氣數未盡，他還有逃生的機會。

強光從上方透入，照得福山宇治眼前一花，等他的視力稍稍恢復，馬上就看清這是一個下寬上窄的縫隙，除非他的身體能夠變形，否則根本沒有任何可能通過這條縫隙。這歹毒的女人算準了每一步，甚至揣摩透了他的心理，所以才能夠成功將自己陷於目前的困境。

福山宇治大吼道：「她的死和我無關，是平岡仁次害死了她……」有生以來他還是第一次如此的恐懼。整件事完全是一個圈套，根本沒有什麼冀州鼎，松雪涼子設下圈套就是為了要剷除自己。

松雪涼子道：「你們都要死！」

羅獵被奔騰咆哮的水流一路沖落下去，不過他並未受傷，如同乘滑梯一般落下，穿過一個黑乎乎的洞口，落入了一個積水潭中，水面上居然亮著火光，是一些漂浮物在上面燃燒。

羅獵在第一時間內就判斷出這是他們最初進入的蛤蟆洞，他怎麼都想不到自己會被水流沖到了這裡。借著火光找到了水潭中岩石的位置，迅速向岩石游去並爬了上去，舉目四顧，並沒有發現蘭喜妹的身影。

回憶起剛才的情景，蘭喜妹的落水絕非偶然，羅獵甚至開始懷疑她根本就是故意將自己吸引到了這裡。

這裡距離出口已經不遠，蘭喜妹去了哪裡？在自己躍入水中營救蘭喜妹之後，上面又發生了什麼？羅獵抬起頭，望著那道飛流直下的水流，水流自然無法給出答案。空氣中彌散著一股焦臭的味道，那星星點點的漂浮物全都是死去的毒蟲屍體，現在牠們仍然在燃燒著，應當是後來通過這裡的人點燃了牠們。

離開還是回去？這個問題並沒有讓羅獵產生任何糾結，他必須要回去，因為還有同伴被困，白雲飛和陸威霖，他必須要找到他們並帶著他們一起離開。

羅獵尋找重新返回上方途徑的時候，聽到一個微弱的聲音從上方傳來：「羅獵……」這聲音斷斷續續，不過羅獵仍然能夠判斷出是陸威霖在呼喚自己。他的內心中升騰起一股暖意，陸威霖同樣沒有放棄自己。

兩天之後，正陽門正籠罩在夕陽的餘暉之中，羅獵身黑色長衫，頭戴白色文明帽，他在這裡已經等了整整半個小時，之所以來到這裡還是因為一封沒有署名的來信，信是在羅獵動身進入圓明園地宮之後方才寄到的，所以等羅獵看到這封信的時候已經是脫困之後。

雖然沒有署名，可是羅獵仍然能夠從字跡和約定地點推斷出這封信來自於蘭喜妹，信上只有簡簡單單的兩句小詩——月上柳梢頭，人約黃昏後。落款處的日期就是今天，沒寫地址，羅獵判斷出是正陽門。

羅獵提前到來，內心中有許多的謎題等待解答，而唯一能夠給出正確答案的那個人就是蘭喜妹。

夜色悄然降臨，蘭喜妹卻仍然沒有出現，羅獵點燃了第五支煙，終於看到那個賣花的小女孩向自己走了過來，他的唇角泛起會心的笑意。

小女孩看到他也笑了起來，露出小白兔一樣的雪白門牙：「羅先生好！」

羅獵點了點頭，及時掐滅了香煙，避免煙味兒嗆到了小孩子，溫和道：「又在賣花？」

小女孩極為老成地歎了口氣道：「世道艱辛，活著太不容易。」

羅獵笑著將一枚大洋遞了過去，小女孩卻未接他的大洋，而是將那束花遞給了他：「有人給過錢了。」

羅獵接過了那束花，有些詫異道：「人呢？」

「走了！」

羅獵又道：「她說了什麼？」

小女孩道：「她說，她送給你的東西你不能不要。」

單從這句話羅獵就能夠斷定送花人必然是蘭喜妹無疑，唇角不由得露出一絲無奈的笑意，接過那束花，內心中卻感到一陣輕鬆，他意識到是因為得到了蘭喜妹平安的消息，羅獵突然發現自己對她還是關心的，至少在自己的內心深處並不希望她遭遇不測。

蘭喜妹平安脫險，就意味著福山宇治再也沒有重見天日的機會。**人在生死關頭都會做出不同的選擇，有人選擇保全自己拋棄他人，而有人卻對同伴不離不棄，不同的選擇決定了他們不同的人生。**

羅獵還是沒有等到蘭喜妹，可這對羅獵並不重要，他只需要知道蘭喜妹平安的消息，蘭喜妹雖然在某種程度上利用了自己，可最終自己離開的仍然是她。

羅獵不喜歡仇恨，因為他早就明白一個道理，恨一個人絕對不會讓你過得更加快樂。

這是羅獵在正覺寺住的最後一個夜晚，這裡的工程已經徹底停歇，張長弓和阿諾在夜襲山田醫院之後就沒有返回，按照原計劃去了奉天。

回到正覺寺，看到一輛汽車停在門前，羅獵一眼就認出這輛車是葉青虹的，他曾經見葉青虹開過。

不等他來到車前，葉青虹已經推開車門走了下來。

多日不見，葉青虹憔悴了許多，不過這並沒有讓她的美貌失分，反而平添了一種楚楚可憐的味道。不知是不是羅獵的錯覺，總覺得葉青虹的雙眸中缺少了昔日的倔強和冷漠，目光變得柔和了許多。

穆三壽死前透露了葉青虹被關押的地方，他們脫困之後，陸威霖第一時間就前往營救，本來他邀請羅獵同去，羅獵在考慮之後仍然沒有前往，很多時候相見不如不見。

可是有些人註定會相逢。

葉青虹有些幽怨地望著羅獵，不過很快她的注意力就被羅獵手中的那束鮮花所吸引：「送給我的？」雖然她明白羅獵並不知道自己會來。

羅獵笑了笑將手中的那束花遞了過去，借花獻佛，倘若蘭喜妹看到眼前的一幕一定會怒火中燒，說不定會拔刀相向，跟自己拚個你死我活。

葉青虹聞了聞花香，然後道：「我今天是特地前來向你道別的。」

羅獵喔了一聲，他並沒有感到特別詫異，只是葉青虹離開的消息仍讓他內心感到隱隱的失落。天下無不散的宴席，他們因一個陰謀走到了一起，回顧整件事，他們每個人都是棋子，只不過他們要比穆三壽之流幸運得多，至少他們活到了現在。

羅獵指了指裡面：「不如進去坐下說。」

葉青虹搖了搖頭：「我不想進去……」停頓了一下又道：「還有……這裡我已經賣出去了。」

羅獵點了點頭，葉青虹應當是對圓明園地下的秘密再無興趣，興許她已經洞悉了穆三壽的全部陰謀。

葉青虹因羅獵的寡言而不爽，咬了咬櫻唇道：「你不問我要去哪裡？」

羅獵道：「正想問，是回歐洲吧？」他的猜測是有根據的，穆三壽雖然死了，可是他身後留下的諸多事務還沒有來得及交代，葉青虹必須要前往處理。

葉青虹歎了口氣道：「當真什麼事情都瞞不過你。」其實她的內心是有疑問的，來此之前她想要從羅獵這裡尋求答案，可當她見到羅獵又打消了念頭，因為她明白羅獵不會告訴自己。

陸威霖對此次探險發生的事情也是隻字不提，在這件事上和羅獵保持著出奇的默契。

羅獵想起了幾天前就去了歐洲的麻雀，她現在應當在郵輪上吧，離開未嘗不是一個正確的選擇，而今的中國處處危機四伏，無法給予她們安定的生活。

「你有什麼打算？」

羅獵道：「無事一身輕，我打算四處轉轉。」

葉青虹道：「不如……」她的話並沒有說完，她本想邀請羅獵和自己同去歐洲，可話到唇邊卻又感覺難以啟齒。

羅獵已從葉青虹欲言又止的表情中猜到她的意思，微笑道：「還回來嗎？」

葉青虹感覺俏臉有些發熱，極其肯定地回答道：「很快就會回來，我不喜歡歐洲。」

羅獵點了點頭。

葉青虹道：「你的酬勞……」

羅獵道：「我沒有幫你找到真正的七寶避風符，無功不受祿，那件事從此作罷。」他並不是個看重金錢的人，太多錢對他來說只是一種負擔。

葉青虹突然感覺內心之中空空蕩蕩，一時間她甚至產生了留在國內的想法，生怕就此一別今生今世無緣再見。她和羅獵因一場復仇計畫而起，如今曲終人散，他們之間也再無瓜葛，葉青虹發現自己對羅獵已經產生了難以割捨的眷戀，可自尊卻讓她無法坦白。

羅獵對自己依然友善，可友善中又透著一股說不出的客套，葉青虹厭惡這種感覺，她終於還是鼓足勇氣道：「以後如果我遇到了麻煩，你會不會幫我？」

羅獵靜靜凝視著葉青虹，他沒有回答，因為他知道答案意味著一個承諾，也明白這個承諾會帶給葉青虹怎樣的希望，他年輕的生命已經背負過太多的沉重，接下來的日子他想活得自由，不想背負太多的束縛。

葉青虹點了點頭，轉身走向汽車，在背身的剎那鼻子一酸，眼淚幾乎就要流出來，她強行忍住淚水，不知何時自己竟然變得如此脆弱，在被穆三壽囚禁的日子裡她沒有流淚，陸威霖前往解救她的時候她同樣沒有流淚，可是在此時她卻無法控制自己的情緒。

羅獵望著葉青虹的背影，雖然看不到她的面孔，他卻感覺得到她此時的失望和憂傷，在葉青虹進入車內的剎那，他終於開口道：「我相信能夠找得到你。」

葉青虹回過頭，夜色無法掩飾她美眸中的淚光，她並沒有掩飾，因為她知道淚水是女人的武器，在心上人面前示弱並不會讓自己變得卑微：「我會回來！」

葉青虹的離開是為了更好的回來，而羅獵的離開卻是為了實現自己內心中的一個承諾，在離開蒼白山的時候，他就已經決定，在手上的事情了結之後，他會前往甘邊寧夏，去那裡和顏天心會面，他要感謝顏天心授藝之恩，趁機也遊覽一下甘邊風情。

有些路註定要一個人去走，孤獨的旅程可以讓人冷靜，可冷靜並不會讓你內心的傷疤徹底癒合。

夏天在不知不覺中到來，白山的夏天來得要比南方晚一些，鐵娃在春天裡得到茁壯成長，如今的他已經成為一個健壯的小夥子，唇角也生出了細細的鬍鬚，張長弓從北平回來之後，和他一起照看老人，閑來教給他格鬥箭術，鐵娃凡事認真，肯下苦工，再加上天賦不錯，在張長弓的悉心調教下進境神速。只是楊家屯跟他一起逃出來的老人卻接二連三地離世，一來是因為的確年事已高，二來這些老人離開了故土難免情緒低落，再加上入春不久有人患上了風寒，彼此相傳，短短兩個月內竟然多半去世，最後只有三人倖存。

鐵娃傷心不已，可生老病死非人力所能挽回，周曉蝶離開北平之後就來到白山暫住，和鐵娃他們相鄰而居，彼此之間也方便照應。只是她性情冷僻，平日裡很少和他人來往，其他人看出她的脾性，除非有要緊事，否則也很少去打擾她。

張長弓回到白山之後一個月，瞎子方才和前往黃浦找他的阿諾一起姍姍來遲，此番前來，瞎子還將外婆帶了過來，他之前去黃浦就是為了將外婆接走，以免穆三壽事後報復。

一群老友相見自然欣喜非常，然而終究還是缺了羅獵這個主心骨，羅獵臨行之前曾經給張長弓寄了一封信，說他去了甘邊寧夏。

瞎子聽說這件事之後，頓時就猜到羅獵此行應當和顏天心有關，雖然有心追隨老友的腳步前去，可外婆和心上人都在白山，人有了牽掛自然就不能像過去那樣說走就走，倒是阿諾聽說羅獵的去向嚷嚷著要一起前去，這廝本就是個閒不住的性子，閑下來就是喝酒賭博，再看到瞎子這個昔日的損友突然修心養性，大有變成好青年的趨勢，這廝越發無聊了。

張長弓從阿諾的坐臥不寧看出了他的焦灼，他準備好好和阿諾談談，可沒等他找到阿諾，阿諾已經準備好了行裝，向張長弓主動道別。

阿諾的離開是所有人意料之中的事，像他這樣習慣流浪的人，原不喜歡安定的生活。

「要走了？」張長弓望著這個金毛藍眼的傢伙，友情是無國界的，換成過去張長弓也無法相信自己會和一個外國人交朋友，而且會成為患難之交。

阿諾點了點頭，目光中有些不捨，可內心離去的念頭已經很堅決。

「去哪裡？」

阿諾撓了撓一頭亂蓬蓬的金毛，兩個月未曾理髮，頭髮已經長得很長，垂過了耳邊，腦後胡亂紮了一個小辮子，非但沒有顯得整潔，反而顯得更加凌亂，亂蓬蓬的鬍鬚一根根支楞著，看上去如同臉上生出了一顆仙人球。

張長弓的這句話居然把阿諾問住了，很多時候他通常會懷疑自己被酒精損壞了大腦，越是簡單的問題越是覺得無法回答，離開雖然非常堅決，可是在去哪裡這個問題上到現在也沒有想清楚，阿諾其實有很多選擇的，他想過要回瀛口，重新過上醉生夢死的日子，畢竟他現在兜裡有了不少錢。也想過追隨羅獵的腳步，去中國的西部看看，聽說那裡是個神秘的世界。他還想過返回歐洲，戰爭已經結束了，歐洲大陸正在恢復昔日的平靜和安寧。

可選擇越多，就越難做出決斷。

張長弓道：「無論去哪裡，都不要酗酒賭博。」其實他知道自己的奉勸對阿諾沒有任何的用處。

阿諾嗯了一聲，內心是溫暖的，雖然他不會聽從張長弓的奉勸，可這世上畢竟有人是關心自己的。

鐵娃此時突然氣喘吁吁地跑了過來，急火火道：「不好了，陳阿婆病了。」

烈日炎炎，位於阿拉善左旗西南和甘肅中部邊境的騰格里沙漠中，一個人正騎著駱駝艱難行進著，在烈日的炙烤下，地面的溫度已經接近五十度，駱駝在這樣的氣溫下也變得慵懶，腳步緩慢而無力，眼睛因強光而瞇起。

一人一駝在金黃色的沙丘上留下藍紫色的影，這影靜靜流淌在蜿蜒起伏的黃沙上，風不大，卻非常的燥熱，吹動表面的細沙，如煙如霧，讓藍紫色的影變得模糊而顫抖。

這風加速了水分的散發，旅人在這樣的溫度下仍然將自己包裹得嚴嚴實實的，宛如阿拉伯人一樣的纏頭蒙面，只露出一雙黑色的眼睛，他的目光依然犀利，身軀依然挺拔。

在他的視野中出現了一小片銀色的反光，憑直覺判斷出那裡應當是一小片湖泊，不過他也不敢確定，畢竟在沙漠中太多海市蜃樓的幻象。隨著距離的接近，當他看到越來越多的駱駝刺和紅柳，這才敢斷定看到的並不是幻象，是真的水源，被當地人稱為湖盆子的地方。

孤獨的旅人在水邊翻身下了駱駝，放開韁繩任由駱駝去飲水吃草，而他則來到背著陽光的地方，解開頭巾，露出被紫外線照射得黧黑但英俊的面龐，他就是羅獵，離開北平之後，他獨自一人來到了甘邊寧夏，最初的目的是前來這裡尋找從蒼白山遷徙而來的連雲寨人馬，和顏天心相會。可這一路並不太平，他通過山西的時候遭遇軍閥混戰，一路輾轉，不得已選擇穿越沙漠的路線。

騰格里沙漠是中國的第四大沙漠，南越長城，東抵賀蘭山，西至雅布賴山。南北長五百餘里，東西寬三百多里。沙漠包括北部的南吉嶺和南部的騰格里兩部分，習慣統稱騰格里沙漠。內部有沙丘、湖盆、草灘、山地、殘丘及平原等交錯分佈。

沙丘面積占到了百分之七十以上，以流動沙丘為主，大多為格狀沙丘鏈及新月形沙丘鏈，沙漠中湖盆共五百多個，半數有積水，為乾涸或退縮的殘留湖。眼前的這個就是其中之一。

湖水清澈，羅獵掬起一捧水先沾濕嘴唇嘗試了一下，確信這水並非鹹澀，這才放心大膽地喝了起來，飽飲清水之後，將隨身攜帶的水囊裝滿，這才脫去衣服，進入湖盆之中，舒舒服服洗去了一身的沙塵，在沙漠之中能有這樣的境遇已經算得上運氣絕佳了。

根據他的判斷，現在所處的位置距離雅布賴山約有一百多里，以他目前的速度，再有兩日即可到達。陽光照射在羅獵身軀上，泛起古銅般的色彩，長途跋涉讓他瘦了一些，可是他的身體素質卻在行程中得以磨煉，意志變得越發堅強。

擦乾身上水漬的時候，羅獵特地留意了一下心口處，當初父親在這個地方種下了智慧種子，一開始的時候留下一道紫色的疤痕。隨著時間的推移，疤痕已經消失不見了，皮膚的顏色也恢復了正常。

羅獵用毛巾擦乾了頭髮，多日未曾修理的頭髮已經超過了耳根，不過這並沒有影響到他的男子氣概，反而因此顯得不羈而狂野，在湖盆子的對岸聳立著幾座建築的殘垣，那裡過去應當有人居住，靠湖而居，直到周圍的環境沙化越來越嚴重，人們才不得不放棄家園離開了這裡。

天空突然就黯淡了下來，黑色的雲層以肉眼可見的速度覆蓋了他的頭頂，原本趴在岸邊休息的駱駝兩隻耳朵支楞了起來，旋即從地上立起身來。

羅獵迅速穿好了衣服，拉住駱駝的韁繩，在沙漠惡劣的環境下如果遺失了駱駝，那麼他將會變得步履維艱，很可能會丟掉性命。平靜的湖盆子開始泛起魚鱗般的細紋，風迎面吹來，風力在不斷增強著。

羅獵抬起雙眼，看到遠方的景物已經開始變得朦朧，在他進入這片沙漠之後雖然烈日當空，可是並未遭遇到風沙肆虐的極端天氣，從眼前的狀況來看，應當是一場沙塵暴即將到來。

駱駝開始不安地踱步，從牠的反應能夠判斷出這即將來臨的沙塵暴應該不小，羅獵決定儘快離開這裡，尋找一個可以躲避風沙的安全地方，他牽拉著駱駝逆風而行，目前最近的藏身地就是湖盆子對面的那片殘垣。

看似不遠的距離，真正走過去卻沒有那麼容易，繞過這面湖盆子抵達那裡約有一里的距離，走到中途，風力就已經增大，狂風席捲著黃沙和碎石撲面而來，羅獵不得不低下頭去，最大程度減少風沙對身體的傷害，右手牢牢拉住駱駝的韁繩，生怕在風沙中走散。

他已經看不清路，幾度走入了水中，短短的一里路程，摸索了近半個小時方才抵達了那片斷壁殘垣。尋找了一面相對堅固的土牆坐下，駱駝就倦伏在他的身邊，一人一駝都已經被肆虐的風沙耗盡了力氣，羅獵將口中的黃沙吐了出來，之前的澡算是白洗了。

選擇遠離繁華的都市，來到這空曠無人的漠北邊陲，不僅僅是因為要和顏天心見面，這段旅程大部分都在孤獨中度過，孤獨讓羅獵冷靜，也讓他反思過去的很多事情，他開始考慮未來的人生應當怎樣去走。

第五章

夜空中的異象

德西里說了一句話，乾枯手指指向夜空，
羅獵循著方向望去，見西北方向有一顆流星劃過，
德西里的表情變得誠惶誠恐，他丟掉手中香煙，
匍匐地上，虔誠地向那顆流星出沒地方跪拜。

父親告訴他那個關於九鼎的故事，他最初聽到的時候認為是天方夜譚，可是隨著時間的推移，太多事情開始顛覆他的認知。那顆被父親種植在他體內的智慧種子，也在悄然改變著他的體質和意識。離開北平後，他的睡眠改善了許多，不知是因為顏天心傳授給他的內功心法起了作用，還是因為旅途太過疲憊，又或是那顆智慧種子的作用，困擾他多年的失眠症最近幾乎沒有發作過。

可他仍然經常會做夢，並非全是惡夢，夢中時常會出現一些古怪的想法，和通常醒來記不住夢中的情景不同，他會將夢中的東西記得清清楚楚，甚至他會夢到父母年輕時候的場景，會夢到關於九鼎的事情，會夢到許多在現實中根本無法出現的場景。

羅獵並不認為夢境中的這些場景全都是虛幻的，父親臨終前跟他說過的那番話深深印刻在他的腦海中，而且這些事全都發生在父親將那顆智慧種子種植在他的體內之後，他甚至認為許多是種子賦予自己的記憶。

風沙侵蝕的土牆為羅獵擋住了迅猛的風沙，風沙掠過耳邊的聲音猶如金戈鐵馬，在這個荒蕪空曠的沙漠中，人往往會分不清現實和虛幻的界限，身在風沙之中，甚至會產生模糊古今的迷惘。

羅獵回憶著這趟旅程，他本可以選擇更平坦更輕鬆的路途，然而最終他還是走上了一條近乎自虐的苦旅，一個人走到這裡開始意識到這樣的旅程並沒有讓自己的內心得到安寧，更不會讓自己找到真正的快樂。

這一路走來，羅獵對而今的中國有了更深一層的認識，晚清的覆滅雖然帶來了一個新的時代，可這個時代仍然沒有給百姓帶來安定的生活，外敵虎視眈眈，國內軍閥割據，罔顧民生疾苦，多半都是為了爭權奪利而戰，老百姓的日子甚至比起晚清時候還要艱難。

羅獵時常會想起父親說過的事情，這一切的苦難可能還要在中華大地上持續三十餘年，歷史之所以成為歷史是因為時代在不斷前進，父母經歷了未來，而自己正在經歷他們未曾涉足的歷史。自己究竟屬不屬於這個時代？是來自未來的遺孤還是歷史的棄兒？這個問題始終在困擾著他。風沙並未有減弱的跡象，比起剛才越發猛烈了，呼嘯的狂風掀起了沙塵遮天蔽月，這猛獸般的咆哮和嘶吼將羅獵重新拉回到現實中來。他取下了行李，雖然隨身帶著帳篷，可是在這樣惡劣的天氣裡根本無法完成安營紮寨的工作。

於是羅獵就簡單地用毛毯將自己裹了起來，緊貼在斷壁和駱駝之間狹窄空間，打了個哈欠，活在當下，越是在嚴苛的環境下，越是能夠清晰感覺到生命的律動，他決定拋棄一切雜亂的念頭，在風沙漫天的大漠中，在這片被歷史遺棄，風沙侵蝕的殘垣中隨風入夢。

沙塵過去的時候，天就要亮了，東方的天空現出魚肚白，頭頂的天空卻還是深藍的色彩，從東到西由淺到深，一彎金黃色的月牙高掛天空，沒有一絲風，天地間彷彿突然靜止了一般。

羅獵抖落了一身的沙塵，駱駝仍然趴在一旁，不遠處的湖盆子平整如鏡，映照出黎明到來前的天空，卻比天空的色彩更加濃鬱。這場突如其來的沙塵吹走了白日的酷熱，用不了太久，這裡就會隨著太陽升起而重新變成一個炎熱的世界。

羅獵大口呼吸著清涼的空氣，他意識到自己必須要抓緊時間趕路了，在地面的溫度提升之前，極可能地多走一些。他牽動駱駝的轡繩，被喚醒的駱駝抖動了一下身軀，駝鈴在晨曦中發出一陣清越的鳴響。

羅獵翻身跨上駱駝，隨著駱駝的重新站起，他的視野看得更遠，沙丘延綿起伏，眼前的和諧與寧靜讓人很難相信昨晚的風沙肆虐只是沙漠不同的兩面。

羅獵在晨光中辨明了方向，駕馭著駱駝繼續他孤獨的旅程。

然而羅獵很快就發現他並不是這片沙漠中唯一的旅者，一支駝隊出現在他身後，逶迤行進，悠揚的駝鈴聲在空曠的沙漠中迴盪，這支駝隊的規模不小，輝煌一時的絲綢之路雖早已落寞，可是在這條名震天下的古道之上仍然有商旅往來。

羅獵雖然不想和這支商隊發生接觸，可是他的坐騎並不爭氣，東升的旭日讓這頭駱駝變得越發慵懶，很快就被後面的商隊超越。

這支近五十人的商隊充滿了歡聲笑語，看來昨晚惡劣的天氣並沒有影響到他們的情緒，商隊的成員對這位沙漠中孤獨的旅者頗感興趣，經過他身旁的時候一個個向他投過好奇的目光。

其中有一位年輕的姑娘，高鼻深目，陽光將她的皮膚曬成了小麥色，五官雖然稱不上漂亮卻生得端正，兩道很少出現在女性臉上的濃眉，她打量著這個包裹嚴實的旅者。

羅獵覺察到她的目光，轉過臉去，向她報以一笑，雖然只是露出了一雙眼睛，仍然可以準確傳達自己的友善。

那姑娘也笑了起來，露出滿口整齊潔白的牙，然後她嘰哩咕嚕地說了一句。

羅獵猜測到她是在說某種少數民族的語言，只可惜自己聽不懂。

姑娘從他迷惘目光中得到解答，改為生澀的漢語道：「你的駱駝生病了！」

羅獵心中一怔，低頭想去觀察，不曾想，那頭駱駝此時前蹄一軟就跪了下去，毫無徵兆地軟癱在了沙坡之上。羅獵及時從駝背上跳了下去，這才免於被駱駝的身軀壓住。

再看那駱駝口吐白沫，身軀不斷抽搐，明顯是發病了，羅獵心中暗歎，自己實在是太疏忽了，居然沒有及時發現這駱駝生了病，若非那女郎提醒，只怕要等駱駝倒地才察覺。

羅獵對獸醫一竅不通，望著這頭突然發病的駱駝也是愛莫能助。

剛才提醒羅獵的女郎勒住坐騎的韁繩，翻身下了駝背，來到羅獵的駱駝旁邊，掀開駱駝的眼皮看了看，耳後又掰開牠的雙唇，發現駱駝的舌頭已經變成了紫黑色，兩道濃眉皺在一起道：「你給牠吃了什麼？」

羅獵搖了搖頭，只記得駱駝在湖盆子旁邊吃了一些水草，可具體吃的是什麼他也不清楚。

那女郎道：「中毒了，這駱駝只怕是不成了。」

羅獵不由得頭皮一緊，在沙漠中沒有了駱駝可不成。

駝隊中又有幾名商客圍了上來，一名白布纏頭的老者嘰哩咕嚕說了一番話。這會兒功夫羅獵的駱駝已經氣絕了，女郎向羅獵道：「您去什麼地方？」

羅獵道：「雅布賴山。」

女郎點了點頭，轉身向那名老者用本族語言重複了一遍，兩人交談了幾句，女郎重新轉向羅獵道：「我們剛好經過那裡，如果您不嫌棄，可以與我們同行，我們的駝隊可以提供駱駝給您騎乘。」

羅獵充滿感激道：「多謝了！在下羅獵。」

此時有兩名健壯的小夥子幫忙從已經死去的駱駝身上搬運行李，有人挑選了一頭健壯的駱駝提供給羅獵騎乘，通過交談知道，那女郎叫瑪莎，老人是她的父親德西里，他們都來自於西域的塔吉克部落，這次是從陝西經商歸來，交易了一些物資返回部落，為了躲避軍閥混戰，所以也和羅獵一樣選擇了一條相對艱苦但是人跡罕至的道路。

整個商隊唯一通曉漢語的就是瑪莎，羅獵和他人交流也需通過瑪莎翻譯，瑪莎性情外向，熱情善良，很快就和羅獵熟識起來，她詢問羅獵前往雅布賴山的目的。

羅獵得到他們熱情無私的幫助，自然不好意思撒謊，老老實實告訴瑪莎自己這次去雅布賴山是去探望一位老朋友的。

瑪莎將羅獵的回答翻譯給同伴聽，不想同伴都笑了起來，這下反倒讓羅獵有些摸不著頭腦了。

瑪莎向羅獵笑道：「他們說你一定是去找情人對不對？」

羅獵道：「是朋友不是情人！」

瑪莎又將他的話翻譯給同伴，結果又引來了一陣大笑，瑪莎說：「敢於冒這麼大的風險穿越騰格里沙漠，一定不是為了朋友，尤其是你們漢人。」

羅獵從她的話音中聽出言外之意，不禁笑道：「我們漢人怎麼了？」

瑪莎道：「你們漢人不是常說愛江山更愛美人，為了美人江山都可以不要，自然可以將性命置之度外了。」

羅獵因她的這個解釋而大笑起來，周圍幾人也跟著笑了起來，雖然多半都不明白羅獵因何發笑，對好客的塔吉克人來說這是一種禮貌。羅獵朗聲道：「生命誠可貴，愛情價更高，若為自由故，兩者皆可拋。」他朗誦的是匈牙利詩人裴多菲的代表作。

瑪莎聽得雙目發亮，她從未聽說過這首詩，以為還是羅獵的原創，充滿崇拜道：「你們漢人就是有才華。」

羅獵哈哈大笑道：「這首詩可不是我寫的。」他將裴多菲的身分背景說給瑪莎聽。

當天黃昏時分，他們按照原計劃抵達墨龍古城，這也是一片早已廢棄的城池，雖然規模不小，可是整座古城並沒有剩下一座完整的建築，站在古城之中，一種蒼涼凝重的感覺自然湧上心頭。

德西里的商隊已經不止一次往返於騰格里沙漠，幾乎每次往返他們都會選擇在墨龍古城做休整，這裡距離羅獵要去的雅布賴山已經不遠，最遲明天下午他們就能夠走出這片沙漠。

塔吉克人多禮好客，從他們對羅獵這位萍水相逢的路人毫不猶豫地施以援手就能夠證明，夕陽西下，古城廢墟內升起篝火，商隊特地宰殺了隨隊帶來的六隻羊，慶賀他們明天即將走出沙海，同時也是為了歡迎羅獵這位新認識的朋友。

羅獵緩步走上烽火台，西方的天空現出大片的火燒雲，遠遠望去天空有若燃燒了一般，延綿起伏的沙丘也染上了一層血色。耳邊傳來一陣悠揚的笛聲，循聲望去，卻是德西里在古城的一角吹起了納依，這種短笛是用雄鷹的翅骨製成，是塔吉克人最喜歡的樂器之一。

笛聲中帶著獨有的蒼涼味道，讓這座飽經滄桑的古城更顯蕭瑟，羅獵迎風遠眺，夜色正以驚人速度吞沒整個天地，這段時間他彷彿走入了一個另外的世界。在遇到這支塔吉克商隊之後，他才重新走回了現實之中。

瑪莎銀鈴般的聲音從下方響起：「羅大哥，吃飯了。」

羅獵笑了笑，走向古城內已圍坐在篝火旁的人們。吃起了烤全羊，喝起了馬奶酒，熱情的塔吉克人圍在篝火旁載歌載舞，羅獵也不禁被他們的歡樂感染了。

夜色漸濃，黑暗籠罩了整座墨龍古城廢墟，辛苦跋涉一天的人們開始進入了夢鄉，羅獵走向自己的帳篷，經過篝火的時候，看到德西里老漢仍然坐在篝火旁抽著旱煙，他來到老漢身邊坐下，從上衣口袋中掏出煙盒，抽出一支遞了過去。

德西里也沒有跟他客氣，接過在火上點燃，抽了一口，花白的眉毛皺了起來，這煙草的味道對他來說太淡了。

羅獵也點了一支煙，抬起頭望向夜空，寧靜夜空中群星璀璨，在這裡可以輕易就找到銀河的所在，人到了這樣的環境中，就連心胸也在不知不覺變得開闊。

德西里忽然說了一句話，乾枯的手指指向夜空，羅獵循著他所指的方向望去，卻見西北方向有一顆流星劃過，德西里的表情變得誠惶誠恐，他丟掉了手中的香煙，匍匐在地上，極其虔誠地向那顆流星出沒的地方跪拜。

羅獵見識廣博，也走過世界的不少地方，知道每個民族都有他們崇拜的圖騰也有他們的忌憚，從德西里的表情來看，這顆流星顯然不是什麼好兆頭。

還好多半塔吉克人都已經入睡，並沒有看到這夜空中的異象。否則必然會引起人心恐慌。

單就流星而言，有人視為掃把星通常會帶來厄運，也有人說在流星出現夜空的時候，對它許願往往都會實現，可羅獵卻知道這只不過是一個普通的天相，兩種說法都沒有科學道理可言。

沙漠裡的天氣說變就變，夜半時分又刮起了沙塵暴，因為提前找到了妥當的落腳處，今晚自然不必擔心被風沙捲走帳篷。這場風沙要比昨晚小上不少，饒是如此，帳篷也在風沙中不斷晃悠。

羅獵從睡夢中醒來，穩妥起見又檢查了一下帳篷的四角，以防帳篷被風沙掀起。外面傳來牲口的嘶叫聲，這場風沙還是引起了牲口的恐慌，羅獵掀開帳篷的一角向外望去，卻見德西里老漢帶著十多名精壯的塔吉克漢子正在將牲口遷入垣牆高大的內城。

羅獵決定起身去幫忙，出了帳篷頂著風沙向他們走了過去，可剛走了幾步就停下了步伐，因為他聽到遠方傳來陣陣駿馬嘶鳴的聲音，這聲音絕非來自古城的內部。

自從被父親種下智慧種子之後，羅獵的感覺變得極其敏銳，他在第一時間就判斷出有一支馬隊正在向古城的方向而來，轉身向廢棄的瞭望台走去，因為迎風而行，所以步履維艱，好不容易來到瞭望台上，掏出風鏡戴好，極目遠眺，隱約看到古城的正西方向有一群朦朧的黑影朝這邊而來。

德西里老漢指揮族人將牲口拉入內城，也帶著瑪莎一起來到了瞭望台上，此時外面的那支隊伍又已經走近，他們的目力也可以看清這支隊伍人數眾多，大概有二百多人，並非單純的駝隊，有人騎乘著駱駝，還有人騎著馬。

這支隊伍應當是至西而東，從目前所處的位置來看，他們進入騰格里沙漠不久，遭遇這場沙塵方才不得不前來古城躲避風沙。

德西里老漢的臉色卻陡然變得嚴峻起來，他低聲說了句話，一旁瑪莎向羅獵道：「情況好像有些不對！」

德西里已經大聲提醒下方的族人戒備，那些族人迅速拿起了武器，他們的武器大都是弓箭刀槍，為了保障商隊的安全，他們會隨身帶上一些防身的武器，不過大都以冷兵器為主，整個商隊只有三杆長槍。

羅獵從驟然緊張的氛圍中也感到有些不妙，這些塔吉克人往返騰格里沙漠多次，對周遭的情況應該非常清楚，從他們的反應來看，他們應當預感到了危險，難道這支前來的隊伍是強盜？

羅獵很快又否定了這個想法，他在進入騰格里沙漠之前專門調查過這裡的狀況，這片沙漠並沒有土匪出沒，畢竟選擇從這裡通過的商隊不多，且沙漠之中無人居住，土匪若是在這一帶搶劫過活，只怕早晚都會被餓死。當然也不能排除是有備而來，這種可能建立在他們事先就得到消息，鎖定了德西里的商隊。

可是從羅獵目前看到的狀況，這只是一支普通的商隊。

瑪莎在一旁道：「通常商隊會在夜裡紮營，很少有半夜還在趕路的。」

羅獵點點頭，此時那支隊伍已經越來越近，德西里做了個手勢，一名手下在右側的烽火台上點燃了火炬，以此來警示對方，告訴他們這古城內已經有人了。

古城外的那支隊伍果然停了下來，一名騎士縱馬離開了隊伍，來到古城的牆根處，朗聲道：「我們是過路的山西客商，因為急著趕路，不巧遭遇了沙塵暴，還望行個方便，讓我等進入古城躲避風沙。」

瑪莎將那人的話翻譯給了德西里。

德西里沉思了一會兒，讓瑪莎轉述自己的意思，那些人可以繞行到古城的東牆紮營，那邊一樣能夠躲避風沙，但是他們不得入城。雖然德西里的這個決定並不友善，可是為了安全起見也不失為一個穩妥之策。

那騎士聽完之後向他們禮貌抱了抱拳，然後調轉馬頭返回了隊伍。

德西里看到對方並未堅持入城，暗自鬆了口氣。羅獵察覺到他的緊張，心中不禁有些奇怪，難道德西里的商隊之中當真運送了什麼寶貝？否則他又怎會如此緊張？

羅獵舉目望向城外風沙中的商隊，那支隊伍開始了緩慢的移動，隊伍從中分成兩半，分別向古城的東側繞行。羅獵隱然覺得有些不妥，對方隊伍分開之後，從中暴露出數輛馬車，因為距離較遠看不清具體的狀況，可陡然之間卻聽到一聲驚天動地的炮擊聲。

兩台小鋼炮同時發射，炮彈呼嘯而至，目標就是羅獵他們所在的瞭望台。

聽到炮聲，羅獵已經知道不妙，他第一時間做出了反應，大吼了一聲「跳」，然後從瞭望台上跳了下去，德西里和瑪莎幾乎在同時做出了反應，羅獵還未落地，炮彈就落在瞭望台上，將瞭望台炸得硝煙瀰漫，四處輻射的沙石如雨般擊落在他們的身上，羅獵的雙腳剛一落地，就被一堵坍塌的土牆壓在了下面。

炮聲槍聲接二連三地響起，兩百多名不速之客從不同的角度開始向古城發動了攻擊。

德西里落地時扭傷了足踝，瑪莎僥倖沒有受傷，高呼著父親的名字將他從地上扶起，又一顆炮彈落在了他們身後不遠的地方，三名族人被炮彈炸上了半空，身體在空中就已經變得四分五裂，血肉橫飛。

德西里的商隊雖然也配備了武器，可是威力根本無法和這幫土匪相提並論，區區三杆長槍在對方的火力壓制下已經全面處於下風。

當前唯有選擇隱蔽，只希望能夠熬過對方最為猛烈的火力進攻，方才有活命的機會。瑪莎聽到羅獵的呼喊聲，原來羅獵雖然被土牆壓倒，可他所處的地方卻是一道壕溝，所以並未受傷，這壕溝應當是過去古城的排水設施，雖然歷經無數歲月卻僥倖未被黃沙淹沒。

瑪莎攙扶著德西里向羅獵逃去，羅獵從壕溝中爬出，幫著德西里藏身在壕溝內，這會兒功夫又有十多顆炮彈在古城內炸響，塔吉克商隊成員死傷慘重，從眼前狀況來看，對方根本沒準備留下活口，利用他們強大的火力展開了一場屠殺。

德西里藏身在壕溝內，此刻心如死灰，緊閉雙目默默禱告，事實上除了禱告他不知自己還能做什麼，瑪莎手握彎刀，滿臉都是惶恐無助的神情，她也不知因何會落入如此困境？

炮聲漸漸平息，槍聲卻越來越近，從聽到的動靜來看，對方已經開始向城內逼近。羅獵向瑪莎道：「別怕，相信我們會有逃走的機會。」

瑪莎點了點頭，德西里忽然道：「古蘭經……他們是衝著古蘭經來的……」

羅獵聽不懂他的意思，突然看到德西里向外面爬了出去，瑪莎叫了聲父親也想跟著追出去，卻被羅獵一把托住，因為羅獵看到襲擊商隊的土匪已進入古城。

德西里被眼前見到的慘狀所震驚，剛才那一輪炮擊讓他們的族人傷亡慘重，地上到處都是殘肢碎肉，幾名僥倖逃過炮擊的族人躲在牆角內瑟瑟發抖，地面上還有幾個未斷氣的重傷者正在垂死掙扎。

德西里老淚縱橫，他認出其中的一個，衝上去，含淚將他抱起，哀嚎道：「真主啊！為什麼？他們為什麼要這樣做？」

數十名土匪先行進入了古城，一名塔吉克人從角落中衝出，揚起彎刀想要發動襲擊，不等他的彎刀落下，十多支槍同時瞄準他發射，將那人射得如同馬蜂窩一般，頓時喪命當場。

進入古城的土匪越來越多，每個人都是全副武裝，完全控制了古城的局面。羅獵和瑪莎躲在黑暗的壕溝內，從他們的角度可以看到一雙雙不同的鞋子經過。一名身穿灰色軍裝，足蹬馬靴的男子緩步從他們的眼前經過，這是一名年輕男子，身材魁梧，相貌英俊，只是在他的臉上帶著一股讓人厭惡的陰鷙之氣，雙手帶著雪白的手套一塵不染，來到德西里的身邊，從腰間掏出了勃朗寧手槍。

德西里抬起頭憤怒地望著他，他並不認識這名男子。

那男子微笑道：「你好，聽說你們從山西帶來了一本古蘭經，能否給我看看？」一旁有人為他將話翻譯了一遍。

德西里怒道：「古蘭經在我們每個人的心裡，和真主同在，你屠殺我們的族人，不怕真主降罪嗎？」

男子哈哈大笑了起來，他突然舉起了手槍，瞄準德西里懷中傷者的太陽穴就是一槍，子彈擊碎了傷者的頭顱，鮮血和腦漿迸射了德西里一頭一臉，德西里飽經風霜的面龐因痛苦而扭曲起來。

男子微微揚起槍口指向德西里的腦袋：「乖乖聽話，否則下一個就是你。」

瑪莎看到父親性命危在旦夕，她竭力想要掙扎出去營救，卻被羅獵一把抱住，大手掩住了她的口鼻，這時候衝出去無異於自尋死路。就算瑪莎現身，也改變不了局勢，無非是讓土匪多了一個對付德西里的籌碼罷了。

德西里怒視那名穿著軍裝的男子，目光中充滿了不屈，他從懷中摸出了一本古蘭經遞了過去。

那男子接過古蘭經，只看了一眼就扔在了地上，怒道：「不是這本，老東西，你在挑戰我的耐性嗎？」子彈已經上膛。這一槍仍然沒有瞄準德西里，而是對準了又一個無辜的族人，一槍射中了那人的心口。

德西里看到族人一個個在面前死去，內心宛如刀割，然而敵眾我寡，己方的命運全都操縱在他人手中，自己對族人的命運又愛莫能助，一時間老淚縱橫，哀嚎道：「住手……你住手吧……」

那男子輕輕吹了吹槍口道：「剩下的人是死是活，全都在你的一念之間，你知道我想要的是哪一本。」

德西里用力咬緊了嘴唇。

此時清點人數的土匪來到那男子的身邊，附在他耳邊低聲彙報了一下，初步清點的結果商隊少了一個人，而且恰恰是德西里的女兒。那男子揮了揮手，示意手下人在古城內展開搜索，俯身一把將德西里的領口抓住，用槍口抵住他的額頭道：「說！你女兒在哪裡？」

德西里沒有說話，男子揚起手用槍托重擊在德西里的面頰上，將德西里打得重重跌倒在地上。

瑪莎從縫隙中看到父親的慘狀，淚水已經模糊了視線，她竭力掙扎著，試圖掙脫羅獵的束縛，衝出去解救自己的父親。

羅獵附在她耳邊小聲道：「我放你出去，記住想辦法將那人引到這裡來，我們只有一次機會。」因為對方發現商隊少了一個人，以他們的人力，用不了多久就會發現他們的藏身之處。與其坐以待斃，不如主動出擊。

在逆境之中唯有險中求勝，羅獵距離匪首其實距離不遠，在這樣的距離下完全有射殺他的把握，可是即便是成功射殺那名匪首，也無法掌控全域，擒賊先擒王，對他而言，扳回局面的唯一機會就是制住這名匪首。

從土匪之間的對話能夠判斷出，他們對商隊的內部情況非常瞭解，否則不會在這麼短的時間內就發現德西里的女兒並不在場。

瑪莎淒厲的聲音響起，眾匪的注意力全都被她吸引了過去。

德西里看到女兒出來，想要阻止已來不及了，他掙扎著想要去保護女兒，卻被兩名土匪牢牢摁住，年輕匪首緩步向瑪莎走去。

瑪莎大聲道：「我知道你要的東西在哪裡。」

年輕匪首微笑道：「識時務者為俊傑，你應該比你的父親聰明得多！」

幾名土匪向瑪莎衝了上去，想要制服她，瑪莎卻將彎刀橫在頸部，厲聲喝道：「給我滾開，誰敢過來，我就自殺！」

幾名土匪被她的氣勢嚇住，一時間不敢上前。

年輕匪首擺了擺手，示意手下讓開，他慢慢走向瑪莎道：「你就是瑪莎了，我叫譚子聰，我對你們沒有惡意的，只要你勸你父親交出古蘭經，我即刻帶著我的人馬離開這裡，絕不食言。」面對手無寸鐵的商隊，他果斷命令開火，令商隊死傷慘重，現在卻說自己沒有惡意，此人當真稱得上是厚顏無恥。

瑪莎望著倒地不起的父親，眼圈發紅道：「你再敢殺我一名族人，就永遠得不到你想要的東西。」

譚子聰點了點頭道：「我不殺人。」為了表示自己的誠意，他還槍入鞘，攤開雙手，不過腳步未停，仍然向瑪莎走去。

瑪莎盯住譚子聰，目測對方已經進入到自己的攻擊範圍內，猝然發難，橫在頸部的彎刀反轉，劃出一道弧光直奔譚子聰的面門而去。譚子聰臨危不亂，身軀不推反進，右手在瑪莎持刀手腕處輕輕一托，瑪莎的手臂不由上揚，左拳一個黑虎掏心，重擊在瑪莎的小腹之上，這一拳勢大力沉，打得瑪莎一個踉蹌跌坐在地上，手中的彎刀也飛到了一旁。

譚子聰步步緊逼，一個跨步又來到瑪莎面前，左足為軸，右腿橫掃，撞擊在瑪莎的胸口，他出手狠辣果斷，並沒有因瑪莎是女子而手下容情，瑪莎被他這一腳踢得原地滾了出去。德西里看到女兒被虐打，爆發出一聲痛徹心扉的吼叫。

譚子聰唇角露出一絲不屑的笑容，腦海中不由得浮現出螳臂當車的念頭。

就在譚子聰準備以瑪莎為質要脅德西里的時候，一道光影自沙塵中激射而出，譚子聰內心劇震，他終究還是疏忽了，沒料到除了瑪莎之外還有埋伏。

羅獵藏身在壕溝之中，如果是單打獨鬥他當然不會害怕任何一個，可現在他勢單力孤，需要面對的是二百多名全副武裝的沙漠悍匪。

時機對羅獵尤為重要，所以他才沒有阻止瑪莎現身，在瑪莎被譚子聰兩度重擊之後，方才出手，飛刀射向譚子聰的右臂。譚子聰是羅獵最為重要的一張牌，只有控制住了他方才能有扭轉局面的機會，所以不能傷及他的性命，羅獵出手之前已計算了所有可能，選擇譚子聰的右臂射擊要先廢掉他的右手讓他無法掏槍。

飛刀射出之後羅獵從壕溝之中破土而出，有若一頭矯健的獵豹，他選擇的角度剛好可以利用譚子聰的身體阻擋其他土匪的攻擊。

電光石火的剎那，譚子聰的右臂已經被飛刀射中，入肉頗深，他的第一反應就是去掏槍，可是右臂的疼痛讓他的動作明顯減緩，流血的右手剛剛觸及槍套，羅獵已經欺至他的身後，手中飛刀的尖端抵在譚子聰右側頸總動脈之上，輕聲道：「我想我們應當好好談談。」

事情發生得實在太過倉促，譚子聰的手下都未能及時反應過來，當他們搞清到底發生了什麼狀況的時候，譚子聰已經落入了羅獵的手中，一個個慌忙端槍瞄準了羅獵。

羅獵手中的飛刀向下壓了一些，刀鋒已然刺破譚子聰的肌膚，一縷鮮血從刀鋒的邊緣流了出來。譚子聰性命捏在別人的手上此時他們焉敢冒險。

譚子聰一臉獰笑道：「有膽色，這周圍全都是我的人，你以為逃得出去嗎？」

羅獵不屑笑道：「先擔心你自己的性命再說。」一聲音陡然變得嚴厲，怒喝道：「全都把槍放下！」

譚子聰皺了皺眉頭，卻不得不遵照羅獵的吩咐，命令手下人將槍放下。

瑪莎快步奔到父親的身旁，將德西里從地上扶起，德西里看到女兒無恙，捧著她的面龐喜極而泣。

羅獵提醒道：「瑪莎，你們帶上能走的族人先走！」

瑪莎點了點頭，經過土匪的狂轟濫炸和剛才的一輪屠殺，現在他們倖存的族人不過九人，這其中還有半數受傷，他們牽了駱駝馬匹，集合起來匆匆逃離，離去之前瑪莎來到羅獵身邊：「羅大哥，一起走。」

羅獵押著譚子聰上了馬車，德西里帶領族人將土匪的坐騎驅趕離開了古城，這是為了避免這些土匪再度追來。

因為譚子聰被羅獵控制，這些土匪也只能眼睜睜看著，不敢輕舉妄動。

一切做完之後，德西里親自操縱馬車，羅獵押著譚子聰，一行人離開了古城向西而行。

譚子聰全程只是冷笑，既不求饒也不說話。

直到古城完全消失在視線之中，他們方才敢稍作停歇，瑪莎衝上去照著譚子聽的臉上狠狠給了兩記耳光，打得譚子聽面頰高腫而起，譚子聽歪過頭去朝沙地上吐了一口帶血的唾沫，冷冷道：「冤有頭債有主，你們整個部落必將為今天所做的一切付出代價！」

德西里他們都恨極了此人，可是聽到他的這番話又不由得暗暗心驚，不錯，他們的部落還有許多族人，今天雖然僥倖逃過一劫，可這幫土匪不會善罷甘休，說不定會糾集力量前往尋仇。

瑪莎怒道：「我這就殺了你這混蛋！」抽出彎刀作勢要砍。

德西里慌忙阻止她道：「瑪莎，住手，暫且留下他一條狗命，還有些用處。」畢竟他們還未走出沙漠，那些羈留在古城內的土匪很可能會不惜代價前來追趕，留譚子聽這張牌在手，至少能夠起到威懾作用。

德西里的目光投向羅獵，內心中充滿了感激，今天如果不是羅獵出手，他們所有人都會遭到噩運，大恩不言謝，再多的語言也無法表達他的感激之情，德西里嘰哩咕嚕說了一句，羅獵聽不懂他說什麼，向瑪莎望去。

瑪莎抿了抿嘴唇道：「我爹說，我們不能向西走了，咱們就此別過。」

德西里點了點頭，親手將一頭健壯的駱駝送到羅獵的手中，駱駝的背上已準備好了足夠的清水和乾糧，從這裡一直向西就能夠抵達羅獵要去的雅布賴山，德西里改變路線也是為了安全著想，雖然一路向西是最近的路線，卻並非最穩妥。

羅獵也非拖泥帶水之人，從今天這場殺戮就已經能夠推斷出德西里擁有的古蘭經必然是一樣無價之寶，否則也不會讓這幫土匪興師動眾大動干戈。他雖然救了德西里他們一次，卻無法保證他們接下來的路程能夠平安無事，不過在這漫漫沙漠之中，德西里和他的族人顯然要比自己的經驗更加豐富。雖然他們只剩下了九個人，可是他們離開時帶走了不少武器，火力甚至強於被截殺之前。

羅獵提醒瑪莎道：「盯住譚子聰，一定不要讓他跑了。」

瑪莎點了點頭：「羅大哥，您也要小心，以後如有機會，歡迎您來我們的部落做客。」

羅獵點了點頭，心中卻想，他們的部落若是沒有任何的應對措施，以後恐怕還會遭遇麻煩。

譚子聰聽說他們要就此分開，雙目死死盯住羅獵道：「嗨！小子，我一定會找到你。」

羅獵微笑向他走了過去，來到面前突然揚起右拳照著譚子聰的鼻樑就是狠狠一記，打得譚子聰鼻血長流，仰頭跌倒在馬車之上，羅獵一字一句道：「你沒機會了，瑪莎，我給你一個建議，安全離開之後，把這混蛋就地槍決。」對付這種窮凶極惡的匪徒原本就不必留情。

譚子聰哈哈狂笑起來，他咬牙切齒道：「小子，我會找到你，我一定會找到你……」

外婆的病情讓瞎子一籌莫展，白山醫療水準相對落後，因此他們專程將老太太送到了奉天，然而在奉天遍請名醫仍然沒有半點的起色，本想離開的阿諾也因為這件事耽擱了。

來到奉天的第二天，陳阿婆就臥床不起，按照院方的初步診斷，老太太最多還有三個月的生命，瞎子自小和外婆相依為命，聽到這樣的消息頓時天塌了一樣，還好身邊有一幫朋友做伴，平日裡足不出戶的周曉蝶也為了老太太的事情專程來到了奉天。

一人計短，三人計長。張長弓想起了回春堂的吳傑，吳傑的醫術他們都是親眼見證過的，當初羅獵中毒，日資山田醫院都無計可施，吳傑出手輕易化解，如果能夠將吳傑請來，興許就能手到病除。

阿諾聽到之後連連點頭：「吳先生絕對有起死回生的本事，不如咱們儘快去請他。」

瞎子一籌莫展道：「說得容易，可人海茫茫哪裡去找他？」吳傑行事神龍見首不見尾，自從他關了北平的回春堂悄然離去，誰也不知道他確切的下落。

張長弓道：「此事我倒是聽說了一些，據說吳先生也去了甘邊，他好像是去找卓一手卓先生了。」

阿諾道：「那就對了，當初是卓先生介紹羅獵去找吳傑，他們兩人的關係非同一般，我看應當儘快去西邊找吳先生，就算找不到吳先生，能夠找到卓先生也是一樣，我看卓先生的醫術興許比吳先生還要厲害。」

瞎子現在已是病急亂投醫，雖然知道尋找這兩人一來一回恐怕要耗掉一個多月的時間，即便是到了也未必能夠及時找到，可終究還是有些希望。

阿諾本來就準備要西行去找羅獵，這次有了藉口更堅定了他的念頭，主動請纓道：「不如我去找他們，找到之後即刻請他們回來幫忙。」

瞎子點點頭，外婆病成這樣他自然走不開，感激道：「那就麻煩你了。」

阿諾笑道：「自家兄弟又有什麼好客氣的。」

張長弓道：「我跟你一起去，西邊兵荒馬亂的，你一個人過去也太過危險，我們一起去也好有個照應。」其實張長弓還有另一層考慮，阿諾這個人容易飲酒誤事，今次西行關乎老太太的性命，千萬耽擱不得。

瞎子雖然自己不可靠，他也知道阿諾跟自己是半斤八兩，將這麼重要的事交給他，心中也不踏實。現在有張長弓陪同前往當然最好不過，瞎子道：「只是這樣一來辛苦你們了。」

張長弓道：「你也不用太擔心，相信陳阿婆吉人自有天相，說不定這病自己就好了。」

瞎子道：「希望如此。」想起外婆這輩子含辛茹苦地將自己養大，還未來得及過上好日子，內心不禁一陣難過。

人有旦夕禍福，天有不測風雲。沙漠裡的天氣瞬息萬變，羅獵和德西里等人分別之後，獨自一人向西而行，他也不敢耽擱，畢竟古城內還有二百多名土匪，那些土匪雖然武器被收繳，坐騎被放逐，可畢竟他們對這一帶的地理環境非常熟悉，佔據了天時地利，如果自己走錯，很可能會被土匪追上。

德西里之所以放棄西行，而選擇改變路線，就是為了避免不必要的麻煩。

羅獵雖然認定了方向加速西行，可惜天公並不作美，走了沒多久，風力就越來越大，掀起了一場更甚於昨夜的沙塵暴，狂風捲著黃沙鋪天蓋地而來，吹得羅獵幾乎透不過氣來，雖然他戴著風鏡，可是能夠看到的範圍也是極小，駱駝逆風而行，越走越慢，終於抵禦不住風沙，停下了腳步。

羅獵只能從駝背上下來，利用指南針辨別方向，拖著駱駝頂風艱難行進。那駱駝應該是被狂風吹起了脾氣，說什麼都不願前行，羅獵根本分辨不出自己身在何處，好不容易才來到了一座沙丘的下方，在背風處暫且停歇，還好這樣的惡劣天氣不止是針對他一個，那些土匪應當也遭遇了這極致天氣，自己無法行進，對方也是一樣。想到了這一層，羅獵才漸漸心安。

一直等到黎明時分，風沙才稍稍小了一些，羅獵牽著駱駝重新啟程，來到沙丘之上轉身回望，發現古城已被遠遠甩在身後，自己距離古城大概有十里之遠，目力所及的範圍內並未看到有隊伍追趕，再向德西里他們南下的位置望去，也沒有看到一個人影。德西里他們畢竟見慣了風沙天氣，看來進程要比自己快得多。

羅獵翻身上了駝背，準備趁著天氣轉好的時候加快行進速度，臨行之前不禁又回望了一眼，卻看到古城上空兩顆紅色的光球徑直飛向天空，他馬上判斷出，應當是信號彈，內心不禁緊張了起來，那些土匪並未離開古城，昨晚的沙塵暴讓他們不得不留在古城內躲避風沙，也無法成功向遠處傳遞信號，所以直到現在方才發出信號彈。

同時也證明，出現在古城的土匪只是其中的一撥，他們還有接應。

羅獵不敢逗留，要知道沙漠空曠，古城上方的信號彈可以將信號傳遞出很遠，如果土匪援軍到來，他肯定會遭遇麻煩。

駱駝也似乎意識到了危險，在羅獵的催促下加快了腳步。

兩個小時後羅獵看到自己的正北方有駝隊經過，一來雙方的距離夠遠，二來對方急於趕路，並沒有留意到羅獵，和羅獵擦肩而過。

羅獵隱蔽好之後，利用望遠鏡觀察那支隊伍，發現那支駝隊約有五十人左右，所有人都是全副武裝，應該是看到剛才發出的信號，前往古城接應。羅獵不禁有些擔心，只希望德西里他們已經走遠了，千萬不要被這些土匪追上。

其實羅獵距離沙漠的邊緣已經不遠，當日午後就已經離開了騰格里沙漠，雖然出了沙漠可途中仍然是杳無人煙，來到西部完全顛覆了羅獵的距離觀念，讓他感觸最深的就是望山跑死馬。

已經能夠看到遠方起伏的山巒，可是走了整整一個下午，感覺距離並未縮短，山巒依舊還在前方。臨近天黑的時候總算看到了人家，在河邊的一小片草場上看到了三個蒙古包。

羅獵牽著駱駝走向蒙古包，還未等他走進，就有一頭凶狠的黑色獒犬狂吠著向他衝了上來，羅獵的腦海中瞬間反應出這獒犬的一些資料，這是他最近時常出現的狀況，途中遇到陌生的生物、地貌，腦海中就會自然而然湧現出相關的資料，羅獵認為這和父親在他體內植入的智慧種子有關，那顆種子正在潛移默化改變自己的身體，甚至為自己灌輸方方面面的知識。

羅獵伸出右手，雙目盯住那獒犬，獒犬碩大的頭顱微微低了下去，雙目凶光畢露，張大了嘴巴，白森森的牙齒間流下涎液。羅獵手勢變換著，當獒犬的目光和他相遇的時候，情緒居然漸漸變得安靜了下來，最後嗚咽了一聲，趴倒在了草地上，尾巴豎起不停搖晃起來。

蒙古包內走出來一男一女兩位牧民，他們看到眼前的一幕也是太吃一驚，他們豢養的這隻獒犬性情凶悍，遇到陌生人的時候往往會主動出擊，所以他們聽到犬吠聲之後馬上趕了出來，生怕獒犬傷人，卻沒想到看到了眼前的一幕，那獒犬非但沒有傷人，反倒表現得極其溫順。

羅獵向兩名牧民友善笑道：「你們好，我路過此地，前往雅布賴山，因為天黑了所以想借宿一宿。」羅獵本沒指望他們能夠聽懂自己的話，畢竟這一帶大都是蒙族人，通曉漢語的人不多，他也做好了被拒絕的準備，反正自己還帶著帳篷被褥，就算被拒絕也一樣可以另找他處露營。

想不到那名男子居然會說漢語，雖然生澀一些，不過交談沒有任何的問題，那男子道：「請進來吧，這裡雖然出了沙漠，可是周遭荒無人煙，且有狼群出沒，夜路很不安全，還是住一夜，等明天天亮後再走。」

羅獵道謝之後方才進入，此時帳篷內又跑出來三個小孩兒，全都是牧人的兒女，他們平日裡很少見到外人，看到羅獵來訪都是極其驚奇。羅獵隨身行裝裡帶著一些糖果，取出給三個孩子分了，三個小孩兒開心非常，不時偷看羅獵發出歡快的笑聲。

那牧人叫札合，在這一帶放牧為生，蒙族人熱情好客，請羅獵來到帳篷內坐了，他妻子送上熱騰騰的手把肉、新鮮釀造的馬奶酒。

羅獵和札合在帳篷內席地而坐，兩人乾了三碗酒，羅獵趁機詢問了一下前往雅布賴山的路線。

札合笑道：「這裡距離雅布賴山還有七十里，還要走上一天呢。」他停頓了一下又道：「你去那裡做什麼？」

羅獵並沒有說自己的目的，微笑道：「辦點事情。」

札合道：「最近雅布賴山經常打仗，死了不少人，連我們當地的牧民都不去那裡放牧了。」

羅獵關切道：「是不是有土匪啊？」

札合道：「土匪？我們怕的可不是土匪，而是兵，這片地方地廣人稀，山高皇帝遠，過去我們倒也活得自在，可自從清朝覆滅之後，突然就多了幾支勢力，都打著民主自由的旗號，可他們來了之後誰不是爭奪地盤，盤剝百姓，做過的事情，連土匪都不如！」說到這裡札合將手中的酒碗重重一頓，內心極其憤懣。

羅獵心中暗忖，看來中華大地到處都是一樣，清朝的覆滅並沒有將真正的民主自由帶給老百姓，而是讓中華大地淪落到新一輪的爭權奪利中去，各路軍閥為了獲取更多的利益，不擇手段爾虞我詐，倒楣的自然是百姓。他喝了口酒道：「我跟您打聽個人，您有沒有聽說過顏拓疆這個人？」

札合聽到顏拓疆的名字明顯愣了一下，他點了點頭道：「甘邊寧夏護軍使，方圓千里之內誰不知道？這個人就是這一帶的土皇帝，怎麼？你認識他？」

羅獵笑了起來：「這樣的大人物我怎麼可能認識，只是聽說過這個人的名頭，所以有些好奇。」

札合道：「他可不是什麼好人，雅布賴山不停打仗就跟他有關。」

羅獵心中一怔，他對軍閥內部的混戰興趣不大，可是顏天心如今就在雅布賴山安身，如果此事涉及到她，自己就不能置若罔聞了，羅獵道：「什麼仗？因何而打仗？」

札合道：「我也不清楚，只是聽說來了一批滿清餘孽，他們占山為王，於是這位顏大帥就派軍前來清剿，上個月的時候有五千人的隊伍圍攻雅布賴山，結果非但沒有拿下那幫土匪，反倒栽了跟頭，死傷慘重。」

羅獵心中暗自奇怪，顏拓疆是顏天心的叔叔，這次顏天心之所以千里迢迢來到這裡就是為了投奔叔叔，難道叔侄兩人卻反目為仇？羅獵對顏天心的人品是信任的，而且她來此是為了投奔親人而來，自然不會做出對不起顏拓疆的事情，可顏拓疆身為這一帶的土皇帝卻因何要對顏天心他們下手？為何要對已經落難的親人和部族趕盡殺絕？

札合也看出羅獵對這件事異常關心，試探著問道：「兄弟，你是不是要找什麼人？」

羅獵點了點頭道：「我有位朋友就在這附近。」

札合道：「說來聽聽，不是我說大話，這方圓百里沒有我札合不認識的。」

羅獵本想說出顏天心的名字，可想到顏天心素來為人低調，應當不會以本來身分示人，他想到了卓一手，卓一手本身就是蒙族人，或許札合聽說過，羅獵道：「我這位朋友是一位大夫，醫術高明……」

不等羅獵說完，札合就打斷他的話道：「可是卓先生？」

羅獵心中驚喜萬分，想不到那麼容易就打聽到了，不過此事還需證實，其實連他也不知道卓一手的本名，於是向札合描述了卓一手的形容外貌，札合聽完之後哈哈笑道：「就是卓先生，不瞞您說，我小兒子此前得了急病，就是卓先生幫忙治好的，他可是俺們家的救命恩人呢。」

草原人本就熱情，聽說羅獵是救命恩人的朋友，感情上自然又近了一層。札合約定，明日一早由他親自為羅獵帶路去找卓一手，讓羅獵詫異的是，卓一手現在並不住在雅布賴山，而是在山下的小鎮上開了一家醫館。

這一夜羅獵睡得並不踏實，總是擔心那幫土匪會追蹤而至，還好事情並未變得如此糟糕。天濛濛亮的時候，札合夫婦就準備好了早餐，用餐之後，羅獵將駱駝留在了這裡，和札合一起換乘馬匹，跟隨他一起向雅布賴山的方向奔馳而去。

卓一手的醫館就開在雅布賴山下，這小鎮叫雅布賴鎮，是前往雅布賴山的必經之路，醫館開張的時間雖然不長，可卓一手的名聲卻傳得很快，這位蒙古大夫是全能聖手，不但給人看病，連牲畜也是來者不拒，這一帶原本就缺醫少藥，所以卓一手來到這裡之後不久就迅速打響了名氣。

羅獵抵達醫館的時候，房門緊閉，問過周圍人才知道，卓一手去幫牛接生了。打聽到了地點，羅獵和札合來到那戶牧民家，看到卓一手正在牛欄之中，袖子高挽著，一隻初生的牛犢正趴在母牛身邊。

卓一手頗為得意，望著自己的成果笑顏逐開，此時忽然聽到身後一個熟悉的聲音道：「卓先生，別來無恙啊！」

第六章

西夏國的龍玉公主

卓一手喝完那杯酒，將空杯輕輕落在桌上，
道：「是，那屍首就是西夏國的龍玉公主。」
吳傑怒道：「你知不知道她會帶給世人怎樣的災難？
你為何要去打擾她的寧靜？」

卓一手猛然轉過身去，當他看清站在圍欄外的羅獵時，幾乎不能相信自己的眼睛，大踏步走了出去，帶血的雙手顧不上洗就抓住了羅獵的雙臂，欣喜若狂道：「羅獵，當真是你？哈哈！我就知道你一定會來，你果然來了！」

羅獵微笑道：「答應過卓先生的事情自然要兌現承諾，更何況卓先生幫我這麼多，於情於理我都應當過來當面向您道謝。」

卓一手哈哈大笑，毫不客氣地指出道：「我可沒有那麼大的魅力，羅老弟是醉翁之意不在酒吧？」

羅獵微笑道：「遠道而來就是要向先生討一杯酒喝。」

卓一手道：「自當不醉無歸！」他和羅獵一起回到了住處，卓一手所住的地方和醫館並不在一處，位於小鎮外東邊的丘陵地帶，面南背北的山坡上孤零零立著一座石頭房子，房子就地取材用山岩砌成，白色的石頭房子和茵茵綠草相映成趣，站在門前可以將山腳下的小鎮盡收眼底。

羅獵此番前來也帶了一些禮物，從中挑了兩包上好的明前龍井，這些禮物在中原並不稀奇，可是在這裡卻是彌足珍貴的禮物。卓一手當即就燒水泡茶，一口清茶下肚，愜意萬分。

羅獵性情淡泊，雖然此次前來是為了和顏天心相會，可一路之上也沒有太多考慮過這件事，現在來到了雅布賴山下，距離顏天心越近，心中牽掛反倒越濃烈，看到卓一手只顧著品茶，卻對顏天心的近況隻字不提，內心中不禁有些焦躁。摸出香煙，抽出一支點燃，顧而言他道：「卓先生為何一人住在這裡？」

卓一手詭秘一笑道：「你猜！」

羅獵笑道：「救死扶傷，心繫蒼生。」

卓一手哈哈大笑道：「心繫牲口才對。」狐狸般瞇起雙目，望向遠處紫色的雅布賴山：「大當家不在這裡，她去了新滿城。」

羅獵聽聞顏天心並不在這裡，原本以為馬上就要和她相見，卻沒料到自己千里迢迢而來，到了這裡卻又無法和她會面，心中難免感到失落，表面上並未做太多流露，輕聲道：「何時回來？」

卓一手搖了搖頭，表情突然變得凝重起來，低聲道：「大當家已經去了十多天，照理說應該回來了。」

羅獵內心一沉，突然想起此前札合向自己說過的那些事情，看來顏天心他們的處境並不樂觀。此前他也曾經通過吳傑瞭解到這邊的一些消息，並沒有聽說這些事，看來一定是顏天心有所隱瞞，報喜不報憂的緣故。

卓一手歎了口氣，這才將他們千里迢迢來到這裡之後的境況說了，他們來到甘邊投奔顏拓疆，卻不曾想到顏拓疆已經被部下架空，淪為傀儡，現在真正當家作主的是顏拓疆昔日的手下馬永平，他表面對顏天心這些人客氣。可背地裡卻排兵佈陣，意圖將連雲寨的族人一網打盡，幸虧顏拓疆找機會給顏天心暗示。顏天心提前識破了他的歹毒用心，帶著手下人及時逃了出來。

馬永平不肯就此放過他們，派兵追趕，一直追到雅布賴山，顏天心率領族人三次將他們的清剿擊敗，憑藉著雅布賴山易守難攻的地勢在這裡紮下根來，只是他們逃得匆忙，有許多重要的東西都遺失在了新滿城，落在了馬永平的手裡。顏天心此去，就是為了打探消息，主要還是想找機會救出自己的叔叔。

至於卓一手留在雅布賴鎮上，等於在這裡設立了一個前哨站，畢竟他是蒙族人，又擅長醫術，和當地百姓很容易就能打成一片。

羅獵聽他說完不禁有些擔心，顏拓疆如今已經失勢，馬永平大權在握，想要從他手中救人又談何容易。

卓一手道：「你這一路走來，想必也蒙受了不少的辛苦吧？」

羅獵點了點頭，將途中的遭遇說了，說到騰格爾沙漠遭遇土匪的事情，卓一手聽他說出匪首的名字，頓時知道了那些人的來路。那些人是過去盤踞在雅布賴山的一群土匪，以打劫過路客商為生，匪首的名字叫譚天德，羅獵所遭遇的人馬是他的寶貝兒子譚子聰所統領。

顏天心率領連雲寨的族人逃離新滿城之後，馬永平讓人通知譚天德，令他帶人在中途阻擊。顏天心將計就計，趁著那幫土匪傾巢出動之時，繞到他們身後，搶了他們的老巢。

譚天德和他的手下發現之時已經為時已晚，他們強攻雅布賴山想要奪回黃沙寨，結果這次敗得更慘，非但沒有成功奪回寨子，反而死傷過半，譚天德沒奈何只能前往投奔馬永平，而今也被封了官職，只不過那個馬永平極其狡詐，他雖然得了實權，卻並不急於公開取代顏拓疆的位子，做任何事都是打著顏拓疆的旗號，這段時間做了不少喪盡天良的壞事，而這一切卻被不明就裡的當地百姓全都算在了顏拓疆的頭上，所以顏拓疆的口碑也是急轉直下。

羅獵聽到這裡越發為顏天心感到擔心了，他和這位馬永平雖然素未謀面，可單從卓一手的描述中就已經領教到此人手段的厲害，更何況馬永平佔據天時地利人和之勢，在這樣的逆境之中想要扭轉局勢幾乎是不可能的挑戰。

羅獵將香煙摁滅，低聲道：「顏拓疆能夠到今日之位置也非尋常人物，怎會被馬永平左右？」

卓一手長歎了一口氣道：「英雄難過美人關，拓疆壞就壞在女人身上，馬永平和拓疆還有一層關係，他是他的小舅子。」說到這裡他氣得在案上捶了一記。

羅獵道：「其他人怎麼看？」他雖未曾見到顏天心，卻已推測到在這件事上顏天心未必能夠獲得族人的一致支持，連雲寨的這些人好不容易才來到了這裡，他們渴望安定的生活，為了守護剛剛得到的家園而戰，他們勢必會全力以赴，可是如果為了顏拓疆而去對抗實力強於他們無數倍的軍隊，他們未必肯去冒險。

卓一手道：「拓疆恐怕是凶多吉少了。」顏拓疆已經完全被架空，一旦他失去了利用的價值，馬永平將會毫不猶豫地將他除掉。卓一手問起羅獵別後經歷，他最為關注的是方克文的事情，羅獵也不瞞他，將方克文離開九幽秘境之後的變化簡單說給他聽，羅獵後來去吳傑處就已經知道，卓一手應當對此後發生在方克文身上的變化有所預料，所以才會推薦他們前往吳傑處複診，其實是通過吳傑幫忙確認兩人是否被黑煞附體。

卓一手聽羅獵說完點了點頭道：「那九幽秘境果真邪門，我擔心的事情終究還是發生了。」他打量著羅獵，其實卓一手最初也擔心羅獵會成為黑煞附體的人之一，可從現在羅獵的狀況來看，應當沒有任何問題，他有心為羅獵診脈，可想了想還是作罷，畢竟剛一見面就提出這樣的要求並不禮貌。

羅獵道：「吳先生有沒有來過？」

卓一手搖了搖頭道：「他做事向來神龍見首不見尾，我也不知他的下落。」

羅獵皺了皺眉頭，吳傑離開北平的時候曾經親口告訴自己他要來這邊，可自己都已經到了，他仍然沒有消息，估摸著他十有八九又改變了主意，吳傑若是過來應當會和卓一手會面的。羅獵又想起了顏天心，顏天心也是深入過九幽秘境的人之一，他有些擔心道：「顏大掌櫃離開之後還好嗎？」

卓一手知道他在擔心什麼，微笑道：「大當家好得很，你不用擔心。」看到時間已經不早，卓一手提出帶羅獵出門去吃飯。

兩人剛離開卓一手的石屋，就看到遠方一騎疾馳而來，馬上是一名年輕男子，正是顏天心的得力助手之一，過去連雲寨的偵查隊長董方明。羅獵還不覺得怎樣，可卓一手明顯吃了一驚，因為顏天心前往新滿營就帶了董方明同去，現在不見顏天心回來，只見董方明一個人，他內心中頓時生出一種不祥的兆頭。

董方明還未來到他們面前，身軀在馬上晃了晃，竟一頭從馬上栽了下去，一隻腳仍然掛在馬鐙上，還好他的坐騎極其靈性，並沒有狂奔向前，而是及時停住了腳步，避免了對他的傷害。

卓一手和羅獵兩人慌忙迎了上去，羅獵後發先至，率先將董方明的腳從馬鐙上取下。

卓一手和羅獵一起將董方明架回自己的石屋，放在床上，董方明這會兒又清醒過來，醒來第一件事就是抓住卓一手的手臂嘶聲道：「卓先生……快……快去救大當家……」

羅獵內心不由得一沉，顏天心果然還是出事了。

卓一手畢竟久經風浪，他並沒有亂了方寸，安慰董方明道：「你不用焦急，歇口氣再說。」他轉身倒了一盞茶。

董方明接過茶盞大口飲盡，其實他的身上並未受重傷，只是這一路奔襲，忍饑挨餓，甚至連口水都顧不上喝，見到卓一手的時候整個人終於敢放鬆下來，精神和體力在瞬間出現了垮塌。

卓一手知道董方明饑渴，越是這種時候越不能讓他大量飲水，必須有個循序漸進的恢復過程，否則董方明的身體很可能會出現問題。

董方明歇了一會兒，卓一手又遞給他一碗牛奶。

董方明將奶飲盡之後，精力漸漸得到回復，這才將隨同顏天心前去的經歷從頭到尾說了一遍。

顏天心此次前往新滿營主要是為了獲取情報，雖然她有心救出自己的叔叔，可畢竟現在顏拓疆已經被架空並控制，雖然表面上還是甘邊寧夏護軍使，可行使權力的早已變成了馬永平。

馬永平為人陰險，城府極深，他當然不會放鬆對顏拓疆的監視，所以他們幾乎沒可能接近顏拓疆，並和他取得聯繫。

可功夫不負有心人，終究還是被顏天心找到了辦法，她終於找到了接近顏拓疆的機會，可誰都沒有想到，身為親叔叔的顏拓疆竟然將顏天心出賣了。

卓一手聞言也是大驚失色，他愕然道：「你再說一遍？顏拓疆出賣了大當家？」並非是卓一手對董方明不相信，可以說他是看著董方明長大的，這個年輕人有情有義，對顏天心更是忠心不二，他應當不會撒謊，可這件事畢竟於理不合。此前他們之所以能夠從新滿營全身而退，多虧了顏拓疆給他們暗示，顏拓疆沒道理當初幫了他們，現在又出手對付自己的親侄女。

董方明點了點頭道：「是他，就是他，大當家好不容易才找到機會跟他見面，只要他不說，沒人知道我們的身分，他根本不念親情，如果不是大當家拚死抵抗，我……我也沒機會逃出來……」說到這裡董方明的眼圈都紅了。

卓一手點了點頭。

董方明道：「卓先生，快，快去告訴其他的弟兄，咱們連雲寨的人馬就算拚了性命也要將大當家救出來。」

卓一手雖然心中焦急，可是他並未亂了方寸，起身在石屋內走了幾步，沉聲道：「就算把所有人都帶過去，咱們也未必能夠救得了大當家。」他們雖然從連雲寨遷來了數千人馬，可是仍然無法和軍方相提並論，甚至他們在人數上連譚天德那幫土匪都比不過，如果傾巢而出去救顏天心，正面攻打新滿營，恐怕連大門都攻不進去，剛剛搶到的根據地又會出現空虛。

譚天德那幫人得了消息勢必會突襲他們的後方，到時候他們會被斷了後路，說不定整個部族都會被滅絕，顏天心身為連雲寨的大當家，自然不能不救，可救人也需講究策略。

董方明滿臉錯愕道：「卓先生？難道咱們要見死不救？被抓的是大當家啊！」

卓一手沉聲道：「人不能不救，可此事不能對外洩露消息，尤其是不能讓部族的人知道。」

董方明因不解而憤怒：「先生若是害怕，我一個人去，就算拚掉這條性命，我也要將大當家救出來。」

久未發言的羅獵道：「卓先生不是害怕，而是因為救人之事不宜聲勢過大，就眼前的形勢而言，即便是整個連雲寨的人馬出動也解決不了問題，反倒打草驚蛇，讓軍方先做好準備，如果譚天德得到消息趁虛而入斷了你們的後路，到時候遇到麻煩的不僅僅是顏寨主一人，而是你們整個部族。」

董方明看了羅獵一眼，他和羅獵曾經有過一面之緣，也知道顏天心對他極為推崇，只是不知道他因何會在這時過來，心情不好自然對羅獵的態度也沒那麼客氣，冷冷道：「我們部族的事情和外人無關。」

羅獵知道他心情不好，只是微微一笑並未跟他一般見識，卓一手卻感到不妥，董方明顯然在客人面前失了禮數，斥責道：「方明，不得無禮，羅先生是我們連雲寨最尊貴的客人，也是大當家的好朋友，我們都沒有將他當成外人，快向羅先生道歉。」

董方明當然知道羅獵和顏天心是患難之交，被卓一手呵斥之後也不作聲，可也不願向他道歉。

羅獵主動為他解圍道：「卓先生勿怪，董大哥也是因為牽掛顏寨主的安危，他對我並無惡意。」

董方明抬頭看了羅獵一眼，目光中並無感激，心中反倒抱怨，用不上你來當好人。

羅獵自然知道他的心思，並未和董方明計較，向卓一手道：「卓先生若是前往新滿營，能否帶我同行，作為顏寨主的朋友，我也不能坐視不理，希望能夠出一份力。」

聽到羅獵主動請纓前往，卓一手自然求之不得，其實他也知道以羅獵和顏天心的關係，羅獵必然會參與營救顏天心的計畫。

董方明雖然態度不好，可他也明白羅獵智勇雙全，若是能夠得到他的幫助，他們就如虎添翼。可僅僅他們三人，恐怕還是勢單力孤吧，想要將顏天心從軍方的手中救出只怕沒那麼容易。

卓一手道：「人不宜多，我還能請到一位厲害的幫手。」

羅獵就算敲破腦袋都想不到卓一手所說的幫手竟然是吳傑，吳傑就住在新滿營，其實他早在兩月之前就已經抵達了這裡，卓一手對此隻字不提，此前居然還在羅獵的面前裝得一無所知，現在又道破這件事等於自打耳光，老奸巨猾如卓一手居然對此坦然自若，甚至連一個字的解釋都沒有，其實大家都是聰明人，對於說過的謊話心知肚明就是，解釋反倒越描越黑淪為下層。

卓一手相信羅獵能夠理解，隱瞞吳傑的事情自己有不得已的苦衷。

羅獵也是抵達新滿營之後，方才在新滿營狼雲觀的算命攤上見到了吳傑，這位昔日回春堂的江湖郎中，來到甘邊搖身一變居然幹起了摸骨算命的行當。

羅獵是在卓一手的指引下來到這裡尋找幫手，直到見到在那裡為人算命的吳傑，方才意識到自己被卓一手給騙了，唇角不禁泛起一絲苦笑，難怪卓一手不肯過來，是怕當面揭穿過於尷尬吧。

新滿營的夏天雖然不比內地炎熱，可是陽光極其毒辣，吳傑一身長衫坐在樹蔭之下，他的生意頗為冷清，羅獵在一旁站了足有一刻鐘的功夫，都不見一個人光顧他的小攤。

吳傑也樂於享受這片蔭涼，擺出醉翁之意不在酒的架勢，不時端起他的紫砂壺啜一口清茶，他的雙眼雖然看不見，可是內心卻早已感覺到有人正在關注著自己，對方刻意保持了一定的距離，在這樣的距離下自己無法準確判斷出他的特徵，難道他對自己有所瞭解？吳傑感到對方的莫測高深。

高手相遇，首先就是耐心的比拚，吳傑雖然無法判斷對方的身分，可是已經猜測出對方十有八九對自己應當沒有惡意。

羅獵終於向吳傑走了過去，吳傑對他而言亦師亦友，雖然顏天心委託他傳功給自己，可是直接授業的畢竟是吳傑，正是吳傑讓自己在武學上的認識到達了一個前所未有的境界。

羅獵並沒有刻意掩飾自己的步伐節奏，當吳傑聽到他的腳步聲時，內心緊繃的弦終於鬆動了，他從熟悉的腳步聲判斷出了來人的身分，可在通常他卻可以從一個人的外在氣息率先做出判斷，人不同，氣質也會不同，常人可以通過雙眼的觀感來判斷一個人的氣質，而吳傑是一個盲人，他通過內心的感知來做出判斷。

可是即便判斷出了羅獵的身分，吳傑的內心仍然感到迷惘，他和羅獵北平一別已有數月，時間可謂不長不短，在這段時間內羅獵帶給他的感覺竟如同換了一個人似的。

「吳先生！」羅獵的聲音依然平靜無波，不卑不亢。除了他之外，吳傑還從未見過一個像他這般如此冷靜的年輕人，這樣風波不驚的心態究竟是怎樣修煉而成？吳傑暗自猜測，羅獵這位年輕人必然有著不同於常人的坎坷經歷。

吳傑道：「真是想不到，咱們這麼快就遇到了。」

羅獵微笑道：「有緣人終究會走到一起。」

吳傑淡然道：「你的有緣人只怕不是我吧？」

羅獵聽出他這句話另有所指，輕聲道：「吳先生的生意有些冷清啊。」

吳傑道：「姜太公釣魚願者上鉤，我不介意做熟人的生意。」

羅獵於是就在他的算命攤子旁坐下。

吳傑道：「把手給我，我無法看面相，只能摸骨。」

羅獵毫不猶豫地將左手遞給了吳傑，吳傑抓住他的左手，只是普通人一樣握著，並沒有繼續探索的舉動，吳傑道：「卓一手讓你來的？」

單從他這句話羅獵就能推斷出吳傑來到這裡的事只有卓一手一個人知道。

吳傑又道：「他是不是遇到了什麼麻煩？」

羅獵道：「吳先生知不知道顏天心的事情？」

吳傑皺了皺眉頭：「她不是已經離開了？」

羅獵從吳傑的反應看出他是真的不知道，於是將顏天心的近況向吳傑說了，吳傑聽完也是吃了一驚，他歎了口氣道：「這顏天心怎麼這麼糊塗，好不容易才從這裡逃出去，為何又要回來？」

羅獵道：「顏拓疆畢竟是她的親叔叔，總不能眼看著他落難而坐視不理？」

吳傑哼了一聲道：「顏天心何許人物，孰輕孰重又豈能分不清楚？」

羅獵道：「不瞞吳先生，今天我來找您是特地向您求助。」

吳傑道：「卓一手為什麼不自己來？」

羅獵本以為卓一手沒有親自前來是因為此前沒跟自己說實話，所以擔心三方見面會感到尷尬，可吳傑這麼一問，方才覺得這件事沒那麼簡單。羅獵道：「卓先生如今就在城南向陽客棧，吳先生若是有什麼疑問，可以當面去問他。」

吳傑哼了一聲道：「那隻老狐狸，就算問他也不會有什麼實話。」

話雖然這麼說，可吳傑仍然收了他的算命攤子，跟羅獵一起去了向陽客棧，途中吳傑將自己來到這裡之後的事情簡單說了一遍，吳傑離開北平的最主要一個原因就是躲避仇家藤野俊生的追殺，當然他來到這裡也是為了見卓一手，當面問他一些事情，這些事關乎於他們之間的秘密，所以吳傑並未向羅獵詳細說明，只是從吳傑目前的態度來看，他應該沒有得償所願，因此對卓一手也有些怨氣。

來到了向陽客棧，卓一手已經備好了酒菜，滿臉堆笑地將羅獵兩人請了進來，做賊心虛，此前卓一手在羅獵面前撒謊，對吳傑這位老朋友也沒有坦誠相待，所以才擺下這頓酒宴向兩人表達自己的歉意和誠意。

吳傑鼻子聞了聞道：「宴無好宴，有人只怕是設好了圈套讓我們鑽呢。」他雖然比卓一手年輕，可是說話卻絲毫不給對方留情面，當著羅獵的面，搞得卓一手有些尷尬，乾咳了一聲道：「老友相逢自然要喝上幾杯。」

吳傑道：「我來甘邊這麼久，還是頭一次吃上你的酒，看來今日是沾了羅獵的光呢。」

卓一手被吳傑懟得灰頭土臉，羅獵卻樂見其成，誰讓你這隻老狐狸騙我來著，看來吳傑也吃了老狐狸的虧，所以對他沒有丁點的好臉色。

卓一手有求於人，陪著笑臉請兩人坐下。搶著將酒倒上了，熱情道：「來到這裡我就是地主，今日兩件事湊成一件事，為你們老友接風洗塵，略表寸心。」

吳傑道：「朋友之間當以誠相待，有什麼事只管直說，莫兜圈子。」

卓一手哈哈笑道：「先喝酒再說，先喝酒再說。」

羅獵發現今日董方明並不在場，禁不住問起他的下落。

卓一手告訴他們，董方明去城內打探情況了，希望能夠找到顏天心被關押的地點。

吳傑夾了顆油炸花生米塞入口中，一邊嚼一邊道：「這兩日新滿營內倒沒聽說什麼變故，顏拓疆昨日還在城內廣場搞了個閱兵式，他婆娘陪同他一起出席。」他一直都在新滿營，雖然身在狼雲觀，可對城內的消息一直都有留意。

卓一手道：「你是說馬永卿？」

「除了她還有誰？」

卓一手道：「她不是一直臥病在床嗎？」

吳傑不屑道：「你親眼見到了？」

卓一手搖了搖頭，他本來有機會見到，畢竟馬永卿是顏天心的嬸子，聽聞馬永卿生病，顏天心還特地請他去幫忙診治，可沒等他為馬永卿診病，就得知馬永平要對付他們，於是在顏天心的領導下匆忙逃離，是以並未有機會見到這位讓顏拓疆愛惜如命的太太。

羅獵道：「馬永卿是不是馬永平的妹妹？」

卓一手點了點頭道：「不錯，就是她，顏拓疆現在已經完全被架空，真正掌權的是馬永平。」

吳傑道：「不是說顏拓疆抓了他的親侄女？」

卓一手道：「按理說拓疆本不應該這麼做，我看他十有八九受到了逼迫。」

吳傑道：「你好像很瞭解他？」說完之後忽然想起卓一手是顏闊海的義子，是顏拓疆的乾哥哥，對他自然瞭解。

羅獵道：「這位顏大帥早已失勢，被控制也不是短時間的事情了，既然當初他能夠想方設法給你們傳遞消息，幫助你們逃離新滿營，這次為何又要出賣顏寨主？」其實在董方明前來報訊之時，羅獵就感覺到這件事前後矛盾，只是因為當時他對整件事並不瞭解，所以沒有說出來，如今已經來到新滿營，通過他對董方明的觀察和瞭解，董方明應當沒有撒謊，所以這件事越發不合情理。

根據董方明所說的情況，當時顏天心和顏拓疆聯絡的時候並沒有引起特別關注，如果顏拓疆沒有聲張，他們所有人都可以全身而退，顏拓疆因何要這樣做？究竟是另有深意，還是他已經完全不受控制？

吳傑道：「不錯，就算顏拓疆受到了威脅，也不應當讓自己的親人陷入危險的境地。」

卓一手歎了口氣道：「如今大當家被捕的消息還未傳到山上，如果讓族人知道她的事情，一定會拚死來救。」

吳傑道：「拚死來救？若是大張旗鼓地全都來新滿營救人，恐怕你們所有人最後都要死路一條了。這件事的確很奇怪，我在新滿營並沒有聽到任何的風吹草動，顏拓疆那邊一切好像也很平靜，他老婆的病突然就好了，他出賣了自己的親侄女？究竟是什麼才會讓一個人在短時間內性情大變？」

羅獵道：「這世上有太多奇怪的事情說不通，可的的確確發生了。」他想到了方克文，停頓了一下道：「你們所說的黑煞附體會不會發生在他的身上？」

吳傑沒有說話，只是下意識地握住了身邊的竹杖。卓一手的臉色卻突然一變，剛剛湊到唇邊的酒杯又重新放下。

羅獵道：「卓先生，我忽然想起了一件事，你們離開蒼白山的時候，曾經帶走了一具紅衣女屍，那女屍是否已經下葬？」

吳傑猛然攥緊了竹杖，臉上的表情變得極其凝重，他的面孔轉向卓一手，雖然他的雙目已盲，卓一手卻依舊產生了一種吳傑怒視自己的錯覺。卓一手習慣性地發出一陣乾咳，卻被吳傑毫不客氣地打斷：「什麼女屍？卓一手你怎麼從未告訴過我？」

卓一手道：「一具普通的屍體罷了……」

吳傑道：「神碑現，龍女出，群山崩，江河枯，保太平，歸故土，那屍首究竟是不是西夏國的龍玉公主？」他的聲音變得越發嚴厲，說到最後已經完全變成了質問的口氣，竟似不給卓一手這位老友一丁點的面子。

卓一手的表情變得越發尷尬了，他沒有回答吳傑的問題，只是重新端起了那杯酒。

吳傑憤怒的表情凝固在臉上，彷彿隨時都會衝上去和卓一手拚命。羅獵還從未見到過吳傑失去鎮靜的樣子，而今次必然發生了驚天動地的大事，否則又怎會令他如此激動？

早在九幽秘境發現冰棺的時候，羅獵就感到那紅衣女屍極其詭異，至今他仍然清晰記得冰棺之上所刻的長生訣，羅行木之所以費盡心機進入九幽秘境就是為了尋找那篇長生訣。

在剛剛從九幽秘境脫身之後的日子裡，羅獵的腦海中時常會回憶起秘境中的情景，甚至會夢到那詭異的紅衣女屍，那次的經歷一度加重了他的失眠症，後來遇到了吳傑，方才在他的幫助下有所改善。

在父親將那顆智慧種子植入自己的體內之後，羅獵的身體恢復到了這些年的最佳狀態，他也開始儘量避免去回憶讓自己不快的那些記憶，如果不是吳傑提起，或許羅獵不會去主動回憶九幽秘境的遭遇。

卓一手喝完了那杯酒，這才重新將空杯輕輕落在桌上，然後道：「是，那屍首就是西夏國的龍玉公主。」

吳傑霍然站起身來，怒道：「你知不知道她會帶給世人怎樣的災難？你為何要去打擾她的寧靜？」

羅獵作為這件事的親身經歷者，他當然知道龍玉公主的屍體之所以離開九幽秘境重現人間和卓一手並無關係，要說有關係也是自己。

卓一手聲音低沉道：「知道，可龍玉公主既然重現人間，所發生的一切就不是我們能夠掌控的。」

吳傑恨恨點了點頭道：「你自然掌控不了，你們任何人都掌控不了，我現在終於明白你們因何會放棄連雲寨，千里迢迢來到這裡。」他停頓了一下，向卓一手走近了一步道：「你去連雲寨就是為了尋找龍玉公主是不是？」

羅獵皺了皺眉頭，面對兩人的對話他並不適合插口，他早就知道卓一手是蒙族人，和顏天心這群女真族的後裔並非同宗同族，吳傑的這番話似乎在暗示卓一手進入連雲寨的初衷並不單純。

卓一手道：「並非如此……」

他還未來得及解釋，吳傑就已經將他的話打斷，厲聲追問道：「龍玉公主的屍體現在何處？」他咄咄逼人，竟不給卓一手絲毫的情面。

卓一手歎了口氣道：「連同棺材一起全都被馬永平擄去，大當家此番前來不僅僅是為了救人，也是為了查清那棺材的下落。」他的目光投向羅獵，雖然還沒說話，羅獵卻已明白了他的意思，起身悄然離去，這種時候還是應當選擇迴避。

羅獵來到向陽客棧門外，正看到一隊排列整齊的士兵從前方街道經過，他是初來新滿營，對這裡的一切頗感好奇，也不必擔心有人認得自己。從路旁行人紛紛閃避的狀況來看，此地軍民之間的關係應該並不和諧，不少路人甚至偷偷流露出怨恨的目光。

羅獵從這些目光的主人中找到了一張熟悉的面孔，卻是藏身在路人中的董方明，等到那支隊伍過去，董方明方才走向向陽客棧。羅獵主動跟他打了個招呼，因為羅獵是前來幫忙救人的緣故，董方明這兩日對他的態度明顯有所改善，朝他點了點頭道：「找到人了？」

羅獵轉身向客棧內看了一眼道：「兩人在密談。」

董方明從他的話中聽出現在並不適合進去打擾，低聲道：「你吃了沒有？」

其實羅獵剛才也只是才動筷子，並未來得及填飽肚子，微笑道：「對面的牛肉麵不錯，我請你。」

董方明也不跟羅獵客氣，兩人來到客棧對面的牛肉麵館，叫了兩碗熱騰騰的牛肉麵，董方明奔波了大半天顯然餓得不行，端起麵碗大口大口吃了起來，不一會兒功夫已經將滿滿一碗麵吃了個精光，還覺得不過癮，又叫了一碗，再看羅獵才吃了半碗，他有些不好意思地笑道：「我出身山野，比不得你們大城市來的人，見笑了，見笑了。」

羅獵道：「人是鐵飯是鋼，一頓不吃餓得慌，人活一世怎麼真實怎麼過，怎麼快活怎麼來，何必顧忌別人的眼光？」

董方明點了點頭道：「羅先生是見過大世面的。」向周圍看了看，確信無人關注他們，方才低聲道：「羅先生，我打聽到了大當家的消息。」

羅獵也一直關心顏天心的事情，聽聞終於有了消息也是內心激動，向董方明湊近了一些。

董方明將打聽到的情況告訴了羅獵，顏天心目前很可能被關押在西峰巷廿七號，也就是顏拓疆的住處，當地人都將那裡稱之為帥府。那裡戒備森嚴，所有出入口都有重兵把守，自從顏拓疆失勢之後，他基本上都在那裡足不出戶。

董方明道：「大當家被顏拓疆出賣之後，並未離開過帥府。」他們在帥府周圍布下眼線，一直關注著那裡的動靜，這些天來，並未見到顏天心被押離那裡。

羅獵道：「就算大掌櫃還在帥府，我們又當如何進入其中？」

董方明道：「顏拓疆深居簡出，只不過昨天他突然出席了閱兵式，對了，我還聽說，他老婆回去之後就突然病危了，現在到處尋找郎中為她醫治。」

羅獵點了點頭，顏拓疆現在的處境到底怎樣還不知道，不過馬永卿畢竟是馬永平的親妹妹，如果她生了病，馬永平應當不會坐視不理，想要進入帥府，或許就應當從這裡入手。

羅獵忽然想起卓一手讓自己出面請吳傑出山，興許卓一手也考慮到了這一點，畢竟卓一手和董方明這些人全都是連雲寨的人，這些人應當早就進入了馬永平的視線之內，並不適合公開露面。

董方明道：「就算將新滿營掀個底兒朝天，我也要將大當家救出來。」

羅獵猜得不錯，卓一手就是想請吳傑幫忙為馬永卿治病，也唯有如此，才有機會進入帥府一探虛實。

羅獵出門這段時間，兩人看來已經達成了妥協，吳傑也同意前往帥府。獨木難支，更何況吳傑本身又是個盲人，所以羅獵自然成為那個當仁不讓的陪同者。還有一個更重要的原因，就是他們查到馬永卿曾經在黃浦讀過書。

馬永卿生病已有半年，近日方才有所好轉，昨日還陪同顏拓疆出席了新滿營的閱兵式，可回去之後就突然病情加重，到了晚上陷入昏迷之中，據說已經將城內有名的郎中請遍了，所有郎中都是束手無策。

帥府已傳出話來，如果誰能醫好夫人會有厚賞，雖說重賞之下必有勇夫，可誰都清楚這錢沒那麼好賺，如果治不好馬永卿，搞不好連性命都要搭進去。

吳傑帶著他的徒弟來到帥府前，這師徒兩人並沒有得到任何的禮遇，反倒讓守門的士兵厲聲喝住。

「幹什麼？你們幹什麼的？知道這是什麼地方嗎？」

西裝革履的羅獵肩背藥箱，攙扶著吳傑，陪著笑向幾名疾言厲色的士兵道：「自然知道，我和師父是前來應徵給大帥夫人看病的。」

幾名士兵聞言再度打量了這師徒幾眼，徒弟雖然生得儀表堂堂，可這位師父卻是一個瞎子，中華醫學講究望聞問切，別的不說第一點這瞎子就無法做到。其中有一人認出了吳傑，皺了皺眉頭道：「你不是狼雲觀門口摸骨算命的瞎子嗎？你也會看病？湊什麼熱鬧啊！」

羅獵道：「我師父自然會看病，而且醫術高明。」

認出吳傑的那名士兵還算好心，耐著性子勸道：「我說你們就別自找難看了，周邊的名醫全都請遍了，全都對夫人的病束手無策，你們若是為了賞金來，我勸你們還是趁早離開，真要是治不好夫人的病……」下面的話他沒說，其實誰都明白。

吳傑手中的竹竿兒在青石板上篤篤敲了兩下，羅獵道：「我說你們別攔著行不行？擋著我們賺錢倒是小事，可耽擱了夫人的病卻是大事。」

幾名士兵聽他這麼說，也不由得心裡泛起了嘀咕，雖然吳傑是個瞎子，可看這名年輕人氣宇軒昂，應該有些來路，說不定他們真有些辦法，於是讓他們在門外等著，派出一人儘快進去通報，沒多久去通報的那人出來，將兩人請了進去。

羅獵攙扶著吳傑，他們的前後左右都有士兵圍護，吳傑雖然雙眼看不見，也能夠覺察到這裡戒備森嚴，不屑道：「這裡遭賊了嗎？用得上那麼多人戒備？」

一名士兵呵斥道：「胡說什麼？誰敢來帥府偷東西？」

吳傑呵呵笑道：「那就是當我們師徒倆是賊了。」

羅獵故意歎了口氣道：「師父，您真是何苦來哉，好心好意過來為別人診病，卻被人防賊一般防著，咱們何苦受這閒氣，還是走吧。」

剛才認出吳傑那名士兵道：「現在走，只怕已經晚了，大帥知道了你們的事情，既然來了，就等到為夫人診病之後再走。」

吳傑道：「看來我們現在是騎虎難下了。」

羅獵雖然和吳傑聊著，可一刻也沒有放鬆對周圍環境的觀察，他今次前來還有一個重要的任務，那就是觀察帥府地形，繪製帥府內部的建築草圖，這也是做好最壞的準備，按照董方明的說法，如果一切嘗試都失敗之後，最後只能強攻帥府救出顏天心。

所謂帥府也稱不上豪華，灰牆青瓦，甘邊地廣人稀，連建築也帶著地域的特徵，高牆大院，稀稀落落地種了幾棵胡楊，三進三出的院子，每道院牆的四角都設有角樓，角樓之上架設機槍，過去這些都是為了保障顏拓疆安全所配備的防禦設施，而今已經成為束縛他的枷鎖，真可謂是作繭自縛。

帥府的建築規制並不複雜，幾乎看過一眼就能夠記住全貌，然而羅獵並未掉以輕心，因為他所看到的只是表面，以他過往的經驗可以知道，任何事物不能只看表面，看似平淡的背後興許別有洞天。

吳傑手中的竹杖在青石板路面上不停敲敲打打，通過聲音的回饋他能夠判斷出地面土層的厚度，以吳傑超常的洞察力，地下兩米深度以內的空洞不會逃過他的感知。

進了二道門，那些士兵就讓他們在外面候著。此時已是晌午，烈日當空，好在長廊內有亭蓋遮擋，外面強光刺眼，白茫茫一片。

羅獵趁機從藥箱掏出幾盒香煙，主動塞給周圍士兵每人一包，又拆了一包，分別給他們敬上，幾名士兵因為當值，雖然接過去，可並不敢點上，只是將香煙收好。對羅獵的態度明顯好了許多，一人道：「看先生的樣子不像是本地人？」

羅獵笑道：「長官目光如炬，不瞞您說，我從黃浦來。」

黃浦在這些士兵的心中儼然是一個夢幻繁華都市。

其中一人道：「我就說嘛，先生通體的氣派，一看就是大城市過來的。」

羅獵微笑道：「到哪兒還不是一樣討生活。」

有人看了站在一旁的吳傑一眼道：「您當真是這位吳先生的徒弟？」

羅獵道：「當然是，我年幼時承蒙師父照顧，若無師父當初的教誨就無我的今天，我這次過來專程探望我師父的。」

第七章

惡靈附身

馬永平道：「你是說我妹妹被惡靈附身？」
羅獵搖頭道：「確切地說，應當是被詛咒了。」
馬永平皺眉頭，羅獵言之鑿鑿，又由不得他不相信。
羅獵來此前調查了馬永平的資料，馬永平是個無神論者，
他不相信鬼神之說，想將他引入圈套並沒有那麼容易。

幾人得了羅獵的好處，言談之間自然客氣了許多，誇讚羅獵不忘本。

等了約莫半個小時，方才看到顏拓疆的副官周文虎出來，此人氣質儒雅，並無地方軍官常見的草莽氣，來到吳傑面前和和氣氣道：「這位就是前來診病的先生嗎？」

吳傑道：「看來我們今日不該來，府上夫人得的也不是急病，徒弟，咱們走。」他拱了拱手轉身欲走。

周文虎使了個眼色，幾名士兵慌忙攔住吳傑。吳傑怒道：「做什麼？」

周文虎陪笑道：「先生不要生氣，非是我們要慢待先生，只是因為剛才夫人醒了，情緒有些激動，說什麼都不願接受診治。」

吳傑神情稍緩，羅獵也故意從旁勸說道：「師父，病人情緒因病情而反覆也是常有的事情。」

周文虎道：「請吳先生高診，酬金方面都好商量。」在他看來這些江湖郎中未必能夠起到什麼作用，為了給馬永卿治病，整個新滿城都貼滿了求賢榜，重賞之下必有勇夫，為了賞金而來的江湖郎中不少，可無一能夠起到作用，最後大都灰頭土臉地被趕了出去。

周文虎迎來送往，也是異常忙碌，也幸虧了他的好脾氣，仍能保持笑臉相對。這個吳傑他剛才已聽手下人稟報過來歷，知道他此前在狼雲觀摸骨算命，認為吳傑很可能是個江湖術士，可陪同吳傑而來的羅獵卻引起了周文虎的注意。羅獵雖然溫文爾雅，可是仍然藏不住他內蘊的鋒芒，周文虎從直覺判斷出眼前的年輕人絕非尋常人物，又聽說他來自黃浦，心中又對羅獵高看了一些，他們畢竟生活在西北邊陲，認為大都市過來的人都帶著某種神秘的光環。

在周文虎的引領下，師徒二人得以進入內宅，剛才陪同監視他們的士兵也都在內宅門前停步，進入內宅之後，有兩名尋常打扮的傭人過來，分別對吳傑和羅獵進行搜身，防守之嚴密由此也可見一斑。

仔細檢查了兩人的身上和隨身物品之後，確信並無異樣，這才讓他們進入。

顏拓疆和夫人的住處是一座兩層小樓，小樓的設計參照了一些西洋元素，不過在羅獵看來，這些元素的融入並無太多必要，和原本西北民居的風格混雜在一起，顯得極其突兀。

主人住在樓上，樓下為日常待客吃飯的所在，普通客人一半是無法進入內宅的，室內的裝修也是中西合璧不倫不類，客廳條案的那面牆上掛著一幅猛虎下山圖，兩旁各掛著一幅顏拓疆親手書寫的對聯，條案上擺著西洋自鳴鐘，居然還有一座維納斯的雕塑。西北牆角杵著一個一人高的景泰藍大花瓶，沙發居然是從海外買來的舶來品。客廳正中地面上鋪著一塊波斯地毯，實現了各地域的混搭。

周文虎請兩人在客廳先坐了，又讓下人去泡茶，他雖然是顏拓疆的副官，在帥府同時還充當著近似於總管的角色，大小事情都要過問。

這次吳傑和羅獵並沒有等待太久，不一會兒功夫，就看到一名年輕女傭從樓梯上走了下來，向周文虎小聲說了一句。卻是讓診病的先生上樓，周文虎請吳傑上去，卻將羅獵單獨留了下來，一來樓上畢竟是私密住處，不方便太多人上去，二來羅獵的身分只不過是吳傑的徒弟，師父都出馬了，自然不用勞動徒弟。

吳傑跟著女傭上樓。

周文虎則在樓下陪著羅獵喝茶，他悄然用眼角的餘光打量著羅獵，周文虎的眼界要高出那些普通士兵不少，早已看出羅獵非本地人。周文虎想得比其他人更多，看到羅獵的目光定格在牆上的一幅油畫上，那油畫上畫著的是顏拓疆和夫人馬永卿，油畫寫實水準頗高，幾乎跟真人照片一模一樣，雖然畫師將顏拓疆加以美化，還是能夠看出夫婦兩人年齡相差不小，事實也是如此，顏拓疆比馬永卿要大整整二十五歲，典型的老夫少妻。

周文虎想起夫人曾經在黃浦讀書，心中不由得暗想，這年輕人該不會認識馬永卿吧？故意道：「羅先生來自黃浦，我家夫人也曾經在黃浦就讀，不知羅先生是否認識？」

羅獵仍然盯著那幅油畫，心中暗笑，黃浦又不是什麼小地方，更何況自己回到國內的時間也算不上長久，根據他的瞭解，自己抵達黃浦的時候，馬永卿早已離去，他們根本沒可能相遇，不過羅獵仍然道：「顏夫人看起來有些熟悉呢。像極了我過去的一位女同學。」

周文虎內心一怔，難不成羅獵和馬永卿當真認識？還真是巧了。他應變也是極快，哈哈笑道：「天下間相似之人極多，羅先生的這位女同學叫什麼？」

羅獵道：「她可不姓馬，所以……」他故意停頓了一下道：「沒可能的。」

周文虎跟著點了點頭。

羅獵端起茶盞不慌不忙地飲茶，外面天乾日燥，蟬鳴聲不絕於耳，約莫等了半個小時，吳傑回來，那女傭面露喜色，單從她的神情來看，一定是女主人的病有了些許起色。

周文虎問了一下情況，原來吳傑上去之後，為馬永卿扎了幾針之後，她的情緒就平復了下來，這段時間吳傑問了下病情，又診了診脈。

此時吳傑要了筆墨紙硯，開了一張藥方，等到墨蹟乾了之後，將藥方遞給了周文虎，交代道：「按照我所寫的藥方抓藥，用水煎服，每日三次，飯後服用，相信夫人應當可以性命無憂。不過……」說到這裡吳傑故意賣了個關子。

周文虎道：「不過怎樣？先生只管明言，酬金方面絕不是問題。」

吳傑道：「夫人的病情非常複雜，若僅僅是保命，只要按照我的藥方來絕無問題，可夫人的神智極其混亂，此乃心智受損，已非吳某力所能及了。」

周文虎連連點頭道：「吳先生說得是，夫人自從昨日發病之後，突然變得神志不清，甚至連身邊人都不認得了。」

吳傑道：「這位長官是夫人什麼人？」

周文虎被他這句話給問住了，愣了一下方才道：「在下周文虎，乃是大帥身邊的侍衛官。」

吳傑道：「有些話我不方便說，你不是大帥，只怕做不得主。」

周文虎這才感覺到對方的厲害，吳傑一番話將他堵得無話可說，以他的身分自然不可能為馬永卿做主。吳傑通過這番話也向羅獵傳遞了一個信號，顏拓疆並不在樓上。

羅獵明白外界的傳言非虛，顏拓疆果然被架空，否則他夫人生病，他人沒理由不在府內，至於顏天心之所以被俘，其背後的真相如何還不知道。

周文虎道：「大帥剛剛有急事去處理，待會兒就會回來，吳先生有話不妨對我說，我會儘快向大帥轉達。」兜了一個圈子還是告訴吳傑，你見不到大帥。

吳傑道：「不說也罷。」他寫完了藥方，抓起竹杖起身道：「羅獵，咱們走！」

羅獵應了一聲，拿起藥箱準備跟隨吳傑離去的時候，卻聽到外面傳來一個洪亮的聲音道：「是誰慢怠了先生？」

羅獵循聲望去，卻見門外走入了一位氣宇軒昂的年輕軍官，他三十歲上下的樣子，身材高大，相貌英俊，儀表堂堂，灰色軍裝筆挺，斜跨武裝帶，腰間右側別著槍套，左腰處懸掛著一柄長刀，威風凜凜，氣度逼人，此人正是新滿營目前的實際控制者，顏拓疆的小舅子馬永平。

馬永平走入室內，摘下金絲邊的墨鏡，犀利的目光投向吳傑，在他發現吳傑只不過是一個盲人之後，即刻將目光轉移到羅獵的臉上。

羅獵笑容平淡，輕聲道：「師父，馬將軍來了。」亂世之中，大帥多如狗，將軍滿地走，但凡一方勢力，都可以自稱為大帥、將軍，這和占山為王的山大王自稱司令差不多，至於真實的軍銜誰也不去深究，誰也不知道他們的大帥、將軍是何人冊封。

吳傑漠然道：「馬將軍能做主嗎？」

周文虎聽他對馬永平不敬，頓時呵斥道：「大膽！」

馬永平抬起手，制止周文虎繼續說下去，微笑道：「生病的是我妹妹，我自然做得了主。」

吳傑方才點了點頭道：「既然做得了主，我也就實話實說，夫人的命可以保住，可內心的毛病無藥可醫，以後治好只怕也要瘋瘋癲癲，六親不認了。」

馬永平臉上的笑容倏然收斂，吳傑所說的這番話對他來說絕不是一個好消息。他向吳傑走近了一步，聲音低沉道：「先生沒有其他的辦法嗎？」

吳傑搖了搖頭。

馬永平道：「那就想辦法，你既然能夠保住永卿的性命，就一定能夠治好她對不對？」

吳傑的回答卻極其乾脆：「無能為力！」

馬永平英俊的面龐因憤怒而扭曲變形，他怒吼道：「你都沒有盡力，又怎能說無能為力？」

吳傑並沒有被他的聲音嚇住，淡然道：「將軍又不懂醫術，又怎麼知道我沒有盡力？」

馬永平的手已落在了刀柄之上，他雖然相貌英俊，可行事卻極其暴戾，在成功扳倒顏拓疆之後，甘邊寧夏的大片區域已經無人可與他的勢力抗衡，面對一個不識好歹衝撞他的瞎子，馬永平當然不會容忍。

羅獵道：「師父，不如我上去看看。」

幾人的注意力此時同時落在了羅獵的身上，周文虎心中暗歎，這年輕人真是何苦來哉，你師父都無能為力，你又有什麼本事？這種時候出來充什麼大頭？若是沒本事救得了馬永卿，說不定要把性命搭進去。

馬永平望著羅獵的目光也是充滿了不屑，正常人都和周文虎抱有一樣的想法，師父都不成，徒弟自然更加不成。

吳傑卻在此時點了點頭道：「你學過西洋人的驅魔術，心病還須心藥醫，若是將軍願意，你不妨去試試。」

周文虎此時也有些糊塗了，這師徒兩人還真是不同凡響呢，師父是狼雲觀門口摸骨算命的，怎麼徒弟還學過西洋人的驅魔術？常言道病急亂投醫，如果不是遍求名醫全都束手無策，誰也不會將這對古怪的師徒帶來一試，不過吳傑為夫人扎針之後，她的病情好轉也是事實，說不定羅獵也有讓人意想不到的本事。

其實在此行之前，羅獵和吳傑就已經定下謀略，想要儘快查出顏天心的下落，就必須要從帥府內部下手，根據他們瞭解到的狀況，顏拓疆已經失勢，馬永平應當不會在乎顏拓疆的死活，不過馬永卿畢竟是他的妹妹，骨肉情深，馬永平絕不會對妹妹的病情坐視不理。羅獵擅長催眠術，一個病弱之人的意志力往往極為薄弱，只要有機會見到馬永卿，從馬永卿下手，順藤摸瓜就能夠查到顏天心的下落。

然而計畫不如變化，在抵達帥府後，他們只讓吳傑一個人上樓診病，羅獵被留在客廳，也就沒了面見馬永卿的機會，自然談不上催眠。此前吳傑的那番話埋下的引子，就是為羅獵前去診病進行鋪墊。他和羅獵都是智慧卓絕之人，兩人的洞察力和感知力又都超乎尋常，通常對方說一句話，馬上就會懂得對方的意思。

雖然羅獵只是第一次見到馬永平，卻看出此人極其警惕，往往催眠這樣的人並不容易，一個高明的催眠師通常善於把握機會，只有在對方放鬆警惕的時候，成功的機率才最大。

一個人在剛剛獲得成功的時候也是最容易迷失的時候，馬永平成功扳倒顏拓疆，控制甘邊寧夏，正處於春風得意之時，雖然稱不上目空一切，可也沒有把吳傑和羅獵放在眼裡，在他的勢力範圍內，他不相信任何人敢拿性命做賭注，無論羅獵有沒有救人的本事，他都認為不妨一試。

馬永平親自帶領羅獵上樓，走上二樓，空氣中彌散著一股刺鼻的草藥味道。

女傭早已來到門前候著，見到馬永平親自前來，趕緊將珠簾掀起，馬永平向羅獵做了個邀請的手勢，羅獵率先走入其中，頓時感到室內透著一股涼意，目光四處望去，很快就在牆角看到了兩個木盆，木盆內放著大塊的冰，以這種方式來調節室內的溫度。

冬日取冰儲藏，夏日使用，皇宮內早已如此，只是在民間能夠這樣的並不多見，由此也可以判斷顏拓疆對這位小妻子的偏愛，也得益於馬永平對這位妹妹的重視。

馬永平讓羅獵稍待，他先行走入內室，可馬永平剛剛走進去沒多久，就聽到驚恐的尖叫聲，而後又聽到杯盤碎裂的聲音。

馬永平的出現顯然刺激到了馬永卿，他很快就退了出來，臉色鐵青，神情也是極其失望，妹妹居然連自己都不記得了。

羅獵在徵求他的同意之後，走入房內，繞過屏風，看到大床上坐著一個頭髮散亂的年輕女子，周身用薄被裹緊，只露出腦袋，臉色蒼白，容顏憔悴，因為消瘦，所以一雙眼睛顯得極大，流露出驚恐參半的目光，輕薄的嘴唇在不停顫抖著：「出去，全都給我出去。」

傭人向羅獵拚命使眼色，示意他此時不要再繼續上前，以免進一步刺激到女主人。

羅獵道：「夫人讓你們出去，你們聽到了沒有？」

室內的兩名女傭都是一怔，她們也搞不懂這年輕人何以會如此大的膽子，一時間她們不知道應不應該出去。

馬永卿卻在此時將目光望向羅獵，淒厲叫道：「我讓你出去……」

羅獵微笑道：「你想一個人待著，不想別人打擾你對不對？」

馬永卿愣了一下，羅獵的這番話顯然說到了她的心裡，她點了點頭。

羅獵道：「你是不是很累，你是不是想好好睡上一覺？」

馬永卿張大了嘴巴，羅獵道：「閉上眼睛，我們現在就走，這裡很快就會靜下來，你只能聽到秒針滴答滴答的聲音。」

馬永卿感覺到自己的眼皮開始有些乾澀，漸漸變得沉重，她緩緩閉上了雙目，腦海中果真開始迴盪著秒針走動的滴答聲。

羅獵道：「你是不是很想從這裡走出去？」

奇蹟開始發生了，馬永卿的情緒漸漸平復，聲音也變得柔和而溫軟：「是，我好想出去走一走，可是我有病，我走不動。」

羅獵道：「你的病已開始好轉，夫人是不是看到有陽光從窗外照射進來？」

兩名女傭下意識地望向窗外，所有窗戶都被窗簾遮擋得嚴嚴實實，哪有一絲一毫的陽光，馬永卿突然發病後就開始畏光，於是她們就將所有窗簾都拉上了。

馬永卿點點頭，小聲道：「好想出去看看啊。」她的眼睛已完全閉上了。

羅獵的唇角露出一絲不易覺察的笑意，馬永卿已經成功被自己催眠。他的聲音低沉而舒緩：「我幫您開門，夫人看到了什麼？」

馬永卿道：「走道，我出來了，我可以走的。」

羅獵輕聲道：「我早就說過夫人沒事，夫人小心，前面有個花架。」他的聲音在馬永卿的面前勾勒出一個虛無的世界。

馬永卿道：「小蘭和小慧那兩個蠢笨透頂的傢伙，早就讓她們移開花架，為何非要將花架擺在這裡，還弄了一地的水，若是我被滑到，我抽了你們的筋扒了你們的皮。」

兩個女傭嚇得臉色慘白，羅獵擺了擺手，她們兩人此時已不敢在室內停留，躡手躡腳退了出去。

羅獵道：「夫人下樓要小心。」

馬永卿道：「我知道，曾峰，你還是那麼關心我，我以為你早將我忘了。」

羅獵內心一動，無意中竟讓馬永卿吐露了埋藏在心底的秘密，他繼續道：

「從未敢忘。」

馬永卿道：「你還記得我的名字嗎？」

羅獵當然不記得，馬永卿歎了口氣道：「我知道你不會記得了，是我不對，是我騙了你，我再也不是那時的汪海晴了。」汪海晴是她當時在黃浦求學時用過的化名。

羅獵道：「我當然記得。」

馬永卿的胸膛忽然劇烈起伏起來，呼吸也開始變得急促，羅獵意識到應當是提及了她內心中最隱秘的部分，她因此而出現了抗拒和掙扎。而此時他聽到有人不斷接近的腳步聲，馬上停止了對馬永卿的催眠。

卻是馬永平推門走了進來，馬永平的闖入將一切打斷。

馬永卿突然睜大了雙眼，盯住闖入的馬永平，爆發出一聲驚恐的大叫，然後她突然撲向羅獵，只穿著內衣就撲入羅獵的懷中，緊緊抱住羅獵的身軀求助般叫道：「你要保護我，你要保護我……」

馬永平望著眼前的一幕，臉色變得鐵青，怒吼道：「來人，把她給我拉開，成何體統！」

羅獵依然鎮定如故，輕聲道：「夫人，您累了，也該休息了，睡醒之後一切都會好起來。」

馬永卿對他的話卻言聽計從，喃喃道：「我累了，我要睡一覺。」放開羅獵，自行躺到了床上，不一會兒就已經進入香甜的夢鄉。

馬永平若非親眼見到發生的一切，否則絕不會相信。

羅獵率先退出門外，馬永平為妹妹蓋好薄被，坐在床邊看了一會兒，這才離開。羅獵則趁著這會兒功夫來到三層平台之上，點燃一支香煙，在這樣的高度剛好可以看到帥府的全貌。

馬永平緩慢且充滿節奏的步伐漸漸靠近他的身後，羅獵雖然沒有回頭，卻感到背後湧動的無形殺機，馬永平必然因為剛才的所見而加重了對自己的戒心。

羅獵吐出一團煙霧，叼住香煙，雙手在憑欄上拍了拍道：「這裡的陽光真好，不像黃浦，終日陰雨綿綿，讓人覺得氣悶壓抑。」

馬永平的手在小牛皮槍套之上撫摸了一下，然後落了下去，來到羅獵身邊，從懷中掏出不銹鋼煙盒，打開之後向羅獵遞了過去。

羅獵說了聲謝謝，從中挑選了一支續上。馬永平也抽出一支煙，羅獵掏出打火機主動為他點燃。

馬永平抽了一口煙，透過迷濛的煙霧打量著這個比自己還要年輕的傢伙：

「羅先生是第一次來這裡？」

羅獵點了點頭：「第一次來，如果不是為了探望我師父，可能這輩子也不會涉足這片地方，大美中華，我走過世界不少地方，無一能與我中華風光媲美。」

馬永平臉上仍不見任何笑意：「美好的東西總會引來別有用心的覬覦者。」

羅獵道：「馬將軍的話充滿哲理，讓人深思。」

馬永平笑了一聲，彈去煙灰：「羅先生過去認識永卿嗎？」

羅獵明知他在問什麼，卻仍然裝出一副不解的樣子道：「誰？」然後方才恍然大悟道：「您是說顏夫人。」

馬永平點了點頭，他又不是聾子，剛才在室內發生的狀況他多少聽到一些。

羅獵搖了搖頭道：「從未見過，聽說顏夫人過去在黃浦學習過。」

馬永平道：「三年前的事情了。」

羅獵道：「我兩年前才從北美回來。」

馬永平哦了一聲，羅獵雖然沒有從正面回答，可是仍然為他解釋了疑惑，話中流露出的意思是，他和馬永卿沒可能在黃浦見過面，更談不上認識。

羅獵道：「顏夫人被人詛咒了。」

馬永平愣了一下，將信將疑地望著羅獵。

羅獵道：「我在北美學習神學，我現在的身分是一名牧師。」

「牧師？」馬永平感覺有些荒誕，可看到羅獵認真的表情又不像是在跟自己開玩笑。

羅獵道：「這個世界上，無論東西，有些現象是相同的，我們常說的鬼上身，在西方也有惡靈附身，惡靈和詛咒在東西世界中都是存在的。」

馬永平道：「你是說我妹妹被惡靈附身？」

羅獵搖了搖頭道：「確切地說，應當是被詛咒了。」

馬永平皺了皺眉頭，羅獵言之鑿鑿，又由不得他不相信。羅獵來此之前專門瞭解調查了馬永平的資料，馬永平這個人是個無神論者，他並不相信鬼神之說，所以想將他引入圈套並沒有那麼容易。

馬永平道：「這世上當真有鬼神詛咒之類的事情嗎？」

羅獵道：「有些超自然的現象，因為人們無法用科學理論來解釋，所以才產生了鬼神的說法，自然界存在的一切，存在即是合理，在我所理解的世界之中，每個人都是一個能量體，人去世之後並非代表著能量體的灰飛湮滅，在我們無法看到的地方，這些能量依然存在。」

馬永平目光一亮，可是僅憑著羅獵的這番話還無法說服他。

羅獵道：「想要治好顏夫人，首先要找到詛咒她的那個人，只有找到他，才能夠破除詛咒。」

馬永平道：「羅先生的話真是深奧難懂，我仔細想想，我家妹子從未得罪過什麼人，又有什麼人忍心詛咒她呢？」

羅獵道：「馬將軍既然不相信，在下今日言盡於此，告辭！」

馬永平望著羅獵遠去的背影，終於下定了決心：「羅先生請留步！」

馬永平帶著羅獵離開了小樓，吳傑並未追問他們的去向，只是在他們離去之後方才道：「馬將軍把我徒弟帶去了什麼地方？」

周文虎笑道：「吳先生不用心急，馬將軍和羅先生投緣得很。」

吳傑淡然道：「那是自然，不是我誇我這個徒弟，他可是一個出類拔萃的年輕人。」

周文虎道：「看得出來，青出於藍而勝於藍。」

吳傑居然因他的這句話而笑了起來：「你沒有說錯，我這位徒弟留過洋，去過世界很多地方，他的眼界非我所及。」

周文虎心中暗笑，你一個瞎子也配談什麼眼界？此時外面有士兵過來找他，周文虎讓吳傑在客廳坐著，自己則來到門外，向那士兵照了照手，遠離房門，認為吳傑不可能聽到他們的對話，方才問道：「如何？」

那士兵壓低聲音道：「長官，已經打聽過了，這瞎子就是在狼雲觀大門外擺攤算命的，來到咱們新滿營應該也就是三兩個月，此人性情孤僻，也不見他有什麼朋友，也沒聽說他有親戚。」

周文虎點了點頭，又道：「加派點人手，幫我盯住這瞎子。」他卻沒有想到，他們之間的對話全都被吳傑清晰收納到耳中，吳傑聽力驚人，周文虎以常人的聽力來估算他自然失算。

吳傑安之若素，心中已經開始盤算最壞的一步，他和羅獵兩人深入帥府，若是遇到危險只能依靠他們自己。雖然事情並不如他們想像中順利，可畢竟還朝著理想的方向進行。馬永平到底將羅獵帶往何處？不知羅獵的計策能否得逞？

馬永平帶著羅獵離開內宅，出了後門，有輛黑色轎車停在後門處，有士兵拉開了車門，請羅獵坐了進去。羅獵剛一坐進去，左右兩側就各坐進來一名士兵，其中一人拿出一個黑布套，向羅獵道：「羅先生得罪了。」

羅獵知道這群人是不想自己知道他們的去向，於是很配合地點了點頭，任憑他們將黑布套給自己戴上。

汽車啟動之後，鼻息間聞到了煙味，卻是坐在副駕座椅上的馬永平抽起了煙，此人的煙癮不在自己之下。

羅獵道：「馬將軍這是要帶我去什麼地方？」

馬永平道：「羅先生不必驚慌，只是去見一個人。」

「什麼人？」

馬永平道：「等到了你就會知道。」

羅獵雖目不能視，可是他憑藉感覺也能夠猜到汽車正帶著自己兜圈子，雖然行駛了十多分鐘，可他應該就在帥府的周圍打轉，目的地應該就距離帥府不遠。

車停之後，羅獵在兩名士兵的挾持下走入了一座宅院，他嗅到了剛剛修剪青草的味道，推斷出這宅院中應當有大塊的草坪，右側傳來凶惡的犬吠之聲，從聲音中不難判斷應該有三頭猛犬。

這裡絕不是大帥府。

不久又聽到鐵門開啟的聲音，開啟的應當是大鐵門中的小門，鐵門的鉸鏈應該是久未上油而銹蝕，轉動時門軸發出吱吱嘎嘎的刺耳聲響。

前行十多米，開始走下台階，周圍的氣溫開始變得陰涼，從氣溫的變化不難判斷出他們已經進入了一座地下設施，身後鐵門連續關閉兩次之後，馬永平讓人將羅獵頭頂的黑布罩拿掉。

昏黃的燈光照亮了幽深的地下甬道，羅獵的視力適應了這裡的光線之後，看到馬永平就在自己的身邊，他故作茫然道：「馬將軍，這裡是什麼地方？」

馬永平道：「地牢，你不是說有人詛咒我妹妹，所以我帶你來確認一下。」

羅獵平靜的內心不禁泛起波瀾，他之所以這樣說就是要讓馬永平產生懷疑，如果馬永平能夠懷疑到顏天心的頭上，將自己帶到顏天心身邊，那才遂了心願。

馬永平示意手下人打開前方的鐵門，這已是他們進入地下之後開啟的第三道鐵門，這地牢之中關押的必然是極其重要的人物。

經過第三道鐵門，終於接近了他們要找的人，當羅獵看到吊在空中鐵籠中的美好背影，呼吸已為之一窒，雖然只是一個背影，他已經能夠斷定籠中人就是顏天心無疑。

馬永平擺了擺手，有人觸動機關，將鐵籠緩緩落下，籠中人並未回頭，只是背身靜靜站著。

馬永平道：「顏大掌櫃是否已經想通了？」

顏天心平靜道：「背信棄義，賣主求榮，你這種人有什麼資格跟我談判？」

馬永平呵呵笑了起來：「你連自己的性命都保不住，還妄想救出顏拓疆？」

羅獵道：「馬將軍，她就是你說的人？」

顏天心因這熟悉而親切的聲音芳心劇震，自從分手以來，她無時無刻不在想著羅獵，這種思念的感覺刻骨銘心，在她為了營救叔叔再闖虎穴而身陷牢籠，這種思念變得尤為強烈，她時常在想羅獵會不會前來救她，可每次夢醒就意識到自己的困境羅獵無從知曉，只能是夢中奢望罷了，現如今羅獵的聲音就出現在自己的身後，她沒有聽錯，絕不會聽錯。

顏天心感覺自己就要流淚，也應該流淚，可是她不能流淚，她甚至不能轉身，因為轉身之後任何一個細微的表情都可能成為敵人眼中的破綻。

羅獵接下來的一句話讓顏天心更加的心驚肉跳：「我好像認識你，你轉過來讓我看看。」

馬永平的表情卻沒有太多波瀾，似乎他並不覺得一個千里迢迢從黃浦而來的年輕男人認識鐵籠中的年輕美麗女子本不是一件奇怪的事情。

羅獵緩步走向鐵籠，來到鐵籠前，居然還向馬永平道：「馬將軍能否打開鐵籠，讓我進去看個仔細？」

馬永平的唇角露出意味深長的笑容：「可以，當然可以。」他讓手下打開了鐵籠上的小門，眼看著羅獵走了進去。

等羅獵走入鐵籠的時候，那名士兵以迅雷不及掩耳之勢就將鐵籠重新鎖上，然後所有人揚起手電筒將光芒直射到羅獵的面孔上。馬永平充滿得意，一字一句道：「我雖然過去沒見過你，可我能確定你一定認識她，而且你過來就是為了救她，對不對？」

顏天心已經亂了方寸，她根本沒有料到向來睿智聰明的羅獵竟然會主動踏入牢籠，會這麼容易就中了敵人的圈套。

燈光下的羅獵表情錯愕，他大聲道：「放我出去，馬將軍，你誤會了！」

聽到羅獵的這句話，顏天心又突然冷靜了下來，進來的人是羅獵無疑，她所認識的羅獵是一個在任何狀況下都不會喪失冷靜的人，羅獵表現出的慌亂和惶恐應當是偽裝，既然是偽裝，那麼他走入牢籠的原因只有一個，那就是他想。

馬永平道：「你該不會認為，連一個普普通通的催眠術我都沒有聽說過？你該不會認為你引誘我妹妹說出的那番話我一丁點都沒有聽到？」他向鐵籠走近了一步，從槍套中掏出了手槍瞄準了籠中的羅獵：「你很厲害，居然想用這樣的辦法讓我幫你找到人，你的目的達到了。」

顏天心終於轉過身來，雙眸冷冷望著馬永平道：「你不知道自己在做什麼？如果你想活命，你想整個新滿城的人躲過這場災劫，就儘快放我出去，那棺槨內的屍體是不祥之物。」

馬永平呵呵大笑起來：「活人我尚且都不怕，還會怕一個死人嗎？」他揮了揮手，鐵籠開始緩緩上升，將羅獵和顏天心吊到了半空中。

馬永平道：「活著不能雙宿雙棲，死了可以埋在一起，我對你們也算仁至義盡。」他說完就轉身離開。

羅獵和顏天心靜靜望著對方，彼此的目光流露出難以描摹的複雜滋味，他們誰都沒有說話，要在這裡的燈光徹底消失之前將對方看個清楚，當鐵門完全關閉，最後一絲光芒徹底消失之時，顏天心猛然撲入了羅獵的懷中，黑暗中他們彼此緊緊相擁，此刻雖然沒說一句話卻勝過千言萬語的交流。

羅獵低下頭去，於黑暗中找到顏天心冰冷的唇，向來冷若冰霜的顏天心表現出前所未有的主動和熱情，她回應著羅獵帶給她的一切。

黑暗賦予人們偽裝，所以他們無需再繼續偽裝。

羅獵捧住顏天心微涼的俏臉，輕聲道：「你瘦了！」

顏天心抓住他的大手，小聲道：「我還以為今生今世再沒機會見到你了。」

羅獵聞言不禁笑了起來，他的笑聲讓顏天心忘了恐懼忘了他們所處的境地。

顏天心道：「傻子，為何要冒險前來？為何要用這麼笨的方法找到我？」

羅獵道：「能夠找到你就不是笨方法。」

顏天心點了點頭，有些不解道：「只是馬永平何以會識破你的動機？」

羅獵在黑暗中歎了口氣道：「我想你們之中出現了叛徒。」

顏天心沉默了下去。

「不好了！夫人服藥之後突然渾身抽搐……眼看就要不行了……」女傭驚慌失措地跑下樓來。周文虎吃了一驚，吳傑第一個衝上樓去，一個盲人反應的速度甚至比一個正常人還要快捷。

所有人都認為他想要救人，如果馬永卿因服用他所開的藥出了事，那麼等待他的下場就是償命。然而誰都沒有想到，吳傑來到馬永卿身邊，卻是制住了她的穴道。光天化日之下，扛著馬永卿飛上了屋簷。

當大帥府的人意識到發生了什麼事，一個個慌忙端起了步槍，可是沒等他們瞄準，吳傑已在屋簷之上縱跳騰躍，如履平地一般逃出了他們的視線，更何況他們投鼠忌器，因為擔心傷到了夫人，誰也不敢開槍，沒有人擔得起這個責任，即便是周文虎也不能夠。

「我和吳先生做好了最壞的打算。」羅獵的冷靜一如往常，即便是身在牢籠，他也並未喪失信心。

顏天心在黑暗中咬了咬櫻唇：「你們到底在懷疑誰？」雖然她隱約猜到了這個人，可是她仍然無法說服自己相信。

羅獵道：「你可能並不知卓一手其實是黨項族後人，他並不是蒙古族人。」

顏天心吸了一口氣道：「可是……他……他是我的伯父。」卓一手是爺爺的義子，在顏天心的印象中他和自己的親密程度甚至超過了那位少小離家的叔叔。

羅獵道：「相信他這樣做，必然有他的理由。」說話的時候，他並未耽擱，從腰帶內抽出暗藏的鐵絲，插入鐵籠外的鎖孔，並沒有花費太大功夫就將鐵籠打開，他撬門別鎖的功夫越發純熟了。

從鐵籠到地面還有三米左右的距離，羅獵先跳了下去，然後將顏天心接了下來，這樣的牢籠根本困不住他，他最初制訂的營救計畫就是找到顏天心，並故意暴露自己的動機，也唯有如此才能創造營救顏天心的機會。

其實在吳傑告訴羅獵，卓一手有可能背叛之後，他也並不相信，直到馬永平對自己出手，羅獵方才驗證了吳傑的推測，卓一手身為黨項人的後裔，他擁有不可告人的目的，甚至連當年他進入連雲寨都和那具女屍有關。

羅獵除下鞋子，從鞋底的夾層內抽出飛刀，從這裡到地面還需經過三道鐵門，鐵門上的門鎖對他構不成太多障礙，真正的威脅還在他們離開這地牢之後。最後一道鐵門剛打開，一排密集的子彈就射入其中，裡面開門的動作已經驚動了外面的守衛，兩名持槍守衛衝到門前，一腳踹開半開的鐵門，他們舉槍向地牢內連續射擊。

槍聲稍一平息，以手腳支撐在鐵門上方的羅獵騰空躍落下來，手中飛刀接連射出，兩柄飛刀疾電般穿過硝煙，射中兩名衛兵的咽喉。

顏天心隨後從藏身處衝出，撿起地上的衝鋒槍，在上方一名士兵剛剛露出身影，就射中了對方的腿部，那名士兵痛苦倒地，不等他做出反擊，顏天心一顆子彈洞穿了他的腦袋。

顏天心宛如羚羊般的速度衝上了平地，在草地上接連翻滾，躲過崗樓高處射來的子彈，她成功藏身在大樹後方，攻擊的子彈接踵而至，從上到下密集射擊在樹幹之上，將樹皮打得四處飛揚。

顏天心瞅準時機，舉槍展開反擊，子彈擊碎崗樓上的玻璃，傾瀉在崗樓裡面，一名哨兵慘叫著從高處跌落。

羅獵在顏天心吸引了多半火力之後，也順利衝了上去，躲在另外一棵大樹後，這裡的防守並沒有預想中嚴密，羅獵將手中的彈夾向顏天心扔了過去。

顏天心接過，迅速將彈夾換上，再次瞄準崗樓上的士兵展開射擊。

羅獵趁此機會利用院落中樹木和建築物的掩護朝著車庫的方向靠近，車庫鐵門大開著，其中放著一輛軍綠色的兩輪摩托車。

顏天心將大部分的火力都吸引到了自己這邊，為羅獵創造了絕佳的機會，羅獵成功進入了車庫，迅速啟動了摩托車。

顏天心此時也成功清除了兩座崗樓內的敵人。

羅獵駕駛摩托車向她駛來，顏天心擊斃了兩名意圖射擊羅獵的士兵，在羅獵駕車來到身邊之後，跳到他的身後，一手摟住他的腰背，一手舉槍掃射，將東邊剛剛趕到的援軍壓制住。

羅獵加大油門帶著顏天心向後門的方向衝去，前方傳來高呼關門的聲音，羅獵舉目四顧，看到在他的右前方，有一輛兩輪馬車擱置在那裡，他迅速改變方向，瞬間將摩托車的速度提升到最大，大吼道：「抱緊我！」

顏天心慌忙抱緊他的身軀，車速在短時間內提升，迎面吹來的風將顏天心的秀髮向後扯起。摩托車高速衝向那輛馬車，沿著馬車傾斜的角度衝了上去，伴隨著顏天心的一聲嬌呼，摩托車脫離馬車車身的斜面，徑直飛向半空之中，越過高牆，呈拋物線般落在高牆之外。

摩托車的輪胎重重落在地面上，雖然有所緩衝，可是車身的底盤仍然不免撞在了青石板路面上，鋼鐵和石板撞擊出無數火星。

摩托車落地之後並未有片刻的停歇，宛如出膛的炮彈一般衝了出去，在路人的尖叫和驚呼聲中高速向城外衝去。

馬永平用槍指著周文虎的額頭，雙目因憤怒幾乎就要噴出火來，他在大帥府安排了那麼多的人手，這幫廢物竟然還被一個瞎子得手。

周文虎嚇得臉上已經失了血色，他瞭解馬永平的性情，一旦被激怒，會做出任何不理智的事情，周文虎顫聲道：「那……那瞎子應該是故意偽裝的……我們……我們被他騙了……」

馬永平大吼一聲，調轉手槍，用槍托狠狠砸在周文虎的臉上，砸得周文虎一個踉蹌趴倒在地上，半面面頰滿是鮮血，可是他卻仍然不敢做出半點反抗的舉動，甚至連憤怒都不敢流露。

此時他們的西北方傳來密集的槍聲，這槍聲轉移了馬永平的注意力，他第一時間判斷出，槍聲從地牢的方向傳來，他離開沒多久，那裡竟然開始交火，不用問一定出了事。

第八章

黑龍潭之水

當地人傳說，這黑龍潭下通大清龍脈，
大清亡了，龍脈就斷了，龍脈斷了，也就不再有泉水。
黑龍潭乾涸後，潭底顯露出來，那潭底遍佈死人骸骨，
過去多年以來，當地人都飲黑龍潭之水，
當潭底秘密公開之後，將此地視為凶煞之地。

馬永平雖沒有搞清那邊的具體狀況，心中卻已明白，自己一定是中計了，沒有人會蠢到自投羅網，羅獵之所以主動送上門來，他就是要利用這樣的方法找到顏天心，險中求勝！置死地而後生，馬永平終於意識到自己今天正在面對怎樣的對手。他憤怒且恐懼，只是兩個人，一個在眾目睽睽之下劫走了他的妹妹，另外一個隻身犯險，竟然想從他戒備森嚴的地牢中救人。

馬永平並不知道結果，可是他卻認為羅獵已經得手了。一種前所未有的挫敗感出現在他的內心，這種感覺讓他憋屈得就快透不過氣來。

一名渾身是血的士官從外面跑了進來，他上氣不接下氣道：「將軍，不好了……顏天心……被……被人救走了……」

馬永平冷冷望著他，然後舉起手槍對準了那士官的頭顱，果斷扣動了扳機，子彈呼嘯而出，近距離射穿了那名士官的頭顱，士官的屍體直挺挺摔倒在了地上，他的雙目仍然睜得很大，到死也沒有想明白為何馬永平會殺掉自己？

周文虎望著那名死去的同僚，從心底打了個冷顫，這顆子彈差點送給了自己，只有他才明白自己剛剛和死神擦肩而過。

馬永平將冒煙的手槍扔在了地上，望著那名被自己射殺的手下，仍然有些餘怒未消，他向周文虎道：「去，封鎖全城，就算將新滿城每一塊磚給我翻開，也要將他們幾個給我找出來。」

「是！」周文虎的聲音明顯顫抖著。

顏拓疆聽到了外面的槍聲，因為他此刻就在大帥府內，在他失去權力之後，整個人就迅速衰老了下去，而今頭髮已經變得花白，昔日紅潤飽滿的面容也變得溝壑縱橫。

地上丟滿了煙頭，馬永平對他還不算苛刻，除了一日三餐之外，還能夠滿足他對煙酒的癖好，人在輝煌的時候一定要格外警醒，因為往往在這種時候危機就悄然而至。

顏拓疆不得不承認大勢已去，過去的雄心壯志已經隨風而逝，英雄難過美人關，他的豪情早已被溫柔鄉銷蝕殆盡，隨之而去的還有自己的智慧。現在回頭想想，馬永平兄妹兩人的每一步都充滿了目的性，而他卻疏忽了。

他看錯了人，喜歡了不該喜歡的人，也看輕了一個用心險惡的篡權者。

顏拓疆不由得想到了自己闊別多年的侄女，天心在他的暗示下率領族人成功逃離了新滿城，既然走了，又為何要回來？她不該回來啊。族人之中一定出了內奸，不然他們之間極為隱秘的見面因何會被馬永平提前知曉？顏天心喬裝打扮何以會那麼容易就被識破？

顏拓疆努力回憶著每一個環節，反覆考慮究竟是哪個環節出了問題。可很快他就決定放棄，一切對他來說都已經失去了意義，大勢已去，他已無東山再起的機會。

外面響起整齊的腳步聲，為了確保他不會逃離，馬永平在此地增派了不少的人手，顏拓疆知道自己早晚都要死，馬永平之所以仍然留著自己的性命，就是要打著自己的旗號，正大光明地去做壞事，將自己的名聲糟蹋殆盡。

名聲？想到這個字眼，顏拓疆不禁苦笑起來，在這一帶，他的名聲並不怎麼好，再壞又能壞到哪裡去？顏拓疆想到了死，過去他曾經無數次想過這個問題，認為自己最可能戰死沙場，這樣的結局對一個軍人來說應當算得上完美，死，過去一直在他的心坎中也沒那麼可怕。他戎馬半生，孤身一人，親人遠在關外滿洲，也早已斷了來往。

無牽無掛，孑然一身，正是這種狀態方能讓顏拓疆專注於事業，這世上最怕的就是專注二字，他之所以能夠憑藉一己之力成為甘邊寧夏護軍使，和他的心無旁騖是分不開的。然而一切都在他結識馬永卿開始完結，愛情雖然來得太遲，可終究還是來了。在此之前，顏拓疆從未想到過自己會如此迷戀一個女人，會為她如此動情，甚至可以為她付出一切。

若無馬永卿的出現，馬永平不會在短時間內得到自己這樣的信任並爬上如此高位，曾經有人提醒過自己，顏拓疆沒有聽，否則他又怎會落入今日之地步。

顏拓疆悔不當初，然而後悔也無濟於事。

外面傳來立正敬禮的聲響，這些曾經被顏拓疆一手訓練的士兵，而今已經成為了對付他的排頭兵，養虎為患，顏拓疆所供養的最大的一頭猛虎就是馬永平。

門沒有上鎖，被人從外面推開了，空蕩蕩的房間內只有顏拓疆一個人坐在室內，面朝大門，虎落平陽，雖然潦倒，身上還是有幾許雄風猶存，雙目冷冷盯著門外。

馬永平的出現擋住了外面的光線，這樣的出場方式多了幾分威風霸氣，也多了幾分神秘，可在顏拓疆的眼中，他始終都是一個卑鄙小人。

馬永平並沒有急於進入室內，站在門前靜靜望著裡面，陽光從他的背後投射到房間內，照亮了房間的中部，也照亮了顏拓疆的身軀，馬永平依然記得自己在對方面前卑躬屈膝的情景，他甚至不惜獻出了自己至親的妹妹，若無切膚之痛的付出，又怎有今日的地位，他終於等到了俯瞰顏拓疆的時候。

「大帥今日可好？」雖然彼此地位相易，馬永平仍習慣性地稱呼他為大帥。

顏拓疆道：「看到我仍然活著，你是不是有些失望？」

馬永平呵呵笑了一聲：「大帥怎麼會這麼說？卑職若是有加害之心，又何必多此一舉？」

顏拓疆道：「打得一手如意算盤，你根基未穩，還需要我這個傀儡為你當擋箭牌。」

馬永平微笑道：「大帥想多了。」

顏拓疆道：「我自問從未虧待過你，勝者為王，敗者為寇，這本就是一個弱肉強食的世界，無論你做過什麼，我不怪你。」

馬永平心中暗自不屑，而今你已淪為階下之囚，你又有什麼資格怪我？

顏拓疆道：「你想要的無非是權力和金錢，前者你已經得到，至於後者……」他並非毫無底牌，這些年來他在甘邊寧夏刻苦經營，明搶暗奪，積累了大量財富，全都藏在他的秘密金庫之中，這個秘密馬永平至今還沒有查出。

馬永平頓時專注了許多，他雖然成功篡奪了顏拓疆的軍權，可是顏拓疆也非尋常人物，至今還沒有從他口中問出秘密金庫之所在。馬永平之所以至今沒有對顏拓疆下殺手，這才是其中最重要的原因。只有得到顏拓疆的全部財富，他才能有效提供給軍隊保障，士兵也是人，也要吃飽肚子，如果連軍餉都發不出，士兵吃不飽肚子，那麼誰還會為自己賣命？

馬永平知道自己的隱患所在，顏拓疆當然也能夠看出，而這座秘密金庫就成為他最後的依仗。

馬永平向房內走了一步，然後從衣袋中掏出煙盒，抽出一支煙遞給了顏拓疆，又親手為他點上。

顏拓疆抽了口煙，近乎挑釁地將口中的那團煙霧噴到馬永平的臉上。馬永平只是向後退了一步，直起了身子，並沒有任何過激的反應，在他看來顏拓疆已經黔驢技窮，這樣的報復行為和小孩子無異，又有什麼意義？

馬永平道：「說說你的條件。」

顏拓疆道：「放了顏天心，她和我們的事情無關，也對你構不成任何的威脅，你無需對她趕盡殺絕。」他還不知道顏天心已經被羅獵救走的事情。

馬永平很痛快地點了點頭道：「好吧，我答應你。」

顏拓疆又道：「你須得歸還扣押他們所有的物品。」

馬永平道：「他們並沒有多少財物，只是一些車馬，對了還有一口棺材。」他說話的時候，悄悄觀察顏拓疆的表情，當提到棺材這兩個字的時候，發現顏拓疆的臉上掠過一絲惶恐。

馬永平道：「真是不明白，他們從蒼白山千里迢迢而來，為何要不辭辛苦帶著一口棺材？那棺材裡究竟藏著什麼重要人物？還是……」說到這裡他故意停頓了一下道：「或許只是一個障眼法，裡面其實藏著金銀財寶也未必可知。」

顏拓疆低聲道：「那棺材你打開過了？」

馬永平沒有回答他的問題，卻追問道：「你知道棺材裡面是什麼？」

顏拓疆抬起頭，極其認真地望著馬永平，一字一句道：「你最好不要打開那口棺材，否則你會追悔莫及！」他已經不是第一次提醒馬永平。

馬永平哈哈大笑，他來回走了幾步，笑聲陡然收斂，衝著顏拓疆怒吼道：「裡面到底是什麼？」

顏拓疆的臉上浮現出一絲欣慰的神情，從馬永平的表現來看，至少現在他仍未打開那口棺材，顏拓疆低聲道：「一具屍體，可她卻可能會為你，為這裡的一切帶來厄運。」

馬永平愣在了那裡，過了一會兒他搖了搖頭：「你最好不要騙我。」

新滿營北有一座黑龍寺，寺院因門前黑龍潭而得名，這一帶原本就缺水，天然泉眼不多，黑龍潭就是其中的一個，潭底有三泉噴湧，積水成潭，千年不枯，然而奇怪的是，在滿清滅亡那年，泉水突然停止了噴湧，黑龍潭也就成為了無源之水，很快就乾涸了下來。當地人傳說，這黑龍潭下通大清龍脈，大清亡了，龍脈自然就斷了，龍脈斷了，也就不可能再有泉水。

黑龍潭乾涸之後，潭底漸漸顯露出來，那潭底居然遍佈死人骸骨，過去多年以來，當地人都飲黑龍潭之水，當潭底秘密公開之後，都將此地視為凶煞之地。黑龍寺的僧人過去也飲黑龍泉水，得知此事，都認為罪孽深重，老方丈因此而生出心病，不久就死了，其餘的僧人也改投其他寺院，短短幾年內，竟從一個香火鼎盛之地變得空無一人。

往往越是荒蕪之地，越是讓人心生敬畏，連當地人經過時都選擇繞行。到後來，有個外地人選中這裡開了義莊，可只經營了一年，連老闆帶夥計，七口人命一夜之間被殺了個乾乾淨淨，凶案之後，黑龍寺更是讓人望而生畏。

直到顏拓疆當了甘邊寧夏護軍使，他重新啟用了這片地方，將之改為忠義廟，安放陣亡將士的遺骨和靈位，儘管重新啟用，可仍然被當地人視為凶地。

馬永平從一開始就懷疑，顏拓疆很可能將他的秘密金庫建在這裡，然而他又找不到任何證據。在他成功篡權之後，也曾經針對黑龍寺進行過大規模的搜索，並未發現其中有金庫存在，反倒是在寺廟的院落中挖出不少的骸骨和兵器甲冑，從找到的東西來看，黑龍寺過去應當發生過大規模的戰役，死過不少人。

從顏拓疆處離開之後，馬永平直奔黑龍寺而去，因為顏拓疆剛才提到的棺槨就暫時存放在黑龍寺。

一開始的時候，馬永平並沒有感覺到那棺槨如何重要，直到一個人找上了自己，他方才意識到這棺槨的重要性。

卓一手坐在黑龍潭旁的石欄之上，帶著斗笠，穿著無袖的黑綢短褂，肥大的燈籠褲，赤腳蹬著一雙圓口布鞋，人躲在樹蔭之下，雙目藏在斗笠的陰影中，卓一手發現自己喜歡躲在陰影裡。可是抬起頭就會看到樹蔭外刺眼的陽光，他不喜歡，一點都不喜歡，不喜歡火辣辣的烈日，不喜歡鋪天蓋地的風沙，有時候他甚至懷疑自己究竟是不是一個黨項人。

可能是在滿洲生活的時間太久，習慣了那裡鬱鬱蔥蔥的蒼莽山林，習慣了那裡的冰天雪地寒風徹骨，習慣了白山黑水，習慣了……

卓一手發現最近習慣於回憶過去，會不由自主想起他的養父，想起那些把他當成兄弟和長輩的人，卓一手並不是沒有感情的，可有些感情需要看發生在何時，沒有人知道他的父母因何而死，也沒有人知道被他稱為恩重如山的養父顏闊海其實是他的仇人。

卓一手的隱忍並非是為了復仇，他的父母也並非直接死於顏闊海之手，他身負重托，在蒼白山生活的這些年，他也從未做過對不起連雲寨的事情，然而有些事是註定要發生的。

如果不是龍玉公主的遺體重現人間，那麼他還會安心在連雲寨當他的蒙古大夫，在此之前，他甚至已經放棄了希望，因為他意識到自己可能永遠也找不到九幽秘境。然而他不久前方才明白，有些事縱然你不去主動尋找，它終究還是會出現在你的面前。

西夏女真原本就是世仇，這是民族之間的舊恨，雖然已過去了那麼久，可血脈中世代相傳的印記仍未消失。龍玉公主的離去事件成為壓垮西夏國的最後一根稻草，輝煌一時的西夏王國運勢至此終結，然而金國同樣遭到了滅亡的命運。

往事如煙，歷史已經湮沒在塵埃之中，有些無從考證的事實只能依靠族人的口口相傳。然而卓一手堅信，父親不會欺騙自己。

如果不是新滿營恰恰在此時兵變，或許他已經得償所願，世事變幻莫測，誰也不會料到顏拓疆會突然失勢，眼前的局面下，卓一手必須重新作出抉擇。

馬永平的騎兵隊出現在卓一手的視線中，卓一手還不知道此前發生的事情，在他看來自己已經兌現了承諾，現在輪到馬永平來實現承諾的時候。

通往黑龍寺的這段路並不好走，這也是馬永平棄車騎馬的原因，比起開車，馬永平更喜歡騎馬，他不喜歡冷冰冰的機械，更喜歡和血肉構成的生命體交流。

馬永平翻身下馬，望著樹蔭下享受陰涼的卓一手，內心中突然感到一陣莫名的憤怒，雖然他明白剛才發生的事情和卓一手無關。他越發感覺到那口棺材的重要性，若非極其重要，卓一手又怎會出賣他的族人？若非極其重要，顏拓疆也不會表現出如此緊張。

卓一手藏在陰影中的雙目極其鄙視地望著正朝自己走近的馬永平，他看不起這種背信棄義的小人，卻不得不選擇與這種小人為伍，甚至他也做了自己最為不屑的事情。

「馬將軍！事情進展如何？」

馬永平竭力控制著自己的表情，**一個人的內心越是陰暗，往往越不喜歡被人發現**，裝出一切如常的平淡模樣：「一切順利。」

卓一手從馬永平輕描淡寫的回答中隱然感覺到一絲不妙，他並非是為吳傑和羅獵的命運擔心，事實上這兩人中的任何一個都是出類拔萃的人物，他們的警覺和能力絕不在自己之下。在馬永平給出這個答案之前，卓一手甚至認為他失敗的可能性很大。

所以馬永平回答得越是輕鬆，這答案反倒越不可信。卓一手的直覺告訴自己，即便是馬永平能夠將羅獵和吳傑拿下，其過程也不會順利，他應當會付出不小的代價，他意識到或許出了事，而且很可能已經出了事。

在不露聲色方面卓一手完全有資格成為馬永平的老師，心機深沉深藏不露，淡然道：「將軍答應我的事情。」

馬永平道：「若非信守承諾，我何須將你請到這裡。」他做了個邀請的手勢，請卓一手起身隨同他一起進入黑龍寺。

這座古剎的規模並不算大，雖然殿宇幾年前經過整修，可是因為風吹日曬的緣故，殿宇的漆色又開始變淡了，顏拓疆將這裡改為忠義廟之後，平日裡就派了兩名老兵駐守，也就是負責除除雜草，清掃一下落葉的工作。

當地人都知道古剎的歷史，大都避之不及，誰也不會主動來此招惹晦氣。

從顏天心部奪來的東西，都被充公，唯獨這口棺槨被單獨放在了忠義廟內。

卓一手向馬永平提出的條件是歸還他們被搶的所有東西，其實他真正在意的只是那口棺槨，之所以提出這樣的要求是為了掩飾自己的真正目的。

馬永平帶著卓一手來到那具黑漆漆的棺槨前，棺槨表面佈滿了紅色的直線，這一條條直線都是用墨斗沾染了黑狗血彈出，在棺槨的表面還書寫著奇形怪狀的符號。

因此這口棺材看起來顯得有些詭異。

卓一手悄然觀察了一下棺材四周的符紙封印，一切完好無損，內心中暗自鬆了口氣，這就證明在這段時間並沒有人主動開啟過這口棺材。卓一手故意道：「馬將軍，您不是答應我事成之後歸還所有的東西給我？」

馬永平道：「只剩下這口棺材，你要就帶走，不要就算了。」

卓一手內心暗喜，只要這口棺材可以順利帶走，其他的東西根本無足輕重，他歎了口氣，又道：「將軍可否給我提供一輛馬車，我將這棺材帶走。」

馬永平點了點頭道：「沒問題。」

卓一手看到事情進展得如此順利，擔心夜長夢多，決定先將棺材帶走再說。他走向那口棺材，歎了口氣道：「將軍多少也還一些東西給我，讓我回去也好有個交代。」

馬永平忽然道：「你想要的不就是這口棺材嗎？」

卓一手的腳步停了下來，他聽出馬永平話裡有話。

馬永平說完這句話就遞了一個眼色，四名手下衝了上去，子彈上膛的步槍瞄準了中心的卓一手。

卓一手心中暗歎，一切果然沒有看起來那麼容易，這馬永平果真是出爾反爾背信棄義的小人，他臨危不亂道：「馬將軍什麼意思？」

馬永平道：「沒什麼意思，只是有些好奇，這棺材中躺著的究竟是誰？」

卓一手歎了口氣道：「我的女兒……」他緩緩轉過身去，拿捏出一副悲痛莫名的表情，怒視馬永平道：「我什麼都不要了，只想帶走女兒的遺體，難道你連這個要求也不答應嗎？」

馬永平道：「卓先生是不是喜歡把別人當成傻子？裡面既然是你女兒，那麼你給我解釋，這上面為何要用狗血彈線？又為何畫上古怪的字？還用符紙鎮住，這不是通常用來對付殭屍的手段嗎？你為何要用這手段對付自己親生女兒？」

卓一手道：「從蒼白山走到這裡，路途幾千里之遙，我這樣做也是為了防備意外發生。」

「什麼意外？」馬永平掏出手槍，槍口指向卓一手的額頭，他對卓一手已經失去了信任，今次不管用怎樣的手段都要逼他把實話說出來。

卓一手道：「我沒有騙你，裡面只是一個女孩的遺體。」

馬永平呵呵笑道：「裡面只怕藏著金銀財寶吧？你們利用這種方法轉移財富，認為別人不會對一具棺材產生興趣，想要瞞天過海對不對？」

卓一手冷冷望著馬永平，沉聲道：「我以為將軍乃一方霸主，理當守信於人，我已經做了答應你的事情，將軍理當兌現當初的承諾。」

馬永平怒道：「混帳，你答應幫助我抓住那兩個人，可是他們事先就已經得到了消息，洞悉了我的計畫，他們逃了！」

卓一手內心一沉，一切果然朝著最壞的方向發展了，他終究還是高估了馬永平的能力，雖然馬永平掌控新滿營的兵權，可是他的智慧和能力仍然不足以對付羅獵和吳傑中的任何一個。羅獵和吳傑如果逃了，憑藉他們的頭腦不難找出此事的破綻所在，說不定已經發現是自己出賣了他們。事到如今他已經顧不上考慮事情會往何處發展，當前最重要的就是拿回棺槨。

馬永平看到卓一手沉默不語，以為他被自己的氣勢嚇住，冷冷道：「死到臨頭，你還不肯開口，以為我當真不敢殺你嗎？」

卓一手平靜望著馬永平道：「我沒有騙你，這只是一具女孩的屍體罷了。」

馬永平哪裡肯信，他揮了揮手，馬上有部下圍了上來，他是有所準備的，那群手下圍住棺槨，毫不客氣地撕掉封印棺蓋的符紙，眾人合力將棺蓋撬開。

卓一手怒吼道：「住手！」可是他的話卻沒有產生任何的作用。在他看來這些士兵的行為分明就是對龍玉公主的褻瀆。

馬永平和他的那群部下卻認定了棺內十有八九藏著金銀財寶，所以卓一手才會如此緊張。

棺蓋撬開後，幾名部下紛紛向其中望去，馬永平的這群心腹手下無一不是久經沙場的老將，他們見慣了流血死亡，當然不會害怕一具早已死去多年的屍體。

幾名開棺的士兵卻又齊齊轉身望向馬永平，臉上充滿了錯愕的神情。馬永平看到他們的表情也是一怔，難道說他們看到了難以解釋的一幕？他大步走向棺槨，目光投向其中，卻見那棺槨內空空如也，哪有什麼女屍？更讓馬永平感到毛骨悚然的是，棺材的底蓋現出一個大洞，這洞口不知通往何處，棺內的屍體不會憑空消失，應當是通過這個洞口被人盜走了。

卓一手看到幾人的反應，也感到不妙，他推開指向自己的槍口，卻被幾名士兵抓住，馬永平喝止了那幾名士兵，讓他們閃開道路，放卓一手過來。

卓一手來到棺邊，當他看清裡面之時，整個人宛如泥塑一般呆在那裡。

馬永平再度用槍口指著卓一手的頭顱，怒吼道：「是不是你們盜走了棺內的財寶？你早就知道對不對？」

卓一手喃喃道：「壞了，壞了……人間註定要有此一劫……」他抬起頭，雙目中充滿了惶恐的光芒。

此時天空中烏雲宛如狂潮般湧了過來，短時間內就遮住了日光，剛才還是陽光燦爛，此時宛如突然進入黑夜。馬永平和這些士兵並非沒有見過惡劣的天氣，可是像這種短時間內的急劇變化還從未見過。

一名士兵道：「要下雨了！」他的話音剛落，一道紫色的閃電蜿蜒扭曲著撕裂了黑色的天空，然後又一直蔓延而下，直奔那名士兵的天靈蓋擊落下來。

眾人還未反應過來，就聞到一股焦臭的味道，眼看著那名士兵在他們的面前化為焦炭，他們一個個慌忙向後退去，甚至無人顧得上一旁的卓一手。

天打雷劈這種事他們過去只是聽說過，今天才是第一次親眼見到。

馬永平雖然不信鬼神，可此時也不得不承認有些邪乎，抬頭望天，天空中的烏雲非但沒有散去，反而在頭頂聚集，迴旋盤繞，形成了一個巨大的黑色漩渦，無數紫色的電光有若靈蛇般在雲層之間躍動。

有士兵已經開始打起了退堂鼓，小聲建議馬永平儘快離開這片不祥之地。

馬永平有些不甘心地向棺槨看了一眼，他率先退到了屋簷下，此時有人方才發現卓一手不見了，卻是剛才在閃電擊中那名士兵的時候，卓一手趁著他們的注意力沒有集中在自己的身上，悄然逃離。

因為剛才發生的事情實在太過震駭，他的逃跑竟然沒有受到任何阻攔。

馬永平勃然大怒，派出一支人馬前往追擊卓一手，此時天空中開始下起雨來，或許因為雨的緣故，烏雲的色彩比起剛才變淡了許多，如果說剛才是黑夜，現在的天色更像是黃昏。

馬永平看了看被燒成焦炭，蜷曲成一團的屍體，心中暗自解釋，或許一切都只是湊巧，剛巧下雨，又剛巧有閃電擊中了那名士兵，這世上哪有什麼鬼神？至少自己從未親眼見過，就算有鬼，他們這麼多人，而且荷槍實彈，一樣能夠將鬼幹掉。

馬永平更相信有人在裝神弄鬼，無論棺槨中有什麼，裡面的東西已經讓人盜走，那棺材底部的洞口就能證明，他決定克服心中的恐懼，儘快查個清楚，下令讓手下人移開那具棺槨，看看那地洞到底通往何方。

手下人對馬永平的這個命令是非常抗拒的，可是軍令如山，他們又深知馬永平的性情，違抗命令的下場只有一個死字，接到命令的人只能硬著頭皮走了過去，冒著還不算大的雨，將那口棺材移開。

移走了棺材，地洞就暴露出來，地洞並不大，勉強能夠容納一個人進入，而且還是身軀瘦小的那種。

幾名士兵誰都不願靠近那地洞，最後還是抽籤決定，被抽中的倒楣蛋只能膽戰心驚地靠近洞口，舉起手電筒照射其中，目光能夠看到的範圍內並沒有發現什麼可怕的東西。

馬永平暗罵了一句飯桶，命令他進入地洞內去看看，至少也要看看地洞到底有多深，究竟通往什麼地方？倒楣的士兵雖然接受了命令，可內心中卻已經悄悄問候了馬永平的十八代祖宗。有人找來了一根繩索栓在他的腰間，這是為了以防萬一，如果在地洞中遇到什麼麻煩就趕緊呼救，到時候外面的人會一起動手，儘快將他從裡面拖出來。

那士兵將周身裹得嚴嚴實實，壯著膽子鑽入地洞之中，沒過多久就聽到裡面傳來聲音道：「到底了，到底了，什麼都沒有，什麼都沒有！拖我上去，拖我上去！」

放繩的人告訴馬永平，這繩索只不過放了三米，馬永平將信將疑，大聲道：「你看清楚了，裡面到底有沒有東西？」

「沒有……」話音未落，繩索驟然一緊，然後就拚命向裡面抽入，外面的幾名士兵頓時慌了神，一個個慌忙抓住繩索，死命向外拖拽，地洞內傳來淒慘的嚎叫聲。

原本站在周圍的士兵看到繩索仍不斷被抽入地洞，一個個趕緊過來幫忙，眾人一起發力，拚命向外拖拽，總算將繩索穩住，然後一點點向後奪了過來。

馬永平不由自主向後退了幾步，眼前的狀況看得他心驚肉跳，只見那從洞內拖出的繩索已經沾滿了鮮血，雨水落在繩索之上，融匯成為血水不停滴落在地面之上。

馬永平幾乎就要下令放棄，可是他終究沒有說出這個命令，畢竟那名士兵是他派下去的，若是在此時放棄，這幫部下必然要說他冷血無情。生要見人，死要見屍，今次無論如何都要將他拖出來。

馬永平穩定了一下情緒道：「大家齊心合力，把人先救出來。」

此時地洞之中已經沒有了慘叫，所有人心中都明白，那進入地洞的士兵十有八九是死了，即便是沒死，正常人也禁不起這樣的拖拽。

他們感覺到拖拽的速度在加快，於是開始注意掌控力度，眾人的手握在染滿鮮血的繩索上，黏糊糊的，極不舒服。在眾人合力拖拽之下，終於將繩索那端的士兵拖拽上來，卻見那士兵周身的衣物都已經不見，全身上下血糊糊一片，形容極其恐怖，四肢蜷曲縮在一起，不知是死是活。

一名和他交好的士兵壯著膽子走過去，輕聲呼喊他的名字，叫了幾聲都毫無反應，那士兵充滿憂傷地抬起頭來，向馬永平道：「將軍，看來他已經死了。」

馬永平假惺惺歎了口氣道：「怎會如此？那地洞之中到底有什麼怪物？」

就在此時，那名渾身是血的士兵卻陡然睜開了雙眼，讓所有人驚恐的是，他的眼眶之中鮮血淋漓，只剩下兩個空空的血洞，眼球早已被人剜去。

他忽然張開雙臂一把將那名剛才想要喚醒他的士兵抱住，張開嘴巴，白森森的牙齒一口就咬在那士兵的耳朵上。

士兵痛得大聲慘叫，他只當是老友神志模糊，聲嘶力竭地呼喊他的名字期望能夠喚醒他的理智，卻沒有料到他已經陷入瘋狂，下口毫不留情，一口咬掉老友的右耳，和著鮮血整個吞了下去。

目睹眼前慘狀，周圍士兵嚇得魂飛魄散，馬永平第一個從震驚中清醒過來，他拔出手槍，對準那生吞人耳的士兵腦袋就是一槍，蓬的一槍，子彈貫通了瘋狂士兵的頭顱，鮮血和腦漿四處飛濺。

那名被咬掉耳朵的士兵一手捂著缺失的右耳，鮮血不住從指縫中流出，他被同伴瘋狂的行徑嚇怕，雙腿拚命蹬地，想要遠離已經陷入瘋狂的同伴，又看到同伴近距離被馬永平爆頭，鮮血和腦漿迸濺了他一頭一臉，他先是哀嚎，然後大哭起來。

被馬永平爆頭的士兵雖然腦漿迸裂，他的手足卻仍然在泥濘中不停抽搐。

馬永平看到他仍未斷氣，心中不由得感到陣陣噁心，舉槍瞄準了那士兵的身體連連射擊，直到將槍膛內的子彈全都射完，這才作罷。經過這番波折，他心中對棺材內的東西再無絲毫的欲望，大聲道：「丟幾顆手榴彈進去，不管是什麼怪物，都要將他給炸得粉身碎骨！」

卓一手逃離了黑龍寺，他擔心馬永平的人追趕上來，所以不敢停歇，一直逃入黑龍寺北側的山林，這才鬆了口氣，神碑現，龍女出，群山崩，江河枯，保太平，歸故土。這一切詭異的現象都非偶然，龍玉公主的遺體一直好端端在棺材裡面，到底是何時丟失？從棺槨底部的地洞來看，應當是在黑龍寺方才發生的？這地洞究竟是如何產生的？

卓一手不由得陷入沉思，身後密林傳來窸窸窣窣的響動，卓一手隱然覺得有些不妙，他小心翼翼地回過頭去，卻見遠處綠葉掩映的地方，一抹鮮豔的紅色如鮮花一般盛放，雨水淋濕了紅色長裙，一雙潔白的玉足就虛浮在空中。

卓一手眨了眨眼睛，他以為自己看到了幻覺，定睛望去，轉瞬之間，那抹嬌豔的紅影竟然已經消失不見。

新滿營的西方盡是荒漠，羅獵載著顏天心一路狂奔，直到摩托車的油箱全部耗盡，方才將摩托車扔在荒漠之上，顏天心放開了他的身軀，這一路，她擁抱著羅獵堅實的身軀，羅獵為她擋住了迎面吹來的風沙。

小鹿般輕盈跳下了摩托車的後座，顏天心此時卻突然感到有些羞澀，甚至不知道應該如何面對羅獵，美眸垂落下去，看到黃沙之上斑斑點點的血跡，方才意識到羅獵受傷了。

羅獵的右臂在從地牢逃跑的時候被流彈擊中，還好有摩托車代步，否則他憑藉雙腿還真走不到這裡。

顏天心慌忙走過去攙住他的手臂：「你受傷了，傷在哪裡？」

羅獵笑了笑，並不好指明這尷尬的位置。不過他感覺到並未傷到骨骼，只是皮肉傷罷了。

顏天心舉目四望，目光定格在西方一片延綿起伏的荒山之上，她認出了哪裡是黃沙窟，一片廢棄的洞窟。此時風大了許多，頭頂烏雲密佈，大漠中的天說變就變，很可能要有一場沙塵暴來襲，顏天心用頭巾蒙住口鼻，讓羅獵的手臂搭在自己的肩頭，用身體支撐著他的重量，指向黃沙窟的方向道：「能不能堅持走過去？」

羅獵點了點頭，在顏天心的幫助下一瘸一拐走了過去。

他們並未刻意去掩飾地上的血跡，很快黃沙就會將一切痕跡覆蓋。

還好距離並不算遠，他們只花了二十多分鐘就已經走入了那片廢棄的黃沙窟，事實證明他們的決定是極其正確的，剛剛進入黃沙窟，一場沙塵暴就鋪天蓋地而起。

他們選擇了一個相對寬敞乾淨的洞窟走了進去，從裡面向外望去，外面已經是沙塵瀰漫，根本看不清外面的景象了。

昏暗的光線讓顏天心的內心安定了下來，看到羅獵正以一個相對舒服的姿勢趴在了地上，再看到他右臀上被血跡染紅的褲子已經明白他傷在了什麼地方，輕聲道：「傷得重不重？」

羅獵搖了搖頭道：「不過子彈好像還在肉裡，如果你不嫌麻煩，能不能幫我將它取出來？」

顏天心忍不住想笑，可看到羅獵受傷，又難免有些心疼，點了點頭道：「如果你不介意的話。」

羅獵道：「也沒什麼好介意的，顏大夫，你把我當成普通病人就行。」

條件有限，顏天心只能用羅獵的打火機給飛刀消毒，還好子彈入肉不深，將之從臀肉中取出，並不需要特別的醫學訓練，顏天心將那顆帶血的彈頭取出之後方才鬆了口氣，羅獵隨身帶著金創藥，她將金創藥為羅獵塗抹在傷口上。

羅獵道：「其實你還是挺有眼福的。」

顏天心有些難為情地皺了皺鼻翼，不由得手重了一些，羅獵痛得倒吸了一口冷氣，女人果然不能輕易得罪。

處理好傷口不久，羅獵居然就開始一瘸一拐地走動，顏天心提醒他要注意修養。

羅獵笑道：「不妨事，皮外傷而已。」外面狂風呼嘯，風沙一時半會兒沒有平息的跡象。顏天心包裹好頭面，頂著風沙來到外面溝內撿拾了一些枯枝進來，利用打火機升起了一堆篝火。

借著火光兩人對望，發現對方都是灰頭土臉，蓬頭垢面，狼狽的模樣引得彼此都笑出聲來。

羅獵因為受傷的緣故，只能半邊屁股坐下，身軀自然而然地倒向顏天心，顏天心也未曾躲避，任由他將重心落在自己的肩頭，小聲道：「不知這場風沙何時才能過去。」其實心中卻巴不得這場風沙持續得更久一些，這樣他們就能夠獨處更久一段時間。

羅獵心中也和她擁有一樣的想法，看到顏天心憔悴的模樣，猜到她被囚這段時間受了不少委屈，低聲道：「這些天你受委屈了。」

顏天心搖了搖頭道：「還好，馬永平因為想用我來要脅我叔叔，所以他並沒有為難我。」

羅獵道：「我聽董方明說，是你叔叔將你們出賣？」

顏天心歎了口氣道：「其實這次我是自投羅網。」

羅獵哦了一聲，以顏天心的智慧和武功原本不會那麼容易落入馬永平的手中，難道她也和自己抱著相同的想法，不入虎穴焉得虎子，利用這種方法來謀求營救顏拓疆？

顏天心道：「那鐵籠困不住我，我雖然沒有你開鎖匠的本事，可是我也有辦法從鐵籠內逃出來。」她擅長縮骨功，這一點連羅獵也並不知道，那鐵籠的縫隙已經足夠她逃脫。

羅獵笑道：「如此說來，倒是我多事了。」

顏天心主動挽住了他的手臂，螓首靠在他的肩頭，芳心內感覺到前所未有的溫暖踏實。她自小獨立，年紀輕輕就已經成為一寨之主，統領連雲寨眾匪，成為蒼白山唯一一支可以與凌天堡抗衡的力量。在別人眼前她是堅強的，她甚至從未在他人的面前流過眼淚，更不用說流露出女人應有的溫柔。

也只有在羅獵的面前，她方能放下自己的防備和堅強，將自己的安全交給身邊人去照顧。

羅獵輕聲道：「我還沒有來得及對你說聲謝謝。」

「謝什麼？」

羅獵所指的是顏天心通過吳傑傳功給自己的事情，顏天心聽完不禁笑了起來：「希望能夠對你的失眠症有些幫助。」

羅獵搖了搖頭道：「一點幫助都沒有。」

顏天心有些詫異地望著羅獵，不知他因何會這樣說。

羅獵道：「窈窕淑女君子好逑，求之不得輾轉反側，自從和你分別之後，我幾乎每夜都在輾轉反側，這失眠症反倒是越發得重了。」

顏天心這才知道他是在故意跟自己打趣，嬌嗔道：「討厭，何時學得如此油嘴滑舌。」

羅獵展開臂膀，看似無意地搭在了顏天心的香肩之上，輕輕一帶，顏天心順從地偎依在了他的懷中，羅獵低下頭去，恰恰看到顏天心仰起的俏臉，顏天心從他灼熱的眼神中識破他的意圖，又有些惶恐地低下頭去，卻被羅獵托住下頷，輕輕印在她的櫻唇之上。

燃燒的篝火劈啪作響，卻仍然沒有打擾到情意綿綿的兩人。

顏天心紅著臉從羅獵懷中抬起頭來，小聲道：「你千里迢迢過來找我，就是為了占人家便宜？」

羅獵點了點頭道：「是！」

顏天心伸出手去擰了擰他的鼻子，卻沒有絲毫感到吃虧的樣子，美眸落在一旁就要熄滅的篝火上，趕緊又向火中添了幾根枯枝。

羅獵將自己和顏天心分別之後的經歷說給她聽，顏天心聽到方克文的變化時不禁發出一聲嬌呼。

羅獵道：「我本以為是九幽秘境的環境會讓人的身體產生變化，你有沒有發生什麼不同尋常的變化？」

顏天心搖了搖頭，心中暗忖，如果自己變成方克文的古怪模樣，只怕自己尋死的心都要有了，還好自己並沒有什麼特別的變化，羅獵也是一樣，她小聲道：「興許待的時間越久，對身體的影響也就越大。」

第九章

鬼　節

七月十五中元節，是中國傳統意義上的鬼節，
顏天心不會隨便選擇一個日子，
這一天對她而言代表著一個期限，根據羊皮卷中的記載，
在這一天冤魂的能力將會發生驚人的蛻變，
只要過了這一天，冤魂就獲得了無可匹敵的力量，
再也不可能將之控制。

羅獵點了點頭道：「離開九幽秘境之後，我的失眠症就開始不斷加重，只要入睡就會反覆做噩夢，我甚至……」他停頓了一下方才道：「甚至幾次夢到過那具紅衣女屍。」

顏天心並沒有感到特別的驚訝，她折了一根枯枝扔入篝火之中，外面已經是一片漆黑，風聲越來越大，入夜後的大漠氣溫急劇降低，幸虧他們有這堆篝火。

顏天心道：「有件事你可能不知道，那冰棺中的紅衣女屍其實大有來頭。」

羅獵皺了皺眉頭，他對此早有感覺，否則顏天心又怎會選擇護送那口棺材不遠千里來到這裡。

顏天心這才將龍玉公主的事情娓娓道來，羅獵越聽越是心驚，想不到在冰棺背後竟然還有一段這樣的故事。**神碑現，龍女出，群山崩，江河枯，保太平，歸故土**。原來關於蒼白山發生的事情，歌謠中早有記載。他和顏天心親眼見到了那塊漂浮於九幽秘境的禹神碑，而接下來紅衣女屍重見天日，蒼白山火山爆發，歌謠中的預言一一兌現。

目前雖然未見江河乾枯，可如果一旦兌現，必將生靈塗炭，民不聊生。想要解除噩運的唯一方法就是護送龍玉公主的遺體返回故土，而現在他們所在的地方正是古西夏國的所在。

顏天心道：「按照我爺爺在羊皮卷中的記載，若是龍玉公主的遺體一旦出現在人世間，必將為人世帶來接連不斷的災禍，唯有將她的遺體送回西夏國的天廟，方能解除這些魔咒。」

羅獵道：「那羊皮卷現在何處？」

顏天心道：「暫時交由卓先生保存。」提起卓一手，顏天心不禁一陣難過，她從未想到這位被自己視為親人的長輩居然會背叛自己。

羅獵從她突然沉默就已經覺察到她心中的失落，岔開話題道：「我和吳先生約好，只要我們脫困，明日中午就在卡納河灣相見。」

顏天心點了點頭，她已經從羅獵那裡得知了兩人的計畫，雖然羅獵成功找到了自己，並將她從地牢中救出，可吳傑那邊的進展尚不清楚，畢竟吳傑是一個盲人，他即便能夠劫持馬永卿，可是帶著馬永卿逃離新滿營又談何容易。輕聲歎了口氣道：「都是我太過冒失，連累了你們。」

羅獵道：「你也不必太過自責，吳先生有過人之能，他雖然目不能視，可他的感知力卻是出類拔萃，我相信他已經從新滿城逃出去了。」

顏天心卻沒有他這樣的信心。

羅獵道：「那口棺材如今在什麼地方？」

顏天心搖了搖頭道：「我不清楚，馬永平為人狡詐，他應該察覺到那口棺材很不尋常，消息封鎖很嚴，我只擔心他打開了那口棺材，他並不知道會產生怎樣的後果。」

羅獵道：「就算打開那口棺材也不算什麼壞事，他看到裡面是一具屍體，自然就沒什麼興趣，說不定會主動將棺材下葬，這裡已經是西夏國的地界，龍玉公主也算回到了故土，入土為安，或許一切的詛咒全都就此解除。」

「沒用的，根據羊皮卷的記載，除非將龍玉公主的遺體送往天廟安葬，否則她的怨氣不會化解，咒怨自然不會解除。」

羅獵道：「你當真相信這世上有詛咒之說？」

顏天心道：「我只是記得龍玉公主的遺體現身之後，我的幾名手下就接連厄運不斷，我們千里迢迢將她的遺體運到這裡，現在已是盛夏，開始我們還擔心她的屍體會在中途腐爛，可是……」她望向羅獵，一雙美眸流露出惶恐的光芒：「你此前有沒有見過有誰的遺體會不經特殊的處理卻長時間保持不腐。」

羅獵曾經親眼見到過龍玉公主的遺體，當時他認為龍玉公主之所以能夠保持生前的容貌，全都是因為低溫所賜，一旦屍體脫離了冰棺的保護，很快就會腐化，顏天心的這番話讓他也頗為不解，唯一可能的解釋就是屍體經過特殊的防腐處理。

羅獵安慰顏天心道：「龍玉公主再厲害也不過是一個死人，人都死了，詛咒也就會不復存在。」

顏天心道：「羊皮卷上記載，那神碑……其實並非偶然出現在那裡，乃是為了鎮住龍玉公主的冤魂，一旦龍玉公主的遺體離開了九幽秘境，那麼神碑就自然起不到作用，龍玉公主她……她會復活……」

羅獵怔怔地望著顏天心，如果不是她親口告訴自己，羅獵一定會認為這是一個荒誕至極的謊言，顏天心不會欺騙自己，死而復生？怎麼可能？一個人失去生命又怎麼可能重新來過？

顏天心道：「我知道你不會相信，可是我的父親，我的爺爺，我的祖上，世世代代都在守護著九幽秘境，他們就是為了避免這件事的發生。」

羅獵不由得想起了他們在九幽秘境之中的經歷，如果沒有親身經歷，誰也不會相信裡面的一切。顏闊海甘心隱姓埋名隱居於九幽秘境，還有那些和他一起守靈的武士，顏天心的話為他們的堅守做出了最好的解釋。

顏天心道：「羅獵，無論怎樣我都要找到那具棺槨，一定要在七月十五之前將龍玉公主的遺體送往天廟安葬。」

七月十五中元節，也是中國傳統意義上的鬼節，顏天心不會隨便選擇一個日子，這一天對她而言代表著一個期限，根據羊皮卷中的記載，在這一天冤魂的能力將會發生驚人的蛻變，只要過了這一天，冤魂就獲得了無可匹敵的力量，再也不可能將之控制。

顏天心只是描述羊皮卷中的內容，她相信祖上不會隨便傳一個謊言給後人，羅獵凡事卻都習慣於用科學來解釋，顏天心所轉述的一切實在是玄之又玄，用科學道理根本無法說通。父親植入體內的那顆智慧種子已經在悄然中豐富著羅獵方方面面的知識，既便如此他仍然無法相信一具千年古屍能夠復生，更無法相信什麼詛咒的效力可以持續數個朝代。

距離七月十五還有接近一個月的時間，無論羊皮卷上記載的事情會否發生，時間對他們來說還是充裕的，他們應當來得及找到龍玉公主的屍體。只是目前他們人手不足，即便是加上吳傑，也不過區區三人，憑他們三人對抗馬永平的近萬軍隊，他們根本沒有任何勝算。

雖然雅布賴山上還有一千多名族人，可是顏天心又怎能忍心讓好不容易才獲得安寧的族人跟隨自己去冒險，更何況這並非是人數能夠決定勝負的爭鬥。

羅獵不由得想起了自己的那幫兄弟，如果他們在，想必能夠讓自己如虎添翼，而今即便是發電報給他們，恐怕短時間內他們也無法來到這裡，而且前兩天有消息傳來，因為黃河決口沖毀了西行的部分路段。

而今之計唯有團結周圍的力量，依靠他們現有的人力找到並奪回龍玉公主的遺體。

馬永卿在黎明時甦醒，她感覺自己做了一個極其漫長的夢，依稀記得夢中的情景，好像有人在用針扎自己，睜開雙目，看到自己正躺在一個陌生的帳篷內，掀開蓋在身上的毛毯，發現自己身上的衣物好端端的，這才稍稍放下心來，將帳篷扒開一條縫隙，看到外面綠草茵茵，不遠處有一條波光粼粼的大河曲折經過，在帳篷的正前方，一個身穿長衫的男子手中拄著一根竹杖迎風而立。

馬永卿不禁有些慌張，她從未見過這個人，這裡也不是帥府，不是新滿營城內的任何地方。她伸出右手在左腕上用力掐了一下，疼痛提醒她並非處於夢境之中，眼前看到的一切都是現實。

馬永卿提醒自己務必要冷靜下來，她在帳篷內四處搜索，尋找能夠使用的武器，幾乎搜遍了每一個角落，方才找到一塊用來壓帳篷的石頭。再次向外偷偷望去，看到那長衫男子已經在草地上盤膝坐了下去，朝著朝陽的方向一動不動，彷佛已經入定。

馬永卿掀開帳篷，躡手躡腳來到外面，那男子似乎並未察覺，馬永卿來到他的身後，鼓足勇氣舉起石塊準備砸落下去。就在此時那男子突然開口說話了：「顏夫人喜歡在別人背後暗算嗎？」

馬永卿吃了一驚，石塊高舉過頂卻不敢砸落下去。

那男子緩緩轉過頭來，墨鏡遮住他的雙目，雖然如此仍然能夠判斷出他是一個盲人，這名男子正是吳傑，他在大帥府眾目睽睽之下擄走了馬永卿，並將她一路帶到卡納河灣，這裡是他和羅獵此前就約定見面的地點。

馬永卿只覺得對方身上似乎擁有一種無法形容的威懾力，他雖然是個盲人，可自己卻感覺到每一個細微的動作都逃不過他的眼睛，馬永卿顫聲道：「你……你是什麼人？」

吳傑沒有回答她的問題。

馬永卿道：「你知不知道我是誰？」問完之後她頓時又意識到自己的問話有些多餘，如果對方不知道自己是誰又怎會劫持自己？更何況他極其清楚地稱呼自己為顏夫人，顯然是知道自己身分的。

馬永卿道：「你既然知道我是誰，就應該知道劫持我的後果，我丈夫乃是甘邊寧夏護軍使，我哥哥……」

「我知道！」吳傑毫不客氣地打斷了她的話，對這種虛張聲勢的女人吳傑缺少必要的耐心。

馬永卿道：「你不怕死？」

吳傑微笑道：「夫人以為嚇得住我嗎？」

馬永卿無言以對，目前的狀況下，自己的性命完全在對方的掌控之中，自己的恐嚇根本起不到任何的作用，她歎了口氣，突然就換了一副語氣：「你想要什麼？只要你放了我，要多少錢都可以。」

吳傑搖了搖頭。

馬永卿卻因為他的這個動作而誤會了他的意思，不是謀財，難道……她不敢想下去了，如果這個瞎子膽敢對自己圖謀不軌……她很快又否定了這個想法，如果對方當真貪圖自己的美色，那麼在自己昏迷的期間他有得是機會得手，又何需等到自己清醒？他是個瞎子啊，根本看不到自己的容貌，生得什麼樣子對他來說又有什麼分別？

想到了這一層馬永卿越發害怕起來，既不圖財，又不謀色，難道他想害命？

馬永卿顫聲道：「只要你放了我，我身上的所有首飾都給你。」

吳傑道：「顏夫人不用害怕，我之所以將你帶到這裡，就是想心平氣和地跟你說說話。」

馬永卿哪裡肯信，如果只是為了說話在帥府之中也能說，為何非要將自己劫持到這裡？其實她對發生的事情一點都不記得了，眼前唯有先應付對方，只要他不傷自己的性命，就可趁機逃走。

「你想跟我談什麼？我又不認得你。」

吳傑道：「顏拓疆是你的丈夫對不對？」

馬永卿點了點頭，這一點毋庸置疑。

吳傑道：「我不管你們的婚姻有無目的，現在你兄長已經奪走軍權，掌控新滿營，顏拓疆的死活已不重要。常言道，一日夫妻百日恩，縱然你們之間沒有了恩情，也不必一定要置他於死地。」

馬永卿拿捏出一副楚楚可憐的模樣：「大帥是我的丈夫，我怎會做如此絕情之事，您是不是有所誤會？」

吳傑道：「夫人不必解釋，我只是說出我的條件，你只需耐心聽著，不必耽擱你我的時間。」他繼續道：「我只有兩個條件，一，放顏拓疆離去，二，將你們劫走連雲寨的東西原樣奉還。」

馬永卿道：「我只是一個弱女子，久病纏身，男人的事我真的不知道……」

吳傑道：「你不知道，你哥哥一定知道，你只需記住，我在你身上下了毒，你只有十天的性命，如果十天內你無法完成我的條件，那麼你只有死路一條。」

馬永卿眼前一黑，差點沒有暈過去，沒有人不怕死，吳傑雖然沒有擺出證據，可是馬永卿對他的話深信不疑，此人的作派和行事風格絕不會欺騙自己。馬永卿顫聲道：「你我素昧平生，你為何要如此害我？」

吳傑道：「連雲寨也和你們素昧平生，你兄長又為何要對他們趕盡殺絕。」

馬永卿也並不容易對付，吳傑的話並沒有將她嚇住，她厲聲道：「你以為我當真怕死嗎？就算犧牲我的性命我也不會害我的哥哥。」

吳傑道：「你不怕死，可是你肚子裡的孩子卻未必這麼想。」

馬永卿聞言色變，驚呼道：「你說什麼？你再說一遍。」

吳傑聲音一如既往的淡漠：「你有喜了！」

馬永卿如同五雷轟頂，對方應當不會欺騙自己，自己竟然懷孕了，偏偏在這個時候，她腹中的骨肉應當是顏拓疆的無疑，一想到這件事，她突然感到一陣噁心，轉身大口大口的嘔吐起來。

吳傑緩緩站起身來，輕聲道：「你從帳篷向後一直走，大概三里左右會有人家，從那裡你可以借到馬匹，如果一切順利，你中午就能夠回到新滿營。」

馬永卿轉過身去，果然看到遠方有人放牧，她不敢繼續停留，轉身踉踉蹌蹌向那裡逃去，倉促之中在草地上摔了一跤，幸虧草地緩衝了她跌倒的力量，跌跌撞撞地逃出一里多地，她方才敢回頭，發現吳傑的身影早已不見，只有那頂自己住過的帳篷仍然孤零零矗立在茵茵草場之上。

羅獵和顏天心在途中從牧民手中購買了兩匹馬，有了坐騎之後，他們的進程明顯加快，正午之前就已經趕到了卡納河灣。他們本以為會先於吳傑到達，等到了約定地點，方才發現吳傑早已坐在河灣旁的草坡上等待多時了。

羅獵翻身下馬，他傷口癒合的速度很快，雖然只是一夜光景，傷口已經不疼了，走路也沒有昨天跛得厲害，不仔細看是發現不了的。可吳傑還是從羅獵的腳步聲聽出了些許端倪，輕聲道：「你受傷了？」

羅獵笑了起來，暗自佩服吳傑敏銳的洞察力。

顏天心隨後下馬，放開兩匹駿馬的韁繩，讓牠們自由自在地去河邊草地上吃草，顏天心主動招呼道：「吳先生好。」

吳傑點了點頭，唇角難得露出了一絲笑意：「顏寨主，別來無恙。」說起來兩人上次會面還是六年之前的事情，雖然是匆匆一悟，可吳傑就是擁有對人聲音聽過不忘的本事。

羅獵四處張望，按照他和吳傑的最初計畫，吳傑是負責將馬永卿劫走的，現場卻只看到吳傑一人的身影，羅獵禁不住問道：「吳先生一個人來的？」

吳傑道：「顏夫人已經回去了。」

顏天心也聽羅獵說過他們的計畫，聽說馬永卿已經走了，不由得詫異道：「吳先生放走了她？」

吳傑道：「帶著一個女人在身邊終究有些麻煩。」

顏天心不知他的話是否意有所指，俏臉不由得一紅。

羅獵對吳傑的古怪性情早有瞭解，生怕顏天心尷尬，慌忙道：「先生放她走，一定別有深意。」

吳傑淡然道：「高看我了，我只是提出了兩個條件，還不知道她肯不肯答應，就算她答應了，馬永平也未必答應。」

羅獵和顏天心在吳傑的身邊坐下，顏天心將必須奪回龍玉公主遺體的事情說了一遍。在羅獵看來吳傑對這件事應當早有瞭解，甚至他對內情的瞭解還要超過自己，不然他也不會第一時間識破卓一手別有用心，提前做出防備。

吳傑也將自己對馬永卿提出的兩個條件告訴了他們。

顏天心雖然和吳傑見過面，卻對他瞭解不深，聽聞吳傑在馬永卿的身上下毒，心中不由得暗自感歎，這位吳先生做事還真是不擇手段。她對吳傑的計畫卻不樂觀，這件事她已查了很久，低聲道：「我看此事成功的可能性微乎其微。」

吳傑道：「顏寨主因何說得如此肯定？」

顏天心這才將自己瞭解到的內情說出，原來馬永卿和馬永平並非同胞兄妹，他們壓根沒有丁點兒的血緣關係，非但不是兄妹，在馬永卿嫁給顏拓疆之前還是情侶。本來馬永平並沒有急於取代顏拓疆，而是他和馬永卿之間的姦情被人發現，他擔心傳到顏拓疆那裡，於是先下手為強，奪了顏拓疆的軍權，按照他本來的計畫，是要等查清顏拓疆的秘密金庫在哪裡才動手的。

畢竟顏拓疆對馬永卿無比寵愛，這個秘密早晚能被馬永卿打探出來。

羅獵也沒有料到其中竟有那麼多的曲折，那馬永平也實在無恥到了極點，居然可以將自己心愛的女人拱手送人，未達目的不擇手段。不過從這件事也能夠看出馬永平對馬永卿的感情也沒到那種非她不可的地步，如果真心相愛又怎能忍心做出這種事情？

吳傑歎了口氣，如果顏天心所說的一切屬實，那麼自己的確看走了眼，馬永卿在馬永平心中的地位沒那麼重要，馬永平自然不會為了她而答應自己的條件。

羅獵道：「世事難料，說不定馬永平會為了她答應先生的條件。」

吳傑道：「卓一手出賣咱們又是為了什麼？」

羅獵沉默了下去，顏天心咬了咬櫻唇，她並不願提起卓一手的事情，雖然明明知道卓一手背叛了他們，可心底深處仍然為他開解，畢竟這是一個看著自己長大的長輩，在自己成為連雲寨寨主之後，他曾經給自己無微不至的關懷和幫助，甚至可以說，沒有卓一手的從旁輔佐就沒有自己在連雲寨的地位。

吳傑道：「你們可能不知道，他曾經救過我的命！」

羅獵感到錯愕，卓一手是吳傑的救命恩人，為何又變為陷害吳傑的人？

吳傑道：「他不但是黨項人，且是西夏皇室血脈，是李元昊的嫡親子孫。」

顏天心道：「你又怎麼知道？」

吳傑道：「二十年前我被人剜去雙目，一個人迷失在蒼白山的深山老林之中，若非遇到卓一手，我必然會凍死在冰天雪地之中，他將我救了回去，並為我療傷，當時救我性命的還有一個人……」停頓了一下方才道：「你的父親顏拓山。」

顏天心現在方才知道吳傑和他們連雲寨之間的全部淵源，父親最後死於怪病，少有人知道真相，其實就是他們族內常說的黑煞附體。

吳傑道：「在卓一手那裡養病的時候，或許是因為他覺得我雙目已盲，有些事並沒有過於謹慎，我偶然發現了一卷皮雕，本來我也沒有特別注意，可那時我正在練習盲文，卻發現皮雕上的文字並非漢字。」

顏天心和羅獵對望了一眼，兩人幾乎在同時想到吳傑發現的皮雕上刻著的應該是西夏文。

吳傑道：「懂得西夏文字的人不多，而我恰恰是其中的一個，因為好奇，我用手指通讀了這卷皮雕，發現這皮雕之上乃是西夏的族譜。」

羅獵暗自感歎，結識卓一手之初，只當他是一個普普通通的蒙古大夫，卓一手有恩於自己，他也從未想過卓一手會是西夏皇族的後人。

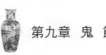

顏天心通過吳傑的這番話忽然明白，為何卓一手會對龍玉公主的事情如此熟悉？爺爺交給自己的羊皮卷，上面的預言他倒背如流，他當時就提出要將龍玉公主的遺體護送回西夏故土，還要將遺體安葬在天廟。只怪自己疏忽了，爺爺將如此重要的事情託付給自己，自己居然將羊皮卷給了卓一手，只當他是至親之人。事情到了眼前的地步，就算是後悔也晚了。

羅獵道：「如果卓一手是西夏皇室的後代，那麼他這樣做的目的絕不僅僅是要送龍玉公主的遺體回歸故土，解除傳說中的詛咒，讓一切回歸安定。」

吳傑點了點頭，這是自然，如果卓一手當真為了平復此事，他又為何要出賣朋友？在他的內心深處，應該深植著對金人的仇恨，龍玉公主遺體回歸的背後也絕沒有那麼簡單。

羅獵道：「吳先生相信這世上會有人死而復生嗎？」

吳傑稍作思索就回答道：「信！這世上妖魔眾多，小隱於野，大隱於朝，他們有萬千變化，戰鬥力和生命力都遠超我們的想像。羅獵，你不是已領教過？」

羅獵點了點頭，他的確領教過，方克文和佐田右兵衛都是變異者，羅行木和福山宇治也是，這些人因為環境的輻射又或是被注射藥物而發生了驚人的變異，興許這種變異者早就存在，或許這個世界上還存在著比他們強大數倍的變異者。

吳傑是一個獵魔者，他的雙目就是因此而付出的代價，吳傑低聲道：「有妖魔，就有獵魔者，世上萬物相生相剋，我的這雙眼睛就是拜一個叫藤野俊生的日本人所賜，他來自於一個日本古老且神秘的家族，他的兒子藤野三郎在二十年前就去了蒼白山。」

羅獵道：「他去幹什麼？」

吳傑拄著竹杖站起身來，面孔轉向東北的方向，天空中烏雲緩緩移動，他一雙墨鏡的鏡片反射出雲層的移動，投影在他面孔上的陽光很快就被烏雲遮蓋。

「他去尋找九幽秘境，因為他們家族從來自中國的一本古籍中得知了龍玉公主的故事，認為只要找到龍玉公主將她喚醒，就能擁有掌控這個世界的力量。」一道蜿蜒曲折的閃電蛇形遊走在頭頂的烏雲之間，將漸趨墨色的天空從中分成了扭曲的兩半。

吳傑道：「為了查到龍玉公主的下落，他殺了不少人，藤野三郎早已魔化，他的戰鬥力極其強悍。我和我的三位師兄追蹤他整整半年方才將他找到，為了阻止他的暴行，我們付出了極其慘痛的代價。」

吳傑並未詳細說明當年發生的事情，雖然如此，羅獵和顏天心也能夠想像得到當年那場大戰的慘烈。

吳傑道：「我們雖然成功剷除了藤野三郎，可是我的三位師兄也都因此而犧牲。藤野三郎的死訊傳到日本，藤野家族派出高手前來復仇。中華大地雖然是我們的國家，可……」吳傑歎了口氣，他並沒有繼續說下去，他不想回憶被人背叛的往事。

伸手向上扶了扶墨鏡：「沒有卓一手我早就死了，可他卻在成魔的路上越走越遠……」

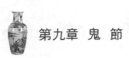

羅獵安慰他道：「我們還有時間，還來得及阻止他。」

吳傑搖了搖頭道：「不是阻止，是剷除，你們有沒有想過，龍玉公主其實根本沒有真正死去，她只是在九幽秘境之中長眠，一旦復甦，必將毫不留情地報復這個世界！」

羅獵內心劇震，此前他雖然已經從顏天心那裡聽說了龍玉公主會復活的消息，可吳傑這次說話的語氣仍然將他震撼到了，**有些事情並非神話，而是因為你自身所掌握的科學理論和知識無法解釋**，如果張太虛能夠活二百多歲，挑戰生命極限，那麼這個世界上是否有人可以活得更長？普通的人類顯然是無法做到的。

顏天心道：「當務之急，我們應當儘快找到龍玉公主的遺體。」

吳傑點了點頭：「所以我們要分頭行動，我的特徵太過明顯，並不適合與你們同行。」

顏天心不由得擔心道：「可是……」在她看來吳傑雙目已盲，這裡又是茫茫戈壁，能夠找到正確的道路離開這裡都已經很不容易，還談何去做其他的事情。

羅獵卻沒有這樣的擔心，吳傑能夠從戒備森嚴的帥府劫走馬永卿，順利來到他們事先約定的地點，足以證明他的能力，吳傑一定擁有自己行動的特有方式，他行事喜歡獨來獨往，不喜與人為伴，這也是他提出分頭行動的原因。

吳傑道：「你們若是擔心我，就送一匹馬兒給我。」

羅獵笑了起來：「先生只管拿去。」

羅獵和顏天心送給了吳傑一匹馬，他們也就只能選擇共乘一匹，兩人目送吳傑縱馬向北越行越遠，很快一人一馬就在天際間變成了一個小黑點。

顏天心不由得感歎道：「這位吳先生行事真是讓人捉摸不透。」

羅獵道：「我想他已經有了周密的計畫，只是不想告訴咱們。」

顏天心徵求他的意見道：「我們往哪裡去？」

羅獵道：「新滿營！先找到龍玉公主的遺體再說。」

兩人共乘那匹留下的黑馬，離開了卡納河灣，順流而下，黃昏時分再度接近了新滿營，明知山有虎偏向虎山行，按照羅獵的想法，往往越是危險的地方反倒越是安全，他們逃離新滿營之後，馬永平必然會派兵四處搜捕，不過按照正常人的推斷，顏天心和自己應當會逃亡雅布賴山，所以他們商量之後決定避開前去雅布賴山的路線，反其道而行之，再次前往新滿營，準備伺機混入其中。

雖然大敵當前，可羅獵心中卻感到前所未有的快樂，他知道應當是顏天心陪伴身邊的緣故，當他在地牢中見到顏天心的剎那忽然明白了一個眾所周知的道理，無論過去發生了怎樣的事情，人生都在不停向前，與其沉溺在往事的追憶中痛苦，不若將那些往事深埋在心裡，樂觀去面對明天，畢竟一個人的生命終究是有限的。

顏天心依偎在羅獵的背後，靜靜傾聽著他有力的心跳，擁抱著他堅實的腰背，有若擁有了整個世界。也只有和羅獵在一起的時候，她可以什麼都不去想，儘管將所有的一切都交給羅獵，因為她相信羅獵堅實的肩膀足以為自己扛起一方天空，有他在身邊，再大的風雨也沒什麼好怕。她終於懂得這世上最幸福的事情是什麼，有些話無需說明，只需默默相守，就已經足夠。

烏雲密佈，電閃雷鳴，風卻不大，黃沙緊貼著地面緩緩流動，遠遠望去，兩人一騎有若行進在一條大河之中。一會兒功夫，天空中烏雲消散，又變得萬里無雲，烈日毫無遮攔地投射下來，炙烤著這片戈壁灘。

羅獵來到這邊的時間雖然不長，可是已經見識形形色色的惡劣天氣，馬兒已經累了，腳步的節奏明顯變得緩慢，羅獵決定暫時休息一下，他們下了馬，讓這匹黑色的駿馬得以調整和休息。

顏天心走上前方的沙丘，站在高處，雙手遮在額前，遮擋著上方的陽光，極盡目力，看到遠方的一座孤零零的建築，那裡一座荒廢的客棧，過去那裡曾經是通往新滿營的必經之路，後來因黃沙掩蓋了道路，大路南移，因此那客棧也荒廢了。目測距離那裡還有十里左右，根據他們目前所處的方位來判斷，就算馬不停蹄地前往新滿城，抵達城內也要到晚間了。

顏天心看了看左右，在他們的左側，正有一支隊伍朝著他們的方向而來，她向羅獵招了招手。

羅獵快步來到她的身邊，舉目望去，一支約有五六十人的隊伍正在靠近他們所在的方位。因為不知道對方的身分，擔心遇到新滿城出來搜捕他們的軍隊，他們兩人決定暫時藏身於沙丘後方，等到那支隊伍經過之後再繼續前進。

那支隊伍由遠及近，大概十分鐘之後方才從沙丘的前方經過，羅獵悄悄望去，卻見那支隊伍衣衫不整，有人穿著軍裝，還有人就是當地人的打扮，顏天心小聲道：「紅石寨的隊伍。」

羅獵此時也認出隊伍中的一人，那人縱馬行進在隊伍的前方，正是羅獵在黑龘古城所遇的匪首譚子聰，幾天前羅獵在穿越騰格里沙漠之時遭遇風沙，他的駱駝不幸死亡，幸好遇到一支塔吉克商隊，領隊德西里和他的女兒瑪莎施以援手，送他一頭駱駝幫他度過難關，羅獵隨同商隊前行在黑龘古城露營的時候，遭遇了譚子聰那貨土匪的劫殺。

最後還是他出手制住了譚子聰，並以譚子聰為人質救出了商隊的倖存者。

羅獵瞪大了雙眼，他明明將譚子聰交給了德西里父女，可譚子聰卻為何出現在這裡？是德西里父女心懷仁慈放了他？還是譚子聰手下的土匪截住了商隊將他救出？

羅獵很快就找到了答案，因為他看到了隊伍中的瑪莎，被人反剪雙臂捆綁在了馬背上，隊伍的最後，五名衣衫襤褸的塔吉克族人被人用繩索栓在一起，在馬後拖行，他們的身上佈滿血污，全都赤著腳。

羅獵從其中找到了德西里，德西里因為走得慢了，一旁騎著駱駝的土匪揚起皮鞭照著德西里劈頭蓋臉抽打了過去。

羅獵看到眼前一幕不由得怒火填膺，他下意識地握緊了雙拳，顏天心看到他的反應，慌忙伸出手去，柔軟的纖手握住羅獵的右手，柔聲道：「你認得他們？」

羅獵點了點頭，低聲將自己和德西里等人的淵源告訴了顏天心。

顏天心也是俠義心腸，就算她和德西里這些人素不相識，她也不會眼睜睜看著譚子聰那幫人作威作福，可對方一共有五十七個人，而且他們全副武裝，武器精良，目前這邊只有羅獵和自己兩人，如果正面衝突，他們取勝的機會幾乎為零，非但救不了人，反倒很可能自己也陷入困境。

顏天心提議，他們先尾隨其後，等看清他們的去向，再圖救人之事。空中傳來一陣雕鳴，顏天心抬頭看了天空，判斷不久以後還會有風沙來襲。顏天心頓時有了主意，她附在羅獵的耳邊低聲耳語了幾句，羅獵頻頻點頭。

德西里父女和其餘倖存的族人本來有譚子聰這張王牌在手已經佔據了優勢，他們選擇和羅獵分道揚鑣也是不得已的行為，因為他們擔心土匪前來追擊，所以捨近求遠，轉而向南再折返向西，期望通過改變路線來甩開那群土匪的追擊。

可沒成想譚子聰極其狡猾，不知用了什麼手段通知了他的部下，在他們即將離開騰格里沙漠的時候，土匪包抄而至，他們雖然竭力反抗，但是終究因為寡不敵眾而敗下陣來，除了德西里父女和四名族人，其他人全部死於戰鬥。

譚子聰之所以留下他們的性命也不是發了慈悲，而是他還沒有問出想要的東西。

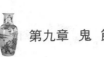

德西里等人自從被俘之後就滴水未進，一個個口唇乾裂，喉頭冒煙，德西里一直處於懊悔之中，如果他早一刻將譚子聰除掉，就不會走露消息，更不會給譚子聰報信的機會。

空中的雕鳴吸引了眾人的注意力，譚子聰右手食指彎曲塞入雙唇之間吹了一個響亮的呼哨，空中盤旋的鷹隼聽到了召喚，以驚人的速度俯衝下來，在來到隊伍上方之時又盤旋了一周，然後放緩速度，穩穩落在譚子聰的肩頭，譚子聰望著那隻鷹隼，目光中流露出少有的溫柔，從馬鞍下的皮囊中取出一塊碎肉塞到鷹隼的口中，鷹隼吃飽之後，振動了一下雙翅，重新飛入雲霄。

德西里的目光追隨著那隻高飛的鷹隼，充滿了仇恨，他們雖然控制了譚子聰，卻沒有想到譚子聰馴養的鷹隼悄然尾隨著他們，正是這隻鷹隼暴露了他們的行蹤，現在明白了一切已經為時太晚。

譚子聰此時突然轉過頭來，正看到德西里幾乎就要噴出火苗的雙目，看到德西里而今狼狽的模樣，譚子聰不由得哈哈狂笑起來，笑聲收斂，英俊的面孔充滿了狂傲和不屑：「老東西，跟我鬥？」

德西里強忍心中的怒氣，嘶啞著喉頭道：「你要的東西我會給你，他們和此事無關，你把他們放了吧？」馬上有人將他的話翻譯給譚子聰聽。

譚子聰道：「我給過你機會，可惜你執迷不悟，古蘭經我要，你女兒我也要。」

德西里怒吼道：「她和此事無關，你若敢傷害她，我保證你永遠得不到想要的東西。」

譚子聰哼了一聲道：「威脅我嗎？等我們到了新滿營，我就當著你的面跟你女兒洞房，不識好歹的老東西！」

此時風沙漸起，譚子聰舉目向前方望去，但見遠方黃沙滾滾，正朝著他們的方向席捲而來，一名手下向譚子聰道：「譚將軍，起沙塵了，咱們是不是躲避一會兒再走？」

譚子聰點了點頭，目光投向他們左側，沉聲道：「老營盤吧，那裡能躲避風沙。」

老營盤就是顏天心他們剛才看到的廢棄客棧，最早這裡曾經是一個哨所，後來因撤防而無人值守，有一對夫婦將這裡整修成了客棧，經營了幾年又隨著道路的南移而荒廢，如今這裡已經無人居住。

顏天心剛才就看出要起沙塵，她推測出譚子聰等人不會頂著沙塵前進，在這片空曠的區域內，最近躲避風沙的地方就是老營盤。風沙來襲，這附近的人都會不約而同地選擇那裡。

顏天心和羅獵因而提前趕往老營盤，他們抵達老營盤的時候，風沙剛起，到了地方之後才發現他們並不是第一批抵達這裡的。

早有六名當地人在裡面避風，這對羅獵和顏天心而言並不是壞事，剛好可以利用這些人來掩飾身分。

雖然到了老營盤，可門窗因為年久失修大都破損，還是有風沙吹入，為了避免將沙塵過多地吸入口中，每個人都將口鼻捂住，大都只露出一雙眼睛。若是在平時的天氣裡，這樣的打扮必然會引起懷疑，可現在不會。

譚子聰和他的隊伍在羅獵抵達之後約半個小時方才來到老營盤，雖然距離不遠，可是因為他們遭遇風沙的緣故，步履維艱，隊伍人多還要兼顧俘虜和牲口，抵達老營盤費了不少的波折。

老營盤的大門被從裡面拴上，兩名土匪衝上來極其粗魯地敲門，大吼道：「開門，把門打開！」

包括羅獵他們在內的八人戰戰兢兢將房門打開，一股風沙從外面刮了進來，一名身材高大的土匪走進門來，抬腳就將對面的一人踹倒，怒道：「娘的！當成你自己家嗎？居然關門！」

譚子聰隨後走了進來，打量了一眼院落內的八人，他雖然是土匪，也並不是逢人就殺，逢人便劫，再說這些先他們而來的八人也沒什麼行李。譚子聰捂著口鼻道：「讓他們滾出去，給咱們兄弟騰個地兒。」一開口就表現出他的蠻不講理，明明是人家先來的，可他卻要讓這先來避風的八人全都出去。

除了羅獵和顏天心其他六人都是當地的老百姓，誰也不敢跟這幫土匪抗衡，一個個點頭哈腰地離開了老營盤，羅獵和顏天心也相互攙扶著來到門外。

外面風沙太大，可儘管如此，多半人也覺得就算跟風沙待在一起也要比跟土匪共處一室安全得多。有幾人已經決定頂著風沙離開這裡，就在此時風沙中傳來駿馬陣陣嘶鳴，羅獵傾耳聽去，從駿馬的嘶鳴聲中已經聽出來人不少。不止是駿馬的嘶鳴聲，還有摩托車和汽車的轟鳴聲。

在這一帶，能夠擁有如此裝備的人只有顏拓疆的軍隊，羅獵心中暗叫不妙，當真是冤家路窄，看來應當是馬永平派出追捕他們的軍隊也到了。

黃沙中先是出現了幾個白色的亮點，羅獵分辨出那亮點應該是車燈，隨著對方的接近，隊伍的輪廓出現在眾人的眼前，這是一支約有二十人的小隊，由一輛汽車，三輛摩托車，和一支馬隊組成。

這支隊伍的出現同樣吸引了譚子聰等人的注意，譚子聰讓手下人提高警惕，槍不離手，等他看清對方的領隊時候，方才發現自己居然認識，為首的軍官是顏拓疆的部下之一，馬永平的把兄弟方平之。

說起來譚子聰和方平之還一起吃過花酒，正所謂兵匪一家，方平之也沒有想到會在這裡遇到譚子聰，兩人於風沙中相互拍了拍肩膀，一起走入老營盤內。

最早來老營盤避風的那幾名百姓本想離開，卻被方平之帶來的士兵攔住，他們此次出來果然是為了搜捕疑犯，勒令所有人都不得離開，必須等到風沙過後驗明身分才能離去。

羅獵他們全都被指派到外面的一道殘牆旁暫時躲避風沙。

譚子聰和方平之鳩占鵲巢，兩人來到相對完整的一間房內，同時吐了一口唾沫，譚子聰的手下人趕緊過來遞來兩壺水。譚子聰和方平之漱了漱口，然後又用清水洗去臉上的沙塵。

譚子聰罵道：「這鬼天氣，剛才還晴空萬里，怎麼突然間就刮起了沙塵暴。」

第十章

殭屍病毒

羅獵在進入圓明園地宮時，鑽地鼠因為被變異老鼠咬傷，
而發狂異變，羅獵當時認為可能是傳說中的屍變，
事後他回憶起這件事，腦海中居然有了答案，
鑽地鼠之所以發生那樣的變化是因為被某種病毒感染，
這種病毒在若干年後的二十二世紀大規模爆發，
人們通常稱之為殭屍病毒。

方平之歎了口氣道：「也不知是怎麼回事，最近這天氣反覆無常，說變就變，以往從未有過如此頻繁的變化。」譚子聰邀請他在室內唯一的一張長條凳上落座，兩人並排坐了。

方平之微笑道：「有日子沒見過譚老弟了，聽說你們最近在雅布賴山戰事頗緊，老弟能來這裡，想必是那邊的戰事已經有了結果。」

譚子聰心中暗罵這廝哪壺不開提哪壺，可方平之畢竟是軍方的人，又是現在實際掌權者馬永平的拜把兄弟，以他現在的身分是開罪不起的，歎了口氣道：「慚愧啊，那幫大清餘孽詭計多端，若是光明正大的對陣，他們絕不是我們的對手，可是他們用見不得光的卑鄙手段，偷襲、設伏無所不為，我們一時間也無法將這幫滿清餘孽清除乾淨，想要清剿還需假以時日。」

方平之心中是看不起譚子聰的，他是兵，譚子聰這幫人卻是匪，如果不是馬永平決定和匪首譚天德合作，他們是壓根不可能坐在一起的，不過也正是得益於這幫人的幫助，他們方能在短期內控制這一區域的局面，成功篡奪顏拓疆的軍權。譚子聰剛才的那番話實在是貽笑大方，兵不厭詐，自己沒本事，又怎能埋怨別人手段卑鄙？戰場之上只論輸贏，不計手段。

方平之嘴上還是非常客氣的：「譚老弟說得是，那幫滿清餘孽只不過是一幫烏合之眾，他們當然不會是你們的對手。」

譚子聰跟著點了點頭道：「方大哥怎麼到了這裡？」

方平之道：「最近遇到了一些麻煩，說起來還和你們的事情有關。」

譚子聰頓時關心起來，方平之簡單跟他說了一下，顏天心從城內逃走本不是什麼秘密，只是羅獵和吳傑兩人從新滿營內一個救人一個劫人，這種事是不能說出實情的，新滿營這麼多人居然奈何不了他們兩個，說出去實在太過丟人。所以方平之只說是滿清餘孽勾結顏拓疆的舊部，裡應外合將人救走了。

譚子聰不明真相，雖然方平之已經大打折扣，可譚子聰卻聽得心情沉重，他們最近跟顏天心的人馬打了不少仗，可他們幾乎沒有占到便宜，在人數和裝備占優的前提下，居然將紅石寨的老巢都給丟掉了，雖然譚子聰仍在人前打腫臉充胖子，可心底也明白他們失敗的事實。

譚子聰的老爹譚天德之所以選擇和馬永平合作，其中一個很重要的原因就是想利用馬永平的實力，而馬永平眼中，譚天德為首的這幫土匪可以幫他做一些不方便出面做的事情，雙方可謂是各得其所。

譚子聰最近的幾次搶劫，多半都是得到馬永平的授意，如果此事能夠做好，他們父子也可以因此向馬永平借兵，從而實現奪回紅石寨的大計。可譚子聰出師不利，在人數占優的局面下居然被人擒住，還成為了塔吉克人的人質，若非鷹隼悄然跟蹤，這次恐怕連性命都保不住了。

這些丟人的事情，譚子聰當然不會坦然相告，低聲告訴方平之，自己抓了一位塔吉克族的美女。他對方平之的脾性還是瞭解的，知道方平之好色成性，果不其然，方平之聽他說過之後，馬上就動了心，提出要親眼看看。

譚子聰本想讓人將瑪莎從隔壁提過來，可方平之此人很愛面子，顧忌被手下人看到，此時傳出去會讓自己的名聲受損，於是提出親自過去看看，他自有打算，譚子聰的話未必可信，如果那塔吉克女子當真美麗動人，就收了他這個人情，讓譚子聰悄悄給自己送過去，如果譚子聰有所誇大，那女子只是庸脂俗粉，自己剛好謝絕，這種事情必須悄悄進行，絕不能讓那幫部下知道。

兩人站起身來，方平之抬手去開門，譚子聰搶著去開了，卻發現方平之的手臂之上沾滿鮮血，驚詫道：「方大哥受傷了？」

方平之低頭看了看，歎了口氣道：「不是我的血，馬將軍去黑龍寺辦事，有名士兵突然就瘋了，咬掉了一人的耳朵，那名被咬傷的士兵剛好是我過去的下屬。我今日上午出門之前特地帶人去探望他，想不到他病情加重，居然奄奄一息，我這袖子上的血就是被他一口噴上的，因為急著出門搜捕，還未來得及換。」

譚子聰奉承道：「方大哥真是盡職盡責。」他主動開了門，兩人一起向隔壁房間走去。

外面的風沙越來越大，羅獵表面上在躲避風沙，其實在悄悄觀察周圍的形勢，最後來的那支軍隊帶來了汽車和摩托車，這為他們的逃離創造了絕佳條件，只要他救出德西里幾人，就可以搶奪汽車逃離這裡。

顏天心向他身邊靠近了一些，低聲道：「外面風沙很大，士兵大都進了房屋和院子，外面的防守並不嚴密，咱們有機會下手。」

羅獵低聲道：「再等等。」他看出在外面駐守的士兵也已經熬不住風沙，縮在一起，應當在商量著派少數人留值，其他人進入房內躲避暫時躲避。

馬匹和駱駝全都被牽入了院牆之中，幾名士兵將韁繩栓在圍欄上，避免坐騎於風沙中走失。他們完成手上的工作，就會進入房內躲避風沙。

風沙中傳來駿馬惶恐的嘶鳴聲，突見一匹駿馬轟然倒地，幾名士兵不知發生了什麼，慌忙圍攏上去，那駿馬雖然倒在地上仍然在不停掙扎，一名士兵抱住馬的頸部，臉部緊貼在馬的脖子上。

士兵們看到眼前的一幕不由得有些奇怪，其中一人道：「何老六，你做什麼？」

那名被喚作何老六的士兵仍然趴在馬的脖子上，肩膀聳動，似乎在不停用力。幾名士兵以為他想要將那匹馬從地上拉起來，心中暗歎這廝夠蠢，以為自己神力驚人嗎？那匹馬何等沉重，單憑一人之力又怎能將牠從地上抱起？

其中一人走了過去，來到何老六的身後，伸手拍了拍他的肩頭道：「何老六，算了……」

他的話還未說完，何老六猛然將頭轉了過來，只見何老六口鼻子上滿是鮮血，雙目血紅，凶光畢露。幾名士兵此時方才看清倒地馬匹的脖子上多了一個血洞，仍然有鮮血不住往外流出，難怪剛才這駿馬叫得如此淒慘，難怪牠會突然倒地。

幾名士兵看到何老六如此模樣均覺毛骨悚然，一人道：「何老六，你瘋了嗎？你怎麼咬馬的脖子？」

何老六放開了那匹馬的脖子，駿馬四條腿伸直了不斷抽搐，眼看已經無法活命了。

何老六踉踉蹌蹌向前走去，幾名士兵厲喝道：「給我站住！你給我站住！」

何老六似乎聽懂了他們的話，停下腳步，揚起沾滿鮮血的雙手，突然雙膝一軟，跌倒在了地上。

幾名同伴看到他突然昏厥了過去，這才鬆了口氣，就在他們商量是否要上前看個究竟的時候，何老六陡然從地上騰躍而起，宛如惡狼一般撲向距離他最近的士兵，一把將那士兵抱住，張開嘴巴照著士兵的面門一口咬下。

事發倉促，幾名士兵都沒有來得及反應，被何老六咬中的那名士兵慘叫了一聲，他剛才就一直在提防，手裡握著手槍，被何老六咬中面門，劇痛之下再也顧不上什麼戰友之情，槍口對準了何老六的胸膛，呼的開了一槍。

羅獵看準時機正準備行動，被這聲突如其來的槍響嚇了一跳，槍聲來自他的右後方，院子的西北，羅獵的第一反應可能是走火。僅有的兩名負責監視他們的士兵此時也被槍聲吸引了過去，對羅獵他們而言這卻是一個千載難逢的良機。

羅獵向顏天心使了個眼色，他準備先將那輛汽車搶下，汽車內只剩下一名司機。

譚子聰伸出手去托住瑪莎的下頷，強迫她扭過臉來，好讓方平之看得更仔細一些，瑪莎猛然向他吐了唾沫，譚子聰躲避不及，被啐了一臉，不由得勃然大怒，反手狠抽了瑪莎一記耳光，將瑪莎打得摔倒在地。

方平之嘖嘖歎道：「譚老弟怎麼這樣對待瑪莎姑娘？」這廝一臉壞笑來到瑪莎身邊，伸手想要將瑪莎扶起，瑪莎怒道：「不要用你的髒手碰我！」

譚子聰從腰間拔出手槍，厲喝道：「給臉不要臉的賤人，居然對我大哥無禮，信不信我一槍崩了你。」

瑪莎抬起頭，毫不畏懼地和譚子聰對視著：「你如果還是個男人就開槍！」

譚子聰其實只是嚇嚇她，好不容易才劫到的美女如果就這樣殺了實在太過可惜。方平之擔心瑪莎惹毛了這廝，慌忙伸手握住譚子聰的手臂道：「老弟，不要動刀動槍，千萬別嚇著了瑪莎姑娘。」

此時外面傳來槍聲，方平之和譚子聰都是一愣，譚子聰主動請纓道：「方大哥，我出去看看什麼情況。」

方平之點了點頭，這廝也是個見色起意的主兒，看到瑪莎的第一眼就被她的異域風情所迷，心中已經拿定了主意，說什麼都得找譚子聰將此女留下，外面的那聲槍響應當是走火，老營盤巴掌大的地方全都是他們雙方的人馬，雙方是合作關係，不可能發生衝突。至於那幾個早就在這裡躲避風沙的老百姓，還不可能翻起太大的風浪。

方平之選擇單獨留下的目的是為了創造和瑪莎單獨相處的機會，譚子聰離開之後，方平之裝腔作勢道：「瑪莎姑娘不要害怕，我和他們不一樣。」

瑪莎從地上爬起來，雙目充滿質疑地望著他。

方平之道：「我是新滿營的正規軍，從不做欺男霸女的事情，你不用害怕，我剛才只是在他的面前演戲，也只有這樣才能將你帶出困境。」

雖然方平之說得真摯，可瑪莎也不是傻子，對於新滿營的軍紀她也是有所耳聞的，當地百姓早就說他們是兵匪一家，此人十有八九是在自己面前演戲，想要取得自己的信任。

瑪莎心中暗忖，自己現在的處境實在不妙，方平之雖然不可信，可是如果將計就計未嘗不是一個脫身的機會，她眨了眨雙眸，裝出天真的樣子道：「你……你當真想幫我？」

方平之點了點頭，心中暗自得意，這塔吉克女子終究太過單純，自己三言兩語就取得了她的信任。

瑪莎道：「我爹也被他們抓了，長官能不能讓他們把我爹也放了。」

方平之故意做出為難的樣子，低聲道：「此事需得從長計議。」

瑪莎歎了口氣道：「我不該為難長官的。」

方平之看到她可憐兮兮的樣子心中越發喜歡，騙人騙到底，他哄騙瑪莎道：「總之我答應你，就一定會盡力而為。」

瑪莎道：「長官若是能夠幫我父女脫困，瑪莎就算做牛做馬也要報答您。」

方平之聽出她話語中有以身相報之意，心中越發得意。

瑪莎道：「長官可不可以幫我將繩索解開，我被捆了那麼久，手腳都麻木了。」

方平之心中警示頓生，可又見瑪莎含羞道：「我……就要尿褲子了……長官難道還害怕我一個手無縛雞之力的弱女子嗎？」

方平之心中暗忖，就算解開她的繩索，她一樣逃不出去，這裡到處都是自己的人，更何況她赤手空拳，如有異動，自己的槍可不是吃素的。想要俘獲美人心，多少還是要下些血本，冒險是軍人的天職，不入虎穴焉得虎子。

方平之有了這樣的想法一時間英雄氣長，他抽出軍刀為瑪莎將繩索割斷。

瑪莎手足得到自由可仍然有些麻木，第一步已經成功，接下來就要實施她的第二步計畫，她向方平之道：「長官，方不方便迴避一下……」

方平之看到她忸怩的神情，再聯想到她剛才的話，以為她真是內急，心中暗笑，不過他可沒有退出去的打算，輕聲道：「非是我不肯迴避，只是我若出去，必然有他人要進來看守，不如我轉過身去，姑娘將就一些。」

瑪莎心中暗罵，你真把自己當成一個受禮君子了？可能只有你自己相信罷了，我才不會相信。

方平之當真將身軀轉了過去，這房間極其狹小，裡面發生任何動靜都不會逃過他的耳朵，方平之越發得意，甚至開始盤算自己要不要突然轉過身去。

瑪莎此前就發現了牆角的磚塊，方平之堅持不走，看來她只有冒險行動，瑪莎計劃擊倒方平之，奪去武器挾持他，成功救出父親和族人逃離。距離很近，方平之也已經轉過身去，對她來說這可是一個千載難逢的好機會。她不由自主想起了羅獵劫持譚子聰的場面，可內心中卻越發緊張了，畢竟她不是羅獵。

方平之道：「好了沒有？」他根本是明知故問。

瑪莎道：「長官，我做不到。」趁著對話的時候，她蹲下去悄然抓起了磚塊，方平之應該並未發覺，距離成功已經越來越近。

方平之的呼吸此時變得粗重且急促，瑪莎的心跳不禁加速，她預感到有些不妙。

外面傳來陣陣淒慘的大叫，瑪莎驚呼道：「外面出了什麼事？」她不僅僅是好奇，更主要是為了進一步分散方平之的注意力。說完之後，她決定向方平之衝上去，可偏偏就在此時方平之猛然轉過臉來。

瑪莎嚇得停下了腳步，手中揚起的那塊磚根本來不及隱藏。

方平之白皙的面孔這會兒功夫已經變成了鉛灰色，臉部的肌肉極其醜陋地扭曲在一起，雙目已經完全變成了血紅色，嘴唇因為過度充血而發紫變黑，朝著瑪莎用力吸了吸鼻子，好像一隻貪婪的惡犬。

瑪莎被方平之的模樣嚇壞了，一步步向後退去。

方平之的鼻孔因為呼吸而忽大忽小，他的步伐極其緩慢，舉起雙手，瑪莎發現他雙手的指甲也變成了黑色，她敢斷定方平之絕不是被自己氣成了這副模樣。她已經無路可退，她從最初的慌亂中迅速鎮定了下來，爆發出一聲自我鼓舞的尖叫，然後手中的磚塊狠狠拍在方平之的面頰上。

用盡全力的這一磚將方平之的腦袋打得向一旁歪了過去，幾乎貼在了肩頭。方平之並沒有馬上將腦袋直起，而是歪著腦袋，繼續向瑪莎迫近。

瑪莎看到方平之如此古怪的表現，將手中的磚塊猛然向方平之投去，方平之不閃不避，任憑磚塊砸在腦袋上，額角被磚塊砸出一個血洞，他卻依舊渾然不覺，紫黑色的黏稠血液從血洞中緩緩流出。

瑪莎嚇得尖叫了一聲，在方平之撲向自己的剎那，猛然向右側跳躍，方平之撲了個空，身體撞擊在土牆上，竟然不懂得收力，分明是用盡全力撞擊牆壁，土牆在他的撞擊下發出蓬的一聲，他則因這次全力的衝撞而被反彈直挺挺倒在了地面上。

瑪莎躲開他的這一撲之後，不顧一切地向房門的方向逃去，她來到門前，卻發現房門被人從外面扣上，瑪莎內心惶恐到了極點，尖叫道：「放我出去！快放我出去。」

方平之似乎因這次全力的撞擊而暈厥，不過很快他就從地上慢慢坐起身來，依舊是歪著脖子，當身體坐直之後，他歪斜的腦袋竟然不可思議地轉向了後方。瑪莎剛巧在此時回過頭去，正看到方平之的腦袋幾乎轉了一百八十度，瑪莎嚇得眼淚都流出來了，聲嘶力竭叫道：「快放我出去……哦……真主啊！救救我吧！」

譚子聽出門的時候讓兩名手下從外面扣住房門並守住，那兩名土匪聽到瑪莎在裡面的尖叫聲，彼此對望了一眼，都露出不懷好意的壞笑。裡面叫得如此淒慘，只要不是傻子都知道正在發生什麼。

方平之伸出雙手，捧住自己的腦袋，一點點轉了回去，頸部的骨骼在轉動中發出劈哩啪啦的爆竹聲，重新轉回身體的前面，然後又將腦袋扶正。

瑪莎用身體拚命撞擊著房門，她撞擊得越是劇烈，外面的偷笑聲越是忍不住。

瑪莎忽然感到頭髮一緊，卻是方平之已經從地上站起，一把揪住了她的秀髮，瑪莎抬起右腳狠狠踹在方平之的襠下，如果不是被逼到了絕境，她也不會使出如此狠辣的招數。

她明明踢中了對方的要害，可是方平之卻不見任何痛楚，因為瑪莎的這一腳，方平之顯然被激怒了，他抓起瑪莎的身體猛然向房門狠狠丟去，剛才還甜言蜜語偽裝情聖的方平之，此刻再無絲毫憐香惜玉之心。瑪莎的身體撞擊在門板上，將身後門板撞飛，她的身體破門而出，被甩到門外五米多遠的地方，重重跌倒在沙土地上，激起一片沙塵。

外面負責值守的兩名土匪顯然沒有想到裡面居然激烈到這種程度，看到摔倒在地面上仍然穿得整整齊齊的瑪莎，兩人不解地回頭望去，不知剛才究竟發生了什麼。

臉色鐵青的方平之出現在大門處，兩名土匪看到正主兒現身，趕緊滿臉陪笑，低頭哈腰。方平之卻盯住其中一人，突然就撲上去將他抱在懷中，在那名土匪還未搞清到底怎麼回事的時候，張開流著涎液的嘴巴，白森森的牙齒一口咬在他的脖子上。

何老六已經連續撲倒了三名戰友，他狀如瘋魔，已經完全喪失了理智，只要抓住目標就瘋狂撕咬，兩名士兵被他咬中咽喉，當場斃命。十多名聞訊趕來的土匪，驚恐無比地圍成了一個圈子，譚子聰聽到外面的慘叫之後第一時間趕到了這裡，看到眼前的一幕也覺得不可思議，他愣了一下，馬上就做出了決定，大聲道：「開槍！給我開槍！」

譚子聰的人在老營盤占多數，本來這些土匪看到是方平之帶來的士兵發瘋，他們還有所顧忌，並不敢即刻射殺，可是聽到譚子聰的命令之後，就再不猶豫，瞄準仍然抱著一名士兵瘋狂撕咬的何老六同時開槍。

何老六其實在剛才就中了一槍，只是那一槍並未使他斃命，隨著譚子聰的一聲令下，十多顆子彈同時射入了何老六的身體，何老六的身體不斷震顫著，槍聲過後，他的身體已經多了十多個血洞。

何老六居然還未斷氣，他低頭看了看身上的彈孔，然後搖搖晃晃站起身來，所有人都被這廝頑強的生命力驚呆了。譚子聰大吼道：「射他的頭，射他的頭……」他率先掏出手槍瞄準了何老六的腦袋接連扣動扳機，何老六的腦袋宛如西瓜一般被譚子聰轟了個稀巴爛，他的身體這才直挺挺撲倒在了地上。

譚子聰長舒了一口氣，轉身看了看兩旁的手下，一臉的輕蔑，關鍵時刻還需要自己來一錘定音，可他馬上從手下人的表情上看出了古怪，慌忙轉過身去，只見剛才被何老六咬死的兩名士兵竟然又搖搖晃晃站起身來，譚子聰以為自己看錯，他用力眨了眨眼睛。

又一個受傷的士兵從地上爬起。

莫名的恐懼籠罩了譚子聰的內心，他發出一聲來自心底最深處的吶喊：「開槍！」

三名受傷的士兵以驚人的速度衝入了人群，他們的行動速度遠超何老六，陣營瞬間陷入混亂之中，尖叫聲，哭喊聲混雜在一起。

羅獵雖然聽到老營盤內接連不斷的慘叫聲和槍聲傳來，可他並不知道裡面究竟發生了什麼？正因為這突如其來的狀況，他不得不加快自己計畫的實施，潛行到汽車的旁邊，猛然拉開了車門，跟隨在他身邊的顏天心，幾乎在同時側身騰躍而起，瞄準車內留守的司機就是一槍。

那名司機未曾做出任何的反應，腦袋就重重砸落在方向盤上，誤碰了汽車的喇叭，因而發出持續而尖銳的鳴笛聲。羅獵一把將他的屍體從駕駛座上拖了下來，扔到了地面上，那司機四仰八叉地躺倒在黃沙之上，顏天心剛才的一槍正中他的頸部，將司機的頸部對穿，可奇怪的是，槍口處並未流出一絲一毫的血跡。

羅獵留意到這非同一般的狀況，他伸出手去，摸了摸那名司機的頸部肌膚，觸手處冰冷一片，這絕不是一具剛剛死去的屍體。

顏天心從羅獵的表情上已經意識到事情不太正常，一邊提防周圍可能存在的危險，一邊道：「怎麼了？」

羅獵道：「他早就死了！」

顏天心愕然道：「怎麼可能？」她也來到屍體旁邊，用手背試探了一下屍體額頭的溫度，果然如此。老營盤內的叫聲越發淒慘，槍聲也變得越來越密集。

羅獵拉開車門道：「不管這麼多，走一步看一步！」

顏天心點了點頭，從司機的屍體上解下武器，轉身準備從另外一側上車，可她剛剛轉過身去，已經被宣告死亡的司機竟然伸手抓住了她的腳踝，然後將嘴巴張大到一個匪夷所思的程度，露出白森森的牙齒，向顏天心的小腿上狠狠咬了過去。

一隻穿著棕色皮鞋的腳及時出現，狠狠踹在那司機的面門上，將他的頸椎一腳踹斷，腦袋反折了過去，卻是羅獵及時發現了這死屍的異動，阻止了他對顏天心的傷害。

那司機腦袋整個反折了過去，看到的世界顛倒了過來，他放開顏天心，雙手試圖將腦袋扳回原位。羅獵又怎會給他這個機會，抽出剛剛從後座上找到的太刀，一刀斬落在那司機的脖頸之上，司機的脖子被齊根斬斷，腦袋掉落在地上，無頭的屍身原地晃了一圈，然後撲倒在地。

顏天心向來膽色過人，可她也被眼前詭異的景象嚇住，看到那具無頭的屍體斷裂的腔子內正汩汩冒出黑血，內心不由得一陣噁心。羅獵將手落在她的肩頭輕輕搖晃了一下她的嬌軀，柔聲道：「你沒事吧？」

「沒……沒事……」顏天心仍未從剛才的震駭中回復過來。

羅獵並不是第一次經歷這種事情，在他進入圓明園地宮的時候，鑽地鼠就因為被變異的老鼠咬傷，而發狂異變，羅獵當時認為可能是傳說中的屍變，在事後他回憶起這件事，腦海中居然有了答案，鑽地鼠之所以發生那樣的變化是因為被某種病毒感染，這種病毒在若干年後的二十二世紀大規模爆發，人們通常稱之為殭屍病毒。

感染這種病毒的人會喪失理智和思維能力，病毒控制了他們的意識，激發了他們身體的潛力，同時也喚醒了他們體內最原始的捕獵本能，感染者會變得嗜血而殘忍，這種感染通過血液傳播，感染者會瘋狂攻擊任何生物，被感染者咬傷的生物將會成為新的感染者，如此惡性循環，擴散速度相當驚人。

羅獵認為只是存在某種巧合，鑽地鼠發生的事情也只是個例，卻沒有想到在離開圓明園之後還會遇到這樣的事情。

羅獵來到車內，用力將車門關閉，顏天心臉色蒼白，望著車下那不停扭曲的無頭屍體，顫聲道：「發生了什麼事情？」

那句無頭屍體居然搖搖晃晃再度站起身來，意圖撲向汽車，羅獵啟動了汽車，迅速切入倒檔，倒出一段距離之後，猛然將檔位切換到前進，油門驟然增加，汽車全速撞擊在那無頭屍首之上，從屍體的上方碾過。

顏天心聽到車底骨骼碎裂的聲音，車身也因為碾過屍體而劇烈顛簸了一下，顏天心下意識地閉上雙目。

羅獵道：「殭屍！」雖然連他自己一直都不相信殭屍的存在，可眼前的一切卻讓他不得不正視這個問題，確切地說這些人可能沒死，只是染上了一種古怪的疾病，他們的表現更像是一具具行屍走肉。

顏天心深深呼吸了一口氣，強迫自己儘快接受眼前的現實，對他們來說已經沒有時間去探討這些人突然發狂的真相，他們所要做的就是儘快把人救出，然後逃離這裡。

沙塵並沒有因為這恐怖的場景而平息，沙塵的存在非但沒有弱化恐懼，卻增添了一種莫名的忐忑。羅獵準備駕車撞開老營盤破損的院門，在汽車不斷接近院門的時候，羅獵突然看到在殘破的院牆上，高高低低地站著十幾個身影，因為風沙阻擋了視線，羅獵暫時無法分辨那院牆上的究竟是正常人還是殭屍。開弓沒有回頭箭，羅獵橫下心來，迅速將檔位由高轉低，引擎因轉速的突然提高而發出劇烈的轟鳴，車身有一個明顯的前竄動作。

幾乎就在同時，土牆上站立的那十多道身影向突然加速的汽車撲了上去，其中有不少人錯失了目標，重重跌倒在了地上，仍然有四人成功落到了車上，汽車載著那四人撞擊在院門之上，將早已腐朽的木門撞得粉碎。

顏天心從車窗的縫隙瞄準一人的頭部，近距離擊中，通過剛才的那場戰鬥，她已經知道這些殭屍的弱點所在，只有射擊他們的頭顱方能摧毀他們的戰鬥力。

羅獵大吼道：「坐穩了。」汽車衝入院落之中，隨即一個急速拐彎，車頂兩具殭屍被甩飛出去。

後窗玻璃被人重手擊碎，碎裂的玻璃四處飛濺，顏天心左手從腰間抽出袖珍手槍，轉身就是一槍，將那名剛剛從窗口探入腦袋的殭屍爆頭。

羅獵握緊太刀，一刀向上戳去，刀鋒穿透車頂正中趴在車頂那名殭屍的眼眶，從他的眼眶之中直貫而入，刺破那廝的後腦，然後又抽了回去，殭屍嘰哩咕嚕從車頂滾落下去。

汽車已經來到院落的中心，暫時並沒有殭屍繼續靠近，在他們的周圍，到處都是蹣跚的身影，一個個惶恐逃生的人們不停被殭屍撲倒，現場混亂到了極點。

顏天心目睹如此情景也失去了以往的鎮定，如此混亂的局面，他們又如何找到想救的人。她悄悄望向羅獵，卻見羅獵的表情凝重且堅毅，羅獵正在傾聽，正在感覺，他必須要將自己的超越常人的感覺發揮到極致，唯有如此，才能從眼前的亂局中找到德西里父女。

周圍陷入瘋狂攻擊狀態的那些殭屍被突然闖入院內的汽車轉移了注意力，不約而同地回過頭來，四處逃生的倖存者看到那輛汽車，如同溺水者看到了救命稻草，不顧一切地朝著汽車奔跑過來，他們哭喊著求助著，可沒等他們逃出幾步，馬上就被成為殭屍的捕食者撲倒在地。

羅獵用力抿緊了嘴唇，然後將汽車的檔位重新切入倒檔，大聲道：「看準時機救人。」

汽車倒著衝向老營盤西側的三間房屋，高速後退的車身將五名不知死活衝上來意圖螳臂擋車的殭屍撞得飛起，然後準確無誤地撞開了正中的房門。

房間內聚集著十多名殭屍，他們彼此推搡著爭奪著，瑪莎縮在房間的一角，雙手捂著嘴唇，臉上滿是眼淚。她已經被這群殭屍視為囊中之物，若非殭屍內部的爭奪，此刻她早已被他們分而食之。

顏天心舉槍就射，將一名撲向瑪莎的殭屍射倒在地，羅獵大吼道：「瑪莎，快上車！」

瑪莎愣了一下，她本以為必死無疑，根本沒想過會有人來救自己，從聲音中她聽出是羅獵，瑪莎看到了門外的那輛車，她重新鼓起勇氣，從地上匍匐爬行。

室內殭屍的互相殘殺被汽車的出現打斷，他們猶豫了一下，很快就向汽車圍攏過去，新目標的出現讓他們居然暫時忽略了瑪莎。

顏天心端起衝鋒槍，密集的彈雨向靠近的殭屍傾灑而去，這些剛剛變異的殭屍移動的速度並不算快，瑪莎在爬出殭屍控制範圍之後，馬上勇敢地從地上爬了起來，竭盡所能向汽車逃去。

看到瑪莎靠近，顏天心推開了車門，瑪莎抓住車門的邊緣，眼看就要踏入車內。突然她的雙腳一緊，卻是一名殭屍不顧一切地撲了上去，將瑪莎的雙腿牢牢抱住。

汽車已經開始啟動，顏天心抓住瑪莎的手臂，大聲道：「開車！」

羅獵啟動汽車，顏天心全力將瑪莎向車內拖拽，那名拽住瑪莎的殭屍仍不放手，顏天心從一旁探出手去，一槍正中殭屍的面門。瑪莎終於掙脫開殭屍的束縛，抬腳將殭屍踏了下去，在顏天心的幫助下，瑪莎終於成功進入車內。

羅獵確信瑪莎進入汽車之後，馬上踩下油門，汽車加速衝出房門，他看出那些殭屍移動緩慢，利用汽車應當可以輕易擺脫他們，剛剛衝出房門，一名殭屍就撲上來抓住了汽車的後保險杠，其餘的殭屍也撲了上去，一個抓住一個，宛如在地面上疊起了羅漢。

羅獵從後視鏡內看到車後的情景，他猛然一個變向甩尾，車後緊抓不捨的殭屍群被撞擊在牆面之上，佇列頓時散開。

顏天心拋給瑪莎一支手槍，兩人從破裂的後窗同時向抓住汽車後保險杠的殭屍射擊，瑪莎的憤怒隨著子彈而不斷發射。顏天心提醒她道：「節省子彈。」

瑪莎經顏天心提醒，情緒方才慢慢回歸理性，然而現場的狀況並未有任何的緩解。

羅獵看準相對薄弱的一環，驅車向人群中撞去，如果是正常人，遇到危險往往會做出本能的規避反應，而這些處於瘋魔狀態下的殭屍，對危險和死亡根本無所畏懼，看到汽車急駛而來非但不懂得躲避，反而紛紛迎上前去。

面對這群已經失去正常理智，麻木不仁的行屍走肉，羅獵自然不會濫用自己的仁慈心，油門踩到最大，汽車全速向人群中衝去，撞擊接連不斷，全速行進的汽車將前方的殭屍一個個撞飛，從中殺出一條血路。

顏天心和瑪莎舉槍嚴陣以待，提防從側方發動的攻擊，還好這些殭屍的移動速度普遍緩慢，羅獵憑藉著嫻熟的車技衝破層層圍堵，開出了老營盤。

瑪莎在後方哀求道：「我爹還在裡面，羅大哥，求您救救他吧……」

羅獵雖然有心救人，可現在這種危險的狀況下，想要多救一人的可能性已經不大，更何況他們還不知道德西里在什麼位置。

剛剛被甩開的殭屍在後方集結再度緩慢向汽車追趕而來，從老營盤的內部再度響起密集的槍聲和爆炸聲，那些原本準備向汽車靠近的殭屍紛紛回過頭去，裡面傳來惶恐的求救聲，距離他們應該已經不遠。

羅獵猶豫了一下，終於還是調轉了車頭，重新向老營盤衝去。

三名灰頭土臉的男子正背靠背向外面移動，其中一人是譚子聰，他滿身血污，再不見剛才趾高氣昂的模樣，另外兩人卻是兩名塔吉克男子，一人正是瑪莎的父親德西里，共同的敵人讓互為仇敵的他們戰在了一起，肩並肩戰鬥，也唯有如此才有希望離開這片恐怖的地方。

羅獵驅車衝入老營盤，而後救人逃離的情景被他們看到，正是因為羅獵引起的混亂，才讓他們有了逃走的機會，然而他們的機會並未維繫太久的時間，很快他們就被這群殭屍發覺，在即將逃出老營盤的時候被層層包圍起來。

雖然三人都帶著槍支，可彈藥終究有用完的時候，三人一邊射殺靠近的殭屍，一邊大聲呼救，只是他們的呼救被風沙吹打得七零八落，根本傳不出去，連他們自己都已經不抱希望了。

譚子聰的內心中已經絕望，在他離開房間之後，就看到外面不可思議的變化，士兵們哭爹喊娘到處奔跑，一個個已經瘋癲的士兵如同喪屍一般撲向昔日的戰友和同伴，撕咬著他們的血肉，譚子聰當時的第一反應就是逃跑，可是又被那些瘋狂的殭屍堵住了去路，他在有些正常手下的護衛下一邊反擊一邊逃跑，最後還是沒有突圍成功，被逼迫到了他們關押俘虜的地方。

譚子聰眼看著一個個手下被撲倒，原本正常的手下在被那些瘋狂殭屍攻擊之後馬上就喪失理智，紛紛倒向了敵方陣營，因此自己這邊的人越來越少，而殭屍的隊伍不斷壯大，譚子聰是在不得已的情況下才下令釋放德西里等俘虜，並發給他們武器。雖然德西里為首的塔吉克人恨不能將譚子聰除之而後快，然而當他們意識到眼前危險局勢的時候，還是選擇暫時放下仇恨，與譚子聰這個惡貫滿盈的傢伙共同抗擊那些瘋狂的殭屍。

此消彼長，他們雖然擁有槍支，可是這些殭屍抗擊打的能力很強，除非他們能夠命中殭屍的頭顱，否則根本無法對殭屍造成致命的傷害。他們這群人中槍法好的本來就不多，再加上在劇烈的壓力之下，惶恐讓他們的動作走形，開槍更失去了準頭，命中率比起平時大打折扣。而即便是命中了頭顱，如果沒有擊中殭屍腦部的中心區域，仍然不會致命。

他們三人所剩的子彈都已經不多了，德西里率先打完了槍內的子彈。面對已經迫近自己的殭屍，德西里只能赤手空拳地衝了上去，躲過對方的撕咬，反手從後腰抽出狗腿刀，一刀將對方的頭顱從脖子上齊根兒斬斷。

譚子聰舉槍射擊，關鍵時刻子彈卻卡殼在了槍膛內，一名殭屍已經迫近他的身邊，伸手去抓他的手臂，譚子聰大吼一聲，一腳將那殭屍踹開，從另外一側又有一名殭屍衝來，成功將譚子聰的手臂抓住，譚子聰連續扣動扳機，終於在第二次成功觸發了子彈，子彈近距離射中那殭屍的眼窩，將殭屍的腦袋近距離爆漿。

比起他們兩人，另外一名塔吉克男子更加不幸，子彈還未打完，就被兩名殭屍撲上來壓倒在地上，慘叫聲中又有更多的殭屍撲了上去。

新鮮的血腥味道吸引了周圍殭屍的注意力，譚子聰和德西里兩人也因此而緩解了壓力，他們看到了人群中的縫隙，兩人不約而同向外衝去，也許這已經是他們逃生的最後機會。

還未等他們衝到那缺口前，十多名殭屍迅速填補了這個缺口，譚子聰和德西里心中剛升起的一絲希望徹底泯滅。德西里舉起了手中的砍刀，刀刃卻反轉對準了自己的脖子，他下定決心，自己就算是死也不能變成他們的樣子。

譚子聰的手槍內還剩下三顆子彈，他沒有自殺的勇氣，可是他又能撐多少時間？譚子聰望著周圍不斷向他們靠近的殭屍，內心中惶恐到了極點，什麼古蘭經，什麼寶貝，他現在全都不在乎，只要能從這裡平平安安的逃出去，他寧願拿自己所擁有的一切去換。

重新聚攏的殭屍剛剛將缺口填上，羅獵就駕駛著汽車去而復返，從殭屍群中衝撞出一條血路。

德西里看到那輛汽車，頓時重新燃起了生的希望，他揮動狗腿刀接連劈翻了兩名殭屍，譚子聰也如夢初醒般跟隨德西里向汽車靠近。

汽車內瑪莎和顏天心不停開槍，擊退意圖向汽車靠近的殭屍。

譚子聰後發先至，他反倒比德西里逃得更快，第一個衝到汽車旁邊，從打開的車門跳了進去。一名殭屍隨後撲了上去，瑪莎及時開了一槍，趕在那名殭屍還未撲到汽車之前將它爆頭。

德西里揮舞得刀光霍霍，接連砍翻了幾名殭屍，殺出一條血路，終於靠近了汽車，顏天心從車上跳了下去，雙槍連續射擊，射殺德西里身後的殭屍，為他掩護。

德西里終於來到了安全地帶，他衝入後座中，顏天心又連續射殺了幾名意圖靠近汽車的殭屍，也迅速逃入車內，羅獵等她在副駕上坐下，馬上踩下油門，汽車衝向殭屍群，強行衝出了一條道路，成功突圍而出。

羅獵從反光鏡望向後方，看到身後沙塵漫漫，人影朦朧，那些殭屍仍然沒有放棄對獵物的追擊，只可惜他們的移動速度終究太慢，想要追上汽車是不可能的。

羅獵驅車向東而行，這場沙塵暴卻是越來越大，他們已經無法分辨前進的方向，汽車的後輪不幸陷入沙坑之中，不停打滑，任憑羅獵將油門加到最大，仍然無法從中擺脫。

顏天心建議道：「我們都下去推車。」

沒有人反對，譚子聰第一個跳下車去，雖然脫離了險境，可是他的內心卻不敢有絲毫放鬆，因為他知道同車的這些人都是自己的敵人，他們每個人都想除掉自己，譚子聰準備趁機離開他們，方才逃了兩步，就聽到身後傳來顏天心冷酷的聲音道：「你如果敢逃，我馬上開槍。」

譚子聰嚇得急忙停下了腳步，他緩緩轉過身去，擠出一個僵硬的笑容道：「我……我只是觀察一下周圍的情況，看看有沒有人追上來。」

顏天心蒙著面孔，一雙美眸冷冷望著他。同樣包裹嚴實的羅獵走了過來，他拍了拍顏天心的肩頭道：「他想送死就讓他走。」羅獵算準了譚子聰不敢走，在目前的狀況下，只有他們一起努力方才有可能逃出去，譚子聰就算從他們身邊逃走，單單依靠徒步，逃出那群殭屍追逐的可能性微乎其微。

瑪莎和德西里先後從車上下來，德西里倒是通情達理，他向瑪莎道：「大家還是齊心協力的好，現在多一個人就……」他的話沒有說完，卻忽然感到一陣頭暈目眩，雙腿一軟跪倒在了地上，瑪莎慌忙扶住他，關切道：「爹，您怎麼了？您這是怎麼了？」

羅獵和顏天心也慌忙圍了過去，譚子聰卻惶恐道：「別碰他，你們看他的腿。」

幾人這才留意到德西里右邊的褲腿已經被鮮血浸透。

瑪莎拿起彎刀將父親的褲腿挑開，卻見他小腿之上有一個清晰的牙印，牙印的邊緣已經變成了烏紫色。德西里其實在逃到汽車上之前就已經被殭屍咬傷，他一直苦苦支撐，不敢將此事張揚出去，現在終於支持不住。

德西里周身顫抖著，額頭上滿是汗水，他極其粗暴地一把將瑪莎推開，大吼道：「別碰我，離我遠一些……」

瑪莎叫了一聲爹，還想走過去，卻被顏天心一把抓住了手臂，顏天心大聲道：「你別過去。」

瑪莎尖叫道：「他是我爹，他不會傷害我的。」

譚子聰大聲道：「殺了他，殺了他，他……他馬上就會發瘋……他會威脅到我們所有人的安全……」他舉槍瞄準了德西里，沒等他開槍，羅獵已經一把將他的手中槍搶了過去，然後照著他臉上給了他結結實實的一拳。

譚子聰被羅獵一拳打得跌倒在了地上，羅獵將子彈全部卸下，然後將空槍遠遠扔了出去，冷冷道：「槍口不是對準自已人的。」他轉向德西里，看到德西里滿臉漲得通紅，額頭上一根根青筋暴起，德西里顯然在極力克制。

羅獵卻明白他的克制只是徒勞，雖然羅獵至今無法確定以方平之為首的這些人究竟是不是染上了殭屍病毒，可從他們的表現來看，應該基本符合。羅獵的腦海中不斷浮現出關於這一病毒的資料，可是關於這一病毒的治療方法卻沒有一丁點的印象，或許是因為他沒有完全將智慧種子內的知識融會貫通，又或者當初父母並未在那顆種子中留下相關的記憶。

這就意味著德西里無藥可醫。

德西里殘存的意識告訴自己不能這樣繼續下去了，他向瑪莎道：「瑪莎……殺了我……殺了我……」

瑪莎痛苦地搖著頭，含淚道：「爹，您會好起來的，您一定會好起來的。」

德西里咬住嘴唇，他的嘴唇已被咬破，流出的卻是接近黑色的血，德西里掙扎著站起身來，他大聲道：「我不可以變成魔鬼……萬能的真主，你幫幫我吧……」突然他從後腰間抽出了腰刀，然後堅定而果決地劃破了自己的脖子。

「爹！」瑪莎撕心裂肺地哀嚎著。

羅獵和顏天心都有阻止德西里的機會，可是他們都沒有出手，並非因為他們狠心，而是他們知道即便是他們救得了德西里這一次，卻無法改變德西里悲慘的命運，德西里遭遇的痛苦只會更多。

德西里的屍體倒在了黃沙之中，瑪莎拚命掙脫了顏天心的阻攔，撲向父親的遺體，顏天心慌忙趕了上去，一掌擊落在她的頸後，將瑪莎打得暈厥過去，在沒有搞清病毒的傳播途徑之前，他們必須要保持足夠的謹慎。

譚子聰早已默默從地上爬了起來，望著剛剛自殺的德西里，這種時候他最好還是保持沉默。

羅獵向他招了招手，示意他和自己一起去推車，譚子聰老老實實走了過去，和羅獵一起合力推車，顏天心負責駕駛，三人合力終於讓汽車擺脫了沙坑。

譚子聰準備上車的時候，又發現德西里的右手慢慢抬了起來，他慌忙咳嗽了一聲，提醒羅獵注意。

其實羅獵一直都在留意德西里的動靜，雖然德西里剛剛自殺，卻並不代表著他的一切就此結束，目睹如此情景，羅獵暗自歎了口氣。

譚子聰主動請纓道：「如果你們下不了手，我……來……」

羅獵伸手阻止了他，因為他看到瑪莎已經甦醒，她從汽車上重新走了下來，望著沙地上剛剛自殺，而此刻又開始掙扎移動的父親，不由得淚流滿面，瑪莎顫聲道：「對不起……對不起……」她舉起了手槍，槍口卻不斷顫抖著，她的手指始終沒有勇氣扣下扳機。

蓬！槍聲響起，這一槍正中德西里的頭部。

卻是顏天心搶先開了這一槍，羅獵抬起頭，望著顏天心的目光中充滿了欣賞和感激，他幾乎在槍聲響起的第一時間內就明白了顏天心開槍的苦心，如果這一槍是瑪莎所開，那麼瑪莎這一輩子都將無法擺脫親手殺死父親的痛苦，顏天心的這一槍正是要將她從以後無盡的悔恨中拯救出來。

瑪莎望著終於一動不動的父親，然後憤然轉過頭去，她突然舉槍瞄準了顏天心。

羅獵手中的飛刀已經蓄勢待發，無論對方是誰，他絕不允許任何人傷害顏天心。瑪莎丟下了手槍，雙手捂住面孔蹲在地上大聲哭泣起來，當她停下哭聲的第一件事就是請求同伴們允許她將父親安葬。

瑪莎決定要親手安葬父親，不假手任何人，羅獵和顏天心站在車旁望著遠處的瑪莎，羅獵抽出一支香煙點燃，望著顏天心道：「其實，可以讓其他人開槍。」他所說的其他人就是譚子聰。

顏天心歎了口氣：「是誰開槍並不重要。」抬起頭風沙遮天蔽日，這樣的惡劣天氣下，他們根本無從分辨到了那裡，而今之計也唯有一路向東開過去。

譚子聰此時來到他們的身邊，他討好地向羅獵笑了笑：「謝謝你們救了我……我會報答你們，我一定會。」他的真實用意可不是知恩圖報，而是要讓兩人對自己產生一些好感，而不至於除掉自己。

顏天心毫不客氣地揭穿道：「你不用害怕，我們沒興趣殺你。」

譚子聰陪著笑道：「那是，那是，如果你們想殺我，剛才就不會救我。」

羅獵道：「跟他們比起來，你至少還是個人。」這番話多少有些違心，譚子聰此前喪心病狂的行徑絕對稱不上一個人。

譚子聰並不介意他們對自己的鄙視，乾咳了一聲道：「他們究竟怎麼了？為什麼會變得這麼可怕？而且……你們有沒有覺得，他們就像是殭屍一樣。」

其實顏天心心中也充滿了疑問。

羅獵道：「我在美國留學的時候，曾經聽說過這樣的病例，他們並不是殭屍，而是感染了某種病毒，感染者就會出現類似於殭屍的表現，他們會瘋狂攻擊一切生物，而被他們攻擊後的生物也會被迅速感染，出現同樣的症狀。」

顏天心秀眉微顰道：「你是說他們通過撕咬來傳播疾病？」

羅獵點了點頭道：「這種病毒被命名為殭屍病毒，感染途徑是通過血源傳播，感染者咬傷了正常人，病毒就進入傷口，隨著血液循環迅速擴散，正常人血液循環一周的時間介於十二秒到二十六秒之間，所以被咬傷者通常會在半分鐘內出現症狀，當然也不排除其他的可能。」

顏天心知道羅獵過去留洋北美的經歷，也對他淵博的知識早有瞭解，所以羅獵對這種疾病有所瞭解她並沒有感到意外。譚子聰卻因為羅獵的這番解釋心中對他產生了不少的敬佩，儘管處於敵對的立場，可今天羅獵的表現已經讓他不得不佩服。

譚子聰道：「沒逃出來的人可能都變成了殭屍。」

羅獵點了點頭，這種病毒的感染速度極其驚人，而且感染者表現出的強悍戰鬥力要超出未感染時數倍。

顏天心道：「有沒有辦法治好他們？」

羅獵一直都在考慮這個問題，然而他至今沒有從自己的腦海中找到任何的答案，緩緩搖了搖頭道：「目前還沒有治療的方法，不過這些感染者也並非毫無弱點，他們害怕陽光，陽光越是強烈，他們體內的新陳代謝就會越慢，可一旦烏雲密佈，又或是沙塵瀰漫遮住了陽光，他們的活動能力就會增強，尤其是到了夜裡……」說到這裡，羅獵停頓了一下。

顏天心和譚子聰都下意識地向天空中望去，沙塵依舊遮天蔽日，天色卻比此前顯得更加昏暗，距離夜幕降臨已經不遠了。

顏天心道：「到了夜晚他們的移動速度會不會增加數倍？」

羅獵的腦海中忽然閃過成千上萬的殭屍大軍，他們在夜色下狂奔，宛如脫韁的野馬，一個個速度驚人，這其中竟然還有殭屍騎著渾身是血的馬兒……

「羅獵！」顏天心的呼喚打斷了他的思緒。

羅獵深深吸了口氣，然後點了點頭。

譚子聰道：「我們必須馬上出發，一旦夜幕降臨，那些殭屍恢復了活動的能力，恐怕會追上來。」

羅獵望著不遠處的瑪莎，她正跪在父親的墳前，為他吟誦古蘭經。

顏天心建議道：「再等等。」

羅獵拉開車門，開始清點車內的武器，雖然目前危機尚未到來，可是他們必須要做好萬全的準備，顏天心也過來幫忙。譚子聰道：「我們必須馬上趕回新滿營，只有將這裡的情況告訴馬永平將軍，請他派出軍隊，才能徹底清剿那些殭屍。」

羅獵將手雷收好，平靜道：「最早發瘋的軍隊就是從新滿營出來的吧？」

譚子聰經他提醒不由得一愣，不錯，方平之和他的手下就是從新滿營出來的，最早的發瘋者何老六是他的手下，如果新滿營那邊也出現了感染者，那麼後果將不堪設想。

譚子聰想起他的父親譚天德還在城內，自從被連雲寨的人搶佔了地盤，他們的人馬大都撤退到了新滿營，譚子聰的臉色不由得變了，他顫聲道：「我爹還在城裡……」

車頭燈在風沙中起不到任何作用，羅獵只能憑藉感覺摸索著往前開，因為看不清前方路況，車速很慢，車窗多處破損，即便是身在車廂內，仍然沙塵瀰漫。每個人都透過口罩小心的呼吸，生怕一旦呼吸的幅度過大就會把沙塵吸入肺裡。

汽車在顛簸中行進，幸運的是他們並沒有迷失方向，也沒有再次遇到那些瘋狂的殭屍。在黑暗和風沙中摸索了兩個小時之後，終於在當晚九點抵達了新滿城的西大門。

羅獵在距離大門還有約一里左右的時候將汽車停下，他讓譚子聰下車。譚子聰其實早有逃走的念頭，想不到羅獵居然這麼容易就放了自己，一時間有些不敢相信，他甚至懷疑在自己轉身離去的時候，他們三人會不會在自己的後背開槍。

羅獵道：「你去儘快將老營盤發生的事情如實稟報給方平之，無論情況如何，明天清晨六點，你都去向陽客棧門前等我。」

譚子聰點了點頭道：「如果城內的狀況比老營盤更加惡劣呢？」

顏天心道：「那你就自殺，反正你手裡有武器。」剛才再次上車的時候羅獵給了譚子聰一把槍。

譚子聰苦笑道：「如果新滿營也變成那個樣子，我就算不自殺也活不成了。」其實他早就看到了新滿營城樓上的燈光，按照羅獵的說法，那些感染殭屍病毒的人最不喜歡的就是光線，由此推斷，城內很可能一切如常，這也算得上是萬幸，只要城內沒出事，自己見過馬永平告訴他老營盤的狀況，就能夠派兵把殭屍殲滅。

譚子聰正想得入神，羅獵已經調轉方向驅車離開。

瑪莎始終保持著沉默，看得出她短時間內無法從失去父親的痛苦中擺脫出來。顏天心心疼這個女孩兒，卻不知應當如何勸說她，其實能夠幫助她自己走出來的只有她自己。

羅獵驅車繞到了新滿營的南門，將汽車扔在了城外。他們三人從這裡進入城內。雖然老營盤發生了如此驚人的慘劇，可消息還未傳到這裡，新滿營的戒備也並沒有因為此前發生的事情而增強，羅獵他們並未遇到任何的阻礙就已經入城。

顏天心此前對新滿營有過深入的瞭解，她在城內也有多處落腳點，帶著羅獵和瑪莎輕車熟路地來到城南的一座民宅，這裡距離羅獵此前入住的向陽客棧不遠。

顏天心燒水的時候，羅獵去城內轉了轉，和董方明會了面，根據他所瞭解到的初步情況，目前城內並無異狀，還未聽到有人發瘋的消息。羅獵向董方明傳話，告訴他顏天心已經平安脫險，讓他儘快回到紅石寨通知族人一定要嚴防死守，最近一段時間千萬不要擅自離開，更不可前來新滿營。買了些宵夜，返回落腳地。

顏天心已經沐浴完畢，又為他準備好了洗澡水，讓他去洗個澡，有什麼事回頭再說。

羅獵洗去一身的風塵，又特地檢查了一下自己的身體，屁股上的槍傷已經就快癒合，除此以外他的身上並未有其他的傷口，自從父親在他的體內種下那顆智慧種子，他的體能和修復能力也有所提升，雖然無法做到像孤狼那般短時間內傷口自癒，可比起自己過去康復能力已經增強了數倍。

躺在溫水之中，靜靜回憶著今日發生的一幕幕場景，羅獵心潮起伏，許久不能平靜，在過去這樣的傳播方式，只見於歐洲中世紀吸血殭屍的傳說中，想不到如今這一幕居然發生在中華的大地上，歷史？他所瞭解到的歷史並非是這個樣子，在父親將智慧種子植入自己的身體之後，許許多多的知識和記憶宛如春雨般潤物細無聲地浸入他的意識之中。

羅獵甚至瞭解到許多發生在未來的事情，如果父親仍然活著，那麼他還可以通過父親證實這些事是否真正發生過，然而現在已經不可能了。殭屍病毒在他所瞭解到的歷史之中，應當發現並大量爆發於二十二世紀，即便是二百年後的高科技時代為了對抗這種病毒也付出了極其慘重的代價，可為何會提前出現？

羅獵將頭埋入水中，充分感受到水的浮力，身體的疲憊似乎減輕了許多，放鬆自己的肢體，會感覺正在緩緩升騰，一瞬間他產生了變成一隻蝴蝶的念頭，蝴蝶效應這個詞自然而然地湧入腦海中。蝴蝶效應是美國氣象學家愛德華洛倫茲於一九六三年提出的理論，一隻南美洲亞馬遜熱帶雨林中的蝴蝶，偶爾搧動了幾下翅膀，可以在兩周後引起美國德克薩斯州的一場龍捲風。

正是源於這個理論才讓父親為首的穿越者嚴謹地恪守著一個法則，他們雖然瞭解並熟知歷史，他們雖然掌握了遠超於當今時代的科學知識和技能，可是他們卻不會利用這一切去改變這個社會，改變歷史，因為他們擔心蝴蝶效應的發生，因為他們的一個錯誤舉動會給人類帶來巨大的災難。

羅獵忽然又想到，穿越的本身就是一種改變，以父母為首的穿越者們，他們穿越時空回到過去的目的是為了拯救人類的命運，按照混沌學的原理，任何的改變都會帶來一系列的相應改變，而那些後續的改變是不可預知的。在正常發生的歷史中，本不該有自己的父親母親，和他們的那些穿越而來的同伴。

可如果沒有父母，又怎會有自己的存在？從他們穿越而來的那一刻起，就已經改變了世界，而自己卻是他們留給歷史最大的變化，現在以父母為首的穿越者們已經全都去世，等若在歷史中抹去了他們的痕跡，而自己呢？

外面傳來急促的敲門聲，顏天心關切的聲音響起：「羅獵，羅獵你在嗎？」

羅獵從水中抬起頭來，舒了一口氣，將長髮攏到腦後，長時間的閉氣讓他的呼吸變得有些急促，健碩的胸膛劇烈起伏著，他答應了一聲。

顏天心聽到他的聲音這才放下心來，即便是已經逃脫了殭屍軍隊的圍堵，即便是他們已經回到了平靜的新滿營，顏天心的心情仍然未曾平復，和羅獵從歷史中找尋答案不同，她認為今天所發生的一切很可能和龍玉公主的事情有關，正是因為裝有龍玉公主的棺槨被劫，所以才出現了這些天災人禍。

羅獵穿好衣服出來，顏天心望著他濕漉漉的頭髮溫婉一笑道：「頭髮好長，該剪了。」

羅獵點了點頭道：「從北平過來，一直沒顧得上。」

顏天心道：「我幫你。」

羅獵驚奇道：「你會理髮？」

顏天心點了點頭。

事實證明顏天心不僅會理髮而且技藝相當不錯，顏天心讓他將頭枕在椅背上，用熱毛巾捂住他的面龐，為幫他淨面做準備。

顏天心一邊為他淨面一邊告訴羅獵，自己母親走得早，自幼就在爺爺和父親的照顧下長大，所以紮辮子，剪髮這種事情只能摸索著來，後來就拿家人練手。

羅獵望著鏡中的自己頗為滿意，右手摩挲了一下已經變得光滑的下巴道：「我看你若是開個理髮鋪一定生意興隆。」

顏天心也笑了起來：「除了我爺爺和爸爸，你是我第一個顧客呢。」

羅獵轉過身去，雙目熱切地望著顏天心道：「我願意這輩子……都做……」

他的話並未說完，腦海中卻陡然浮現出烈火燃燒的場景，久違了的白色身影向烈火中奔跑而去，羅獵有些痛苦地捂住額頭，努力驅散這令他不快的影響，卻又看到一塊巨大的黑色石碑在空中漂浮。

「羅獵！」顏天心發現了他的反常，抓住他的肩膀用力搖晃著他，催促羅獵回到現實中來。

羅獵喘息了一下，如夢初醒般睜大了雙眼，低聲道：「我沒事，我沒事！」

顏天心知道經歷了今天的可怕一幕之後，每個人的心裡都會產生陰影，這陰影或許會伴隨終生，成為有些人揮之不去的夢魘。瑪莎就是如此，自從她來到這裡之後，就一個人走入了房間內，到現在都沒有出門。

羅獵也想起了瑪莎，和顏天心一起來到她的房門外去叫她吃飯，顏天心還未敲門，羅獵內心中卻已經生出預感，低聲道：「不好……」

瑪莎居然不辭而別，桌上留著一個字條，上面寫著：

謝謝，我走了！

顏天心暗歎自己過於疏忽，一定是剛才在她為羅獵剪髮的時候，瑪莎趁機離開，只怪自己對她少了些關注，她的族人都已經不在，一個人孤苦伶仃在這片危機四伏的地方肯定是極不安全的。顏天心道：「我出去找找。」

羅獵搖了搖頭道：「不必了，瑪莎離開應該有她的理由。」

顏天心不由得想到自己對德西里開槍的事情，難道瑪莎是因為這件事而無法面對自己？

羅獵拍了拍顏天心的肩頭道：「咱們還是好好計畫一下，當務之急是找到龍玉公主的遺體。」

請續看《替天行盜》卷九 詭譎重重

替天行盜 卷8 神幻百變

作者：石章魚
發行人：陳曉林
出版所：風雲時代出版股份有限公司
地址：10576台北市民生東路五段178號7樓之3
電話：(02) 2756-0949
傳真：(02) 2765-3799
執行主編：劉宇青
美術設計：許惠芳
行銷企劃：林安莉
業務總監：張瑋鳳

初版日期：2021年10月
版權授權：閱文集團
ISBN ：978-986-5589-47-9
風雲書網：http://www.eastbooks.com.tw
官方部落格：http://eastbooks.pixnet.net/blog
Facebook：http://www.facebook.com/h7560949
E-mail：h7560949@ms15.hinet.net
劃撥帳號：12043291
戶名：風雲時代出版股份有限公司

風雲發行所：33373桃園市龜山區公西村2鄰復興街304巷96號
電話：(03) 318-1378
傳真：(03) 318-1378
法律顧問：永然法律事務所 李永然律師
北辰著作權事務所 蕭雄淋律師

行政院新聞局局版台業字第3595號 營利事業統一編號22759935

國家圖書館出版品預行編目資料

替天行盜 ／ 石章魚 著. -- 臺北市：風雲時代出版股份有限公司，2021.05- 冊；公分

ISBN 978-986-5589-47-9（第8冊；平裝）

857.7 110003703